茅盾研究
八十年書系

錢振綱・鍾桂松◎主編

李廣德◎著

58

茅盾及茅盾研究論

（上）

花木蘭文化出版社

國家圖書館出版品預行編目資料

茅盾及茅盾研究論（上）／李廣德 著—初版—新北市：花木蘭文化出版社，2014〔民103〕
目2+212 面；19×26 公分
（茅盾研究八十年書系：第58 冊）
ISBN：978-986-322-748-9（精裝）
1. 沈德鴻 2. 中國當代文學 3. 文學評論
820.908   103010690

中國茅盾研究會《茅盾研究八十年書系》編委會

主　　編：錢振綱 鍾桂松

副主編：許建輝 王中忱 李　玲

特邀顧問：

邵伯周 孫中田 莊鍾慶 丁爾綱 萬樹玉 李　岫

王嘉良 李廣德 翟德耀 李庶長 高利克 唐金海

ISBN-978-986-322-748-9

9 789863 227489

茅盾研究八十年書系
第五八冊

ISBN：978-986-322-748-9

茅盾及茅盾研究論（上）

作　　者	李廣德
主　　編	錢振綱 鍾桂松
總 編 輯	杜潔祥
副總編輯	楊嘉樂
編　　輯	許郁翎
出　　版	花木蘭文化出版社
社　　長	高小娟
聯絡地址	235 新北市中和區中安街七二號十三樓
	電話：02-2923-1455 ／傳眞：02-2923-1452
網　　址	http://www.huamulan.tw 信箱 hml 810518@gmail.com
印　　刷	普羅文化出版廣告事業
初　　版	2014 年 7 月
定　　價	60 冊（精裝）新台幣 120,000 元

茅盾及茅盾研究論（上）

李廣德 著

作者簡介

李廣德，湖州師範學院文學院教授，中國作家協會會員，中國報告文學學會會員、中國魯迅研究會和中國現代文學研究會會員，中國寫作學會高師寫作研究中心主任，北美洛杉磯華文作協會員、加拿大魁北克華人作協會員等。1935 年 12 月 27 日出生於河南省開封市。1961 年畢業於杭州大學（現浙江大學）中文系。曾任中學語文教師 18 年，大學寫作講師、副教授、教授 23 年。1956 年發表處女作。1961 年 8 月被批准爲中國作家協會浙江分會會員。1991 年 10 月被批准爲中國作家協會會員，同年 12 月晉升爲教授。先後擔任湖州師專茅盾研究所所長、湖州師院新聞傳播與寫作研究所所長、中國寫作學會高師寫作研究中心主任，中國茅盾研究會監事、理事、常務理事，浙江省作家協會委員，浙江省寫作學會副會長，湖州市作家協會主席——名譽主席、文學學會會長。2002 年退休。10 月赴加拿大、美國探親、旅遊。2007 年 3 月移居加拿大魁北克，參加加拿大魁北克華人作家協會、魁北克中華詩詞研究會，並受聘擔任蒙特利爾「七天」俱樂部文學社顧問。2007 年 8 月加入北美洛杉磯華文作家協會。中國寫作學會高師寫作研究中心名譽主任，浙江省寫作學會顧問、湖州市作家協會顧問、湖州市文學學會名譽會長、湖州陸羽茶文化研究會副會長兼學術部主任。出版有《一代文豪：茅盾的一生》、《一代名醫——朱振華》、《兩栖文心》、《茅盾學論稿》、《電影評論寫作學》、《文體寫作概論》、《少年茅盾與作文》、《E 時代的電腦與網路寫作》、《湖州散文》、《湖州茶文》、《〈茶經〉故里——湖州茶文化》、《湖州鄉土語文讀本》、《寫作學教程》、《簡明寫作學》、《高師寫作教程》、《寫作》、《名人怎樣閱讀寫作》、《絕妙比喻小辭典》等 18 本。獲省哲學社會科學優秀成果二等獎，茅盾研究學術成就獎，「共和國的脊樑」報告文學全國徵文一等獎、中國驕傲第六屆時代新聞人物優秀報告文學金獎、浙江省政府教學成果獎、首屆湖州國際湖筆文化節論壇徵文一等獎等多項。

提　　要

　　《茅盾與茅盾研究論》是作者關於茅盾研究的第四部著作。全書由「茅盾人生論」、「茅盾思想論」、「茅盾文學論」和「茅盾研究論」組成。茅盾的人生是革命與文學的一生，作者研究茅盾與烏鎮的兩個家庭，論述茅盾與他離家後人生第一站的湖州的關係，而青年茅盾即沈雁冰與中國共產黨的關係，他在國民黨統治時期的戰鬥，以及他在新中國辛勤耕耘、「文革」浩劫中遭遇到的磨難，在中國文聯的領導崗位上的繁忙工作，乃至人生晚年的寫作與生活，關於茅盾夫人孔德沚研究，不僅資料翔實，敘述生動，且見學術功力。茅盾的思想按他自己的說法早期多樣、複雜而後歸一爲共產主義，作者對茅盾的政治觀、道德觀和科學觀的集中梳理，深入論述，予人頗有啓迪；而對大革命時期茅盾的思想和創作，尤其是茅盾的中外文學研究與文化學說、茅盾及其文學與現代文化心理例說，涉及研究茅盾的新領域。對於茅盾作品，作者論述他人少有研究的《水藻行》、「城市三部曲」，集中研究茅盾作品中的浙北風景畫及其審美意識，還有從《幻滅》中強連長的人物塑造的典型化、茅盾小說人物性欲的文學描寫，都富有學術見地和文學趣味。「茅盾研究論」中茅盾兒子韋韜關於茅盾及茅盾研究致作者的信，尤其是曾與茅盾一起流亡日本並與之同居的女革命家秦德君的親述信函，皆彌足珍貴，爲茅盾研究者提供了重要的學術史料。

目次

一、茅盾人生論

茅盾與烏鎮的兩個家庭

　　家庭對作家思想、情感、性格、教養及人生道路的影響是顯而易見的，古今中外概莫能外。茅盾的家庭對他的影響，同魯迅的家庭對魯迅的影響和郭沫若的家庭對郭沫若的影響，同樣是很大的。

　　茅盾在烏鎮有兩個家庭，一個是他出生的沈家即本家，另一個是他母親的陳家即外家。沈家和陳家的長輩、平輩、小輩以及親朋故舊和傭人，他們的言行、生活對童年、少年的茅盾都產生了或大或小的影響，在他的思想、性格形成中留下了或深或淺的印記。

　　茅盾本名是沈德鴻，字雁冰，小名燕昌，後以字為名。他是沈家的長房曾孫。照理說，沈家對他的影響應是第一位的。然而從茅盾在《我走過的道路》中對沈、陳兩家的敘述先後來看，他是先寫《我的外祖父、外祖母》、《我的母親》，後寫《我的曾祖父、曾祖母》、《祖父及弟妹》、《我的父親》；而從所敘寫的篇幅來看，對陳家人物的回憶所用的篇幅要比對沈家人物的回憶所用的篇幅為多，如《舅父長壽的定親》、《長壽夫婦的悲劇》和《陳粟香舅父》等節都是對陳家即他母家人物的回憶。由此可以看出，茅盾母親對他的影響大於他的父親，茅盾母家人物的影響大於父家人物的影響。而兩個家庭對他的具體影響怎樣，則需作進一步的研究。但為了行文的方便，下面按父親、母親、沈家曾祖輩、祖輩、父輩和陳家外祖父、外祖母、舅父母及其他親朋故舊的順序，依次考察茅盾與他們的關係。

一、茅盾與父親沈永錫的關係

　　茅盾在文章中講到他的父親，第一次是 1932 年 6 月 10 日發表於《文學

月報》第一卷第一號的《我的小傳》。他寫道：「我的父親在當時是『維新派』，所以我在家塾中讀的書就是⋯⋯。十歲上，父親死了，留一個遺囑，希望我將來進學校學工藝，並諄囑不可誤解自由平等之義。這個遺囑，我當時不很懂得，只知父親希望我學實業，而要走此道，則算術是重要科目，而我對於算術恰是低能。我的父親是喜歡算術的，自修到微積分。（他自修的工具，先是《數理精蘊》，後來是謝洪賚編的《代數》、《幾何》，《微積分》等。）但我自小就最怕算術。⋯⋯不用說，我後來並不遵照父親的遺囑去用心在『實科』。⋯⋯」1934 年 4 月 17 日他為美國《大美晚報》、《大陸報》記者伊羅生所編的《草鞋腳》又寫了一篇《茅盾自傳》〔註1〕，內容也大致相同。同年 10 月 13 日應美國記者、作家斯諾的要求再次寫了《小傳》，文中寫道：「我的父親是讀書人——前清秀才。祖父也是讀書人。我的父親很贊成當時的變法維新，所以中了秀才以後就不去考試，卻改習醫生，並自修算學。他自修算術到微積分，又自修物理化學等等。他希望我將來做科學家。我十歲時，父親死了，留有遺囑，要我在中學畢業後進工業學校。」所述內容也大體一致。1936 年初，茅盾應史沫特萊之請又寫過一篇《茅盾小傳》是用第三人稱寫的。他這樣說：「茅盾的父親卻是個喜歡活動的人。父親小時也是做八股文的，也應過鄉試。但是中日戰爭後中國的『維新運動』卻激起了他。從此他就厭惡八股文，自修起『新學』來。他覺得世界將有大變，祖遺的薄產不能守一輩子，他一面學醫，一面自修算學到微積分。他讀了許多那時候出版的科學書和政治書。所以當茅盾出生的時候，父親是一個『維新派』，贊成君主立憲政治，也贊成『西學為用，中學為體』。」

茅盾對於他父親的詳細回憶和具體敘寫，則在他的回憶錄《我走過的道路》上冊。在《新文學史料》發表時已是「文革」之後，黨的十一屆三中全會前夕。

根據茅盾的自傳、小傳及回憶錄和與他人談話的記錄，並經查考《烏青鎮志》和有關史料，關於茅盾父親的身世，現在可以略述於下：

沈永錫，字伯蕃，小名景崧。1872 年生，烏鎮人。16 歲時中秀才。19 歲與陳愛珠訂婚。同年赴鄉試，不中。慮及父輩三房賴祖父掙錢養活，自己父親又無職業，「是吃現成」的，「自己連弟妹有六人之多，食指繁多，來日大難」，如果無一技之長，將來難以度日，經過爭取，得到其祖父同意，拜岳父、

〔註1〕《茅盾全集》第 20 卷，第 82 頁。

當地名醫陳世澤（我如）為師學醫。1894 年與陳愛珠結婚。其時維新運動高漲，他一邊學醫，一邊閱讀維新報刊書籍。因而「變成了維新派」。對於從幼年即學習的八股文，從「心底裏討厭」。「他喜歡的是數學」。自《古今圖書集成》中得到數學書進行自學。曾自削竹片做成精緻的算籌。「他根據上海的《申報》廣告，買了一些聲、光、化、電的書，也買了一些介紹歐、美各國政治、經濟制度的新書，還買了介紹歐洲西醫西藥的書。」在維新變法高潮中，他曾計劃到杭州進新立高等學堂，而後再考赴日本留學的官費，如考不上，則去北京進京師大學堂。由於戊戌政變，變法維新失敗，其願望遂落空。1902 年與五、六位同鄉秀才至杭州，再次參加鄉試。因患虐疾未考第三場，失去中式成為舉人的機會。1903 年患骨癌，臥病三年，醫治無效，於 1906 年夏病逝，年僅三十四歲。

這位具有醫學和數、理、化科學知識的維新派父親，是茅盾童年教育的督導者和早期思想的啓蒙者。「茅盾八歲的時候，他的家鄉新辦了新式的小學。於是父親就命他進那小學。但那時，父親已經得了骨癆病，睡在床上了；這病遷延至三年之久。父親知道自己的病不能好了，又見於家中（那時負經濟責任的，還是茅盾的祖父）人口多（茅盾有很多的叔父和姑母），進款少（只靠祖傳的一份不大的產業），於是他在臥病的三年中天天為他兒子將來生活打算；他恐怕自己死後他的父母不讓那小孫子繼續在學校讀書（因為茅盾的祖母很不贊成學校），所以他便立下了遺囑，聲明他的兩個兒子（茅盾和他的弟弟）一定得進學校學習工藝，『因為』，他說，『不久中國要大亂，那時唯有學會了西洋工業技術的人，能夠謀生。』父親又聲明：培植兒子們讀書的費用不必老祖父擔負，因為茅盾的母親有一份小小的嫁資。

茅盾的這位父親，對他的童年教育頗為重視。其一，在讓孩子接受何種啓蒙教育的問題上，他棄舊學取新學。茅盾五歲那年，母親想讓孩子進家塾讀書，而他不讓茅盾去。原因是家塾的老師是茅盾的祖父，所教內容為「《三字經》、《千家詩》這類老書，而且教學不認真，經常丟下學生不管，自顧出門聽說書或打小麻將去」。為此，他自選了一些新教材如《字課圖識》、《天文歌略》、《地理歌略》等，叫妻子教茅盾。其二，在他行醫的同時兼任家塾教師後，對於茅盾的學業嚴格要求，認真督察。茅盾七歲時，其祖父將塾師一職推給其父，他說：「我也就因此進了家塾，由父親親自教我。我的幾個小叔子仍舊學老課本，而我則繼續學我的新學。父親對我十分嚴格，每天親自節

錄課木中四句要我讀熟。他說：慢慢地加上去，到一天十句爲止」〔註2〕。這樣不到一年，他即病倒，於是將茅盾送到一個負責任的親戚（王彥臣）的私塾中讀書。在這裡，茅盾認識了王彥臣的女兒、與他同年齡的同學王會悟。半年後，沈永錫見到烏鎮辦起了第一所新式小學——立志小學，立即讓茅盾進了這所小學，「成爲這個小學的第一班學生」。使茅盾從童年起就能接受新知識、新思想的教育和薰陶。其三，以自己的勤學好讀給茅盾以深刻的身教。沈永錫喜買書、愛讀書的習慣和行爲給了少年茅盾以很深的印象。如他去杭州參加鄉試，「未入場前，逛了書坊，買了不少書，其中有買給母親的一些舊小說（《西遊記》、《封神榜》、《三國演義》、《東周列國志》），和上海新出的文言譯的西洋名著。」又如，茅盾說他八歲時父親病倒之後，「最初，父親每天還是掙扎著從床上起來，坐在房中窗前讀書一、二小時，然後又臥。他那時還是對數學最有興趣，他自習小代數，幾何，微積分（那時新出的謝洪賫編的），其次是喜歡聲、光、化、電一類的書，又其次是世界各國歷史、地理的書。也看那時留日學生辦的鼓吹革命的報刊。」嚴冬季節，「烏鎮一帶地區的房屋構造是不保溫的，也沒有取暖設備，因此顯得特別冷。父親此時只好整天躺在床上，蓋著厚的絲棉被；他常常支起雙腿，躺著看書。」後來病勢日重，母親「經常替父親拿著翻開的書籍豎立在父親胸前讓他看，而在看完一頁以後翻過新的一頁。父親此時連舉手捧書也覺得困難了。」「我每天下午三時便放學了，回家來，母親便教我坐在床沿，執著書，豎立在父親胸前讓他看。」〔註3〕正是父親（還有母親）對於書的愛好，給了茅盾以耳濡目染、潛移默化的良好影響，使他從小就以書爲友，以讀爲樂。

茅盾的父親不僅教他愛書、讀書、學習新的知識，而且重視對他思想的啓蒙、教育。茅盾父親的維新派思想，厭八股、學中醫、喜數學的求實態度，想進大學深造和去日本留學以做一番事業的雄心宏願，關心國家大事，著眼於未來的精神和目光，都在茅盾少年思想、性格的形成中留下很深的良好的影響。沈永錫的遺囑就深印在茅盾的腦海上。他在回憶錄中記述了父親寫遺囑的經過，然後說：「後來我知道這是遺囑。要點如下：中國大勢，除非有第二次的變法維新，便要被列強瓜分，而兩者都必然要振興實業，需要理工人才；如果不願在國內做亡國奴，有了理工這個本領，國外到處可以謀生。遺

〔註2〕茅盾：《我走過的道路（上）》，第62頁。
〔註3〕同上書，第44、45、47頁。

囑上又囑咐我和弟弟不要誤解自由、平等的意義。立遺囑後的一天，父親要母親整理書籍；醫學書都送給別人，小說留著，卻指著一本譚嗣同的《仁學》對我說：『這是一大奇書，你現在看不懂，將來大概能看懂的』。從此以後，父親不再看數學方面的書，卻天天議論國家大事，常常講日本怎樣因明治維新而成強國。還常常勉勵我：『大丈夫要以天下為己任』。並反覆說明這句話的意義」〔註4〕。

沈永錫在遺囑中提到要茅盾及其弟弟成為理工人才的遺願雖然未能實現，但他要兩個孩子認清中國大勢，正確理解自由、平等的意義，以及「大丈夫要以天下為己任」的囑咐，茅盾與沈澤民卻做到了。我們從茅盾少年時的作文中可以看到沈永錫對茅盾少年思想的直接影響，而從茅盾以後的作品和人生歷程則可以察知沈永錫這位嚴父對茅盾一生思想、性格、言行、成就的深遠影響。由於多數研究者對茅盾與父親的關係論述不多，本書以較多的篇幅加以探討，希望學術界和讀者對此問題能多予關注並深入研究。

二、茅盾與母親陳愛珠的關係

茅盾的父親沈永錫是他童年教育的督導者和早期思想的啟蒙者，而茅盾的母親陳愛珠則是他童年教育的施教者、文學啟蒙者、撫養者和監護人。從幼年至成年，母親對他影響極大。

關於茅盾的母親，茅盾在《我的小傳》中寫道：「……自從父親死後，我在奉行遺囑的母親的嚴格管理之下，……希望我做工業中人，……看小說之類的事情是禁止的（雖然我的母親自己卻非常愛看小說，到現在年紀老了還是什麼都愛看）。……我換過三個中學校，都是在『年份上並不吃虧』這條件之下得了母親的同意的」。「十八歲從中學畢業後進北京大學預科第一類。這第一類，將來是進文法商三科的。這時我的不能遵照父親遺囑立身，就是母親也很明白曉得的了。但她也默認了，大概她那時也覺得學工業未必有飯吃，轉而盼望我在教育界混飯吃了。……但是文法商三科何者更能解決生活問題呢？我的母親不很了然，且亦不能決定。我自己是學了祖父的自然主義。到預科三年期滿，這事果然自然解決。母親因為經濟日窘，不主張我再讀書，而恰好我的一位親戚又給我介紹進商務印書館編譯所辦事。」「在二十五歲以前，我過的就是那樣的在母親『訓政』下的平穩日子。……」

〔註4〕茅盾：《我走過的道路（上）》，第51頁。

　　1934年4月17日作的《茅盾自傳》裏，沒有寫到他的母親。同年10月13日作的《小傳》也未提到其母。1936年初寫的《茅盾小傳》則有兩段說到他的母親：「茅盾的母親是一位頗有名的中醫的女兒。她自嫁後就很受她丈夫思想的感化，她贊成她丈夫的一切主張；她自修國文，能夠閱讀淺近的書報。她自修的方法就是從讀小說入手（舊小說，如《三國演義》之類），一直到現在，她還是喜歡讀小說，連新小說也喜歡，而且有讀新聞紙的習慣。她對於『五四』以後的新思想也都贊成」。「十三歲時，茅盾畢業於高等小學。那時他的母親就打算遵照她丈夫的遺囑叫這兒子進工業學校，但因不知道有什麼工業學校，所以還是叫他進了湖州的中學校。……在中學畢業後他去考北京大學時，他就考了文科的預科。他的母親的家教素來是頗為嚴屬的，但這一件事她亦只好放任。」茅盾晚年寫回憶錄則對他母親的敘述更為詳細、具體而生動。

　　我們由茅盾的自傳、回憶錄，可以知道他母親陳愛珠的身世：

　　陳愛珠，1875年生，烏鎮人。祖上世代為醫。幼年即在姨父（老秀才）家習字讀書學算術，並跟姨母學會做菜、縫紉。受到了良好的教養，且培養起堅強的性格。14歲返回家中為其父親管理家務，將一個包括父親、母親（有病）、小弟、保姆、女僕、男廚師、轎夫和五六個學醫門生的十多人大家管理得井井有條。十九歲結婚前已讀完《幼學瓊林》、《千家詩》、《詩經》、《唐詩三百首》、《列女傳》、《古文觀止》、《楚辭集注》等文學作品。與沈永錫結婚後，又受其夫影響讀《史鑒節要》、《瀛環志略》等史地書籍，且涉獵維新派所辦的新報刊，議論時事。21歲生茅盾，25歲生沈澤民。她知書達理，與丈夫恩愛，對雙親孝敬，重視兩個兒子的教育。1906年丈夫病逝後，含辛茹苦，撫養「管教雙雛」。她頂住世俗偏見和各方壓力，送兩個兒子進大學深造，支持兩個兒子先後走上革命道路。1940年4月17日病逝於烏鎮，享年65歲。茅盾的這位母親的確是一位偉大的女性。她對茅盾的教育、培養和影響，在茅盾的身上和人生道路中留下了深刻的印記。具體表現在以下幾個方面：

　　首先，母親陳愛珠對於文學作品的愛好使茅盾在幼年、童年獲得了文學上的啟蒙。她在自己讀了《西遊記》、《三國演義》等古典小說之後，曾將其中的一些故事講給茅盾聽，引發了少年茅盾對這些古典作品的興趣。作為小學生的茅盾，有一天在他家屋後的堆破爛東西的平屋裏，發現了一板箱舊小說——當時稱之為「閒書」。這「木板的『閒書』中就有《西遊記》」。茅盾說，

「因爲早就聽母親講過西遊記中間的片斷的故事,這書名是熟悉的,可惜是爛木板,有些地方連行款都模糊成一片黑影。但也揀可看的看下去。不久,父親也知道我在偷看『閒書』了,他說:『看看閒書也可把文理看通』,就叫母親把一部石印的《後西遊記》給我看,爲什麼給後西遊記呢?父親的用意是:爲了使得國文長進,小孩子想看『閒書』也在所不禁」。〔註 5〕由於父親的這種開明態度,加上母親的影響(講文學故事,拿作品給他看,自己愛讀文學作品等),使得他於算術越來越「不近」(茅盾父親語),而於文學卻越來越喜愛,乃至後來走士文學之路。

其次,在文化知識的學習士,母親陳愛珠是他的第一個啓蒙老師,是秉承他父親的意見對他進行啓蒙的施教者。烏鎮的沈氏大家庭辦有自己的家塾,塾師由家族中人充任,學生爲各戶的孩子。茅盾五歲時,其家塾中有他的三個小叔子和二叔祖家的孩子,教師是他的祖父。茅盾的父親爲使孩子從小學到切實有用的知識,就讓妻子陳愛珠教孩子學他自選的新教材:《字課圖識》、《天文歌略》、《地理歌略》等。茅盾寫道:「所以,我的第一個啓蒙老師是我母親。」在進入小學之後,陳愛珠仍不放鬆他的文化教育,對他的學習抓得很緊。茅盾說他父親臥病以後,「房內總要有人侍候,所以我雖說上了學,卻時時要照顧家裏。好在學校就在我家隔壁,上下課的鈴聲聽得很清楚。我聽到鈴聲再跑去上課也來得及,有時我就乾脆請假不去了。母親怕我拉下的功課太多,就自己教,很快我就把《論語》讀完了,比學校裏的進度快。」在受教於老師的同時茅盾還經常得到母親的輔導。如他在音樂課上學唱了《黃河》之後,對歌詞的意義不理解,而音樂老師只教唱不解釋歌詞,於是他問母親。母親爲他作了詳細的解釋,還講了「黃沙白草無人煙」中「白草」的典故。在孩子面前,這位母親自己不懂的,並不強行裝懂,如對歌詞中的「飲馬烏梁海,策馬烏拉山」中的烏梁海、烏拉山,她也不懂,只對茅盾說:「這大概是外國的地名。」這種輔導既實事求是,又有助於啓發孩子今後去探索新知。

再次,母親陳愛珠是茅盾童年少年時期的撫養者。從出生到 1910 年春離家讀中學之前,茅盾一直在母親身邊,受到母親的哺育和撫養。他不像現代的孩子,入學之前進託兒所、幼兒園,也不像有些人家的孩子嬰兒時就由奶

_____

〔註 5〕茅盾:《我的小學時代》,孫中田、查國華編:《茅盾研究資料》(上),第 48 頁。

媽哺育，或從小就離開父母寄養在他人家中，他誕生後一直在母親的懷抱中和膝下、身邊，充分享受著母親的愛撫。例如，他從立志初等小學畢業，進入植材高等小學之後，陳愛珠就讓他寄宿在學校。這是由於「寄宿生和教師同桌吃飯，肴饌比較好」。茅盾說，「母親不惜每月交四元的膳宿費，就是為了使我的營養好一點，因為祖母當家，實際是二姑母做主，每月初一、十六、初八、二十三，才吃肉，而且祖母和三個叔父兩個姑媽，加上母親、弟弟和我，即使大碗大塊肉，每人所得不多，何況只是小碗，薄薄的幾片呢？二姑媽背後說母親每月花四元是浪費，但錢是母親的，二姑媽也無可奈何。」這樣就保證了茅盾少年時長身體所需的營養，而不致體弱多病影響發育和智力的開發。又如，有一年冬天，茅盾的本家叔叔結婚，他去吃喜酒，又鬧新房到半夜，第二天去學校上課，中午午睡後竟又起來走到家門前，而他自己竟不知道。這是夢遊症，當地人稱「活走屍」，說是「活走屍」倘在路上被人一碰就會倒地不起，就此死去；又說「活走屍」倘遇河道，也不知是河而跳下去，就此淹死等等。陳愛珠認為夢遊是睡眠不足的緣故，但她也害怕茅盾出事情，從此不許他熬夜，限定兒子在晚上九點睡覺。對於母親的慈愛和養育之恩，茅盾是終生銘記的。

最後，陳愛珠這位母親是茅盾思想、言行和成長的監護人。她在對茅盾的啟蒙教育中，通過教授《字課圖識》、《天文歌略》、《地略歌略》等，使少年茅盾在智力啟蒙之時就接受科學思想。同時，她與丈夫讀維新報刊、議論國是，又使少年茅盾耳濡目染。在丈夫患病期間，尤其是寫了遺囑之後，她聽到丈夫勉勵茅盾「大丈夫要以天下為己任」，就對茅盾說：你要做個有志氣的人，俗話說「長兄為父」，你弟弟將來如何，全在你做個什麼榜樣。在丈夫病逝後，她對少年茅盾的管教從未放鬆過。茅盾寫道：「母親遵照父親的遺囑，把全部心血傾注到我和弟弟身上。尤其對我，因為我是長子，管教極嚴，聽得下課鈴聲而我還沒回家，一定要查問我為什麼遲到，是不是到別處去玩了。」有一天，一個比他大五六歲的同學自己跌倒傷了手腕卻「惡人先告狀」，加上在場的人的諷刺話，使陳愛珠勃然大怒。茅盾說，「母親突然大怒，拉我上樓，關了房門，拿起從前家塾中的硬木大戒尺，便要打我。過去，母親也打我，不過用裁衣的竹尺打手心，輕輕幾下而已。如今舉起這硬木的大戒尺，我怕極了，快步開了房門，直往樓下跑，還聽得母親在房門邊恨聲說：『你不聽管教，我不要你這兒子了。』我一直跑出大門到街上去了。」後來，沈聽蕉老

師領茅盾回家向他母親說明自己親眼看到的眞相，並說：「大嫂讀書知禮，豈不聞孝子事親，小杖則受，大杖則走乎？德鴻做得對」。茅盾在回憶錄中寫道：「母親聽了，默然片刻，只說了『謝謝沈先生』就回房去了。祖母不懂沈先生那兩句文言，看見母親只說『謝謝』就回房，以爲母親仍要打我，帶我到房中。這時母親背窗而坐，祖母叫我跪在母親膝前，我也哭著說：『媽媽，打吧。』母親淚如雨下，只說了『你的父親若在，不用我……』就說不下去，拉我起來」。「事後，我問母親，沈先生那幾句話是什麼意思，母親說：『父母沒有不愛子女的，管教他們是要他們學好。父母盛怒之時，用大杖打子女，如果子女不走，打傷了，豈不反而使父母痛心麼？所以說大杖則走。』」

其母陳愛珠在他得到老師表揚和獎勵時，還教育他正確對待，防止他滋生驕傲自滿情緒。例如在童生會考時，少年茅盾寫作《試論富國強兵之道》時把他父母親議論國家大事的那些話寫進去，結尾則用上他父親生前向他反覆解釋並囑他切記的』「大丈夫當以天下爲己任」，得到了主持考試的他的表叔盧鑒泉的好評。陳愛珠看了這份加了許多紅圈並有「十二歲小兒，能作此語，莫謂祖國無人也」批語的試卷後，對少年茅盾說：「你這篇論文是拾人牙慧的。盧表叔自然不知道，給你個好批語，還特地給祖父看。祖母和二姑媽常常說你該到我家的紙店做學徒了，我料想盧表叔也知道。他不便反對，所以用這方法。」原來他母親爲了讓他繼續讀書而受到了來自祖母、二姑媽等人很大的壓力；盧鑒泉很同情，將他的童生會考成績多處宣揚，以減輕對茅盾母親的壓力，也爲了使茅盾避免「袍料改成馬褂」的厄運。

茅盾離開烏鎮之後仍然受到母親陳愛珠的關懷、愛護、督促、幫助、支持，使他在漫長的人生旅途中時時感到母愛的溫暖和力量。爲此，他晚年寫回憶錄序言特地寫上「幼年察承慈訓而養成之謹言愼行，至今未敢怠忽」。他更作有《七律》，表達了他對母親的深情：「鄉黨群稱女丈夫，含辛茹苦撫雙雛。力排眾議遵遺囑，敢犯家規走險途。午夜短檠憂國是，秋風黃葉哭黃壚。平生意氣多自許，不教兒曹作陋儒。」

三、茅盾與曾祖父、祖輩、父輩等人關係

茅盾的曾祖父沈煥，字芸卿，「幼時念過幾年私塾，以後經商時他抽空讀書，漸通文墨。」他逝世時，茅盾約四歲，「對他沒有印象」，但是曾祖父卻對他有影響。其一是沈煥的創業、奮鬥精神。沈家祖先是烏鎮近鄉的農民，

後來遷到烏鎮做小生意。沈煥祖父時開了一家煙店，將煙葉曬乾刨成煙絲出售。沈煥兄弟八人，他是長兄。他覺得靠一個小煙店無法養活八家人口，自己早已娶親，有了兒子，負擔不輕，不能不另謀出路。茅盾聽母親說：1865年，曾祖父 30 歲時下了決心，「單家到上海去闖個新路子來。他什麼都敢試試，但經過一年之久，還沒有安身立命的眉目，卻增加了不少見識，也結交了許多九流三教的朋友。」其中一個姓安的寧波人，是一家山貨行的小股東；沈煥由於他的關係而成為山貨行「專跑碼頭，瞭解行情」的夥計。他「漸漸熟悉了這一行生意。很稱職。他在這山貨行內幹了十年，由一個普通夥計成為專管進貨、決定營業方針的大夥計」。41 歲時，他以自己的幹練、稱職而成為「安記山貨行」的副經理。後來安先生生病回寧波養老，將山貨行盤給沈煥經營。他「獨自經營後，魄力更大，手腕更靈活，而且正在『走運』，所謀必成，獲利甚厚」。並在烏鎮觀前街和北巷購置了兩所房屋，且匯款至烏鎮開辦了一家紙店和一家京廣貨店。後來生意受挫，聽了勸說，花錢捐了個「分發廣東的候補道」官職。在廣州三年後，又「弄到代理梧州稅關監督的職務」，一年後轉為正式的梧州稅關監督。他積聚了一些錢財後於 1897 年底告老回鄉，1900 年病逝於烏鎮。沈煥單身從烏鎮到上海「闖」碼頭，後又到漢口以精練能幹而創業，並進而做官，且為後代留下家業的經歷及其奮鬥精神，無疑給了少年茅盾以深刻的影響。這從他晚年寫回憶錄回憶他曾祖父的創業經過時所用的詞語和語氣可以知道。如：「他什麼都敢試試」、「為人頗幹練」、「很稱職」、「魄力更大，手腕更靈活……所謀必成，獲利甚厚」……等等。其二是沈煥在梧州做官時，茅盾出生，他接家信後為自己的長曾孫取了兩個名字：小名燕昌，大名德鴻。茅盾說：「按照沈家排行，我父親一輩的名字中間是永字，下邊一個字是金旁。我父親名永錫，這是用的《詩經》上的一句：『孝子不匱，永錫爾類』。我這一輩是德字排行，下面一個字要用水旁（按照五行，金下應是水），所以我的名字叫德鴻。小名為什麼取燕昌呢？因為這一年梧州稅關來的燕子特別多，迷信認為這是祥兆，就取了這個小名。」後來，他的名字雁冰則是由燕賓、再由雁斌而轉化成的。因此，他的小名、大字乃至以後的姓名「沈雁冰」都是由他曾祖父取名或與此有關聯的。

茅盾的祖父名恩培，字硯耕，是一名秀才。對這位祖父，茅盾在其回憶錄中有褒有貶，但褒多於貶。如說「他一生下來，就不知稼穡之艱難，只知飯來張口，衣來伸手。他名為從事舉業，實在也不肯下苦功。」「祖父從來不

管教兒女，常說一聯成語：『兒孫自有兒孫福，不替兒孫作牛馬。』」這些話是貶語，而說他「書法工整圓潤」、「善寫大字」、「寫匾額、堂名、樓名以至對聯，都不署名」，「為人寫字，聊以自娛，非以求名」也「非以求利」；「祖父的行為，如其字。他從不拜謁官府，不干涉地方上的事，不願意過問地方上的事。」「祖父的生活，很有規律」；等等，這些話則多是褒語。祖父對茅盾的影響，我以為主要是兩個方面：其一，在喜愛書法上。茅盾從小就練習寫字，且寫得很好，這是與他祖父的影響有關的。其二，在婚姻上。茅盾與孔德沚的婚姻，就是在其五歲時，由他這位祖父與孔德沚的祖父孔繁林決定而包辦的。此事也對他一生的生活有重大的影響。

茅盾的祖母出生於地主家庭，「是高家橋的大地主的女兒」。她對茅盾的影響，除了生活上的之外，主要是她對農村生活的熱愛，尤其是養蠶和餵豬。茅盾說：「祖母離開農村，至今已有數十年，但仍不能忘懷農村的生活。父親死後不久，祖母就要養蠶。但家裏人誰都沒有這個經驗，只有祖母從幼年就看慣，並且也自己參加。於是祖母作為教師，帶領兩個姑母和一個丫環，開始養蠶」。「祖母養蠶時，我尚在鎮上讀書，春蠶時期，我每日放學就參加養蠶，母親也不禁。我童年時最有興趣的事，現在回憶起來還宛在目前，就是養蠶。」而童年時受祖母養蠶的影響而產生的興趣，在後來就成了他寫《春蠶》的一個因素。他祖母還餵養小豬，到年終時又請人來屠宰。茅盾晚年在回憶錄中說：「看殺豬是我童年又一最感興趣的事。」可見所受影響之深。

在茅盾的祖輩中，尚有其二叔祖沈恩俊、姑祖母沈恩敏、四叔祖沈恩增，但都對其影響較少。

在茅盾的父輩裏，有二姑母裕二、二叔沈永欽、三叔沈永釗、四叔沈永錩、小姑母柔誼。「值得一提的是，1937 年 11 月上海淪陷後，茅盾匆忙離開上海前，將《子夜》手稿交他二叔沈永欽保管，於是沈永欽便把這珍貴的手稿鎖入交通銀行的保險櫃裏，使得《子夜》手稿得以完整地保存了下來。這件事，沈永欽的功德是無量的。」

四、茅盾與外祖父母、舅父母等人的關係

茅盾的外祖父陳世澤，字我如，是江浙一帶婦科名醫。《烏青鎮志》上說他是「烏鎮人，烏程廩貢。其先有會千者，自太湖蔣漊遷烏鎮行醫，至世澤十餘世矣，世澤以儒業醫，所造尤深，其《素靈類纂集解》一書，彙集諸說，

有裨學者，非時醫所能及也。」他的醫學著作據茅盾回憶錄所記爲《內經素問校注新診》，與上述《烏青鎮志》所記有不同，存此備考。茅盾說：「外祖父逝世時，我只有兩歲，對於外祖父，我的印象是十分模糊的」。但他常聽母親講外祖父的事情，對外祖父的醫術高明、遠近聞名，以及晚年雖憂鬱卻達觀的人生態度，他是欽敬的；這可以從他回憶錄中有關外祖父的記敘內容看出來。

茅盾的外祖母錢氏，也是烏鎮人。她是陳世澤的續弦。她因第一、二個男孩先後患病早夭而受刺激得了「失心病（或稱腦病）」。第三胎生下女孩——陳愛珠（茅盾的母親），刺激更大，舊病時好時壞。後又生一子長壽，卻又於結婚後病故，受到很大打擊。茅盾說他「外祖母是個能幹的人，又是個達觀的人，但也是個不幸的人」。她對茅盾父親、母親均很好，對茅盾及其弟弟也極愛護；在茅盾父親病逝後，她對女兒和兩個外孫有過無微不至的關懷。童年的茅盾是充分享受到這位外婆的慈愛之情的。

茅盾的舅父陳粟香，是茅盾舅公陳渭卿的兒子，也是一位中醫生。由於茅盾母親有幾年常帶他兄弟倆到這位舅父家「歇夏」，因而他對這位舅父有很深刻的印象。而他對少年茅盾的影響則在於他「雖是醫生，卻愛看小說」。茅盾回憶說：「我們去歇憂那年，他正看《花月痕》，過足了（大煙）癮，便看此書，還同母親議論韋癡珠之可憐可惜。」又說，無人談話時，「粟香舅父便一邊抽煙，一邊看小說，看到中意時，會獨自哈哈大笑。」他對小說的喜愛，也助長了茅盾對小說的興趣。茅盾說他同母親「歇夏」期間，「每日上午，家庭教師督促蘊玉讀書、作文；下午，家庭教師訪友玩耍去了。那時，我和蘊玉便偷看粟香舅父的小說。……我和蘊玉偷看小說，各不相同。他喜歡看《七俠五義》一類的；我那時所看的小說中有《野叟曝言》。這是大約百萬言的巨著，我用三個半天時間便完了。這是跳著看的。」當粟香舅父知道他偷看這本小說之後很吃驚地問：「你能看這部天下第一奇書？」他答道：「看不懂的很多。我是挑著看看得懂的。」粟香舅父認爲：「此書講到醫道的，大都似通不通，有一些竟是野狐禪。」至於這位舅父的「喜歡作對聯」，也在少年茅盾腦海中留下深刻的印象，晚年寫回憶錄還記出他作的寫廢墟上建房的一幅對聯：「豈冀市將興，忙裏偷閒，免白地荒蕪而已；誠知機難測，暗中摸索，看蒼天變換如何？」如果說，陳愛珠是少年茅盾的文學啓蒙者，那麼陳粟香就是他喜愛文學的推進者。他對茅盾愛好文學所起的作用是不應忽視的。

五、茅盾與烏鎮其他親戚的關係

在沈家與陳家的諸多親朋之中，對茅盾最有影響的一人是盧學溥（鑒泉）。他是茅盾祖父的妹妹沈恩敏嫁給盧福基（蔡裳）作續弦夫人時，盧福基與前妻欽氏所生之女。因此茅盾稱他爲「表叔」。盧福基之父盧小菊又是茅盾母親陳愛珠與父親沈永錫結婚的大媒。所以盧沈兩家既爲世交，又是親戚中走動很勤的近親。「他少年得志，青年中舉。但在清朝末年這樣腐敗的時代裏，他崇尙維新思想，無心仕進。一生致力於銀行事業，成爲中國近代金融史上的一位有聲望的實業家。」從《我走過的道路》一書中，我們可以看出，這位盧表叔是茅盾少年求學時的「伯樂」之一，又是茅盾在北京讀北大預科時的照顧者；他尤其是茅盾從北大預科畢業後進入商務印書館的舉薦人，正是由於他的舉薦，茅盾進入張元濟任總經理的商務印書館，並由張元濟安排到該館編譯所當編輯，從此便踏上了文學道路。另外，茅盾後來寫作《子夜》也受到盧學溥的影響。他塑造吳蓀甫的形象時，其材料就有一部分取之於他對盧表叔的觀察。而其他一些素材也得力於盧學溥及其周圍的人。據鍾桂松同志研究，「盧學溥先生在抗戰後又出任浙江實業銀行董事，全國解放後退休在家，1956 年 12 月 25 日逝世於上海公寓中，享年 80 歲」〔註6〕。

茅盾與烏鎮兩個家庭的關係略如上述。兩個家庭對茅盾的影響，從童年、少年始而貫穿其一生。茅盾於十歲時喪父所給予他的影響最大，家庭變故使他受到的種種挫折和刺激在他內心積澱下來而成爲他性格構成的重要因素。烏鎮兩個家庭的幾代人與他的關係及他受到的影響必然會在他的作品中折射和反映出來。這些都有待於進行深入的考察和研究。

（原載《湖州師專學報》1992 年第 4 期）

〔註6〕鍾桂松：《茅盾與故鄉》，四川文藝出版社 1991 年 8 月第 1 版，第 49 頁。

茅盾與湖州關係概述

一九八四年三月下旬，春雨霏霏，我與湖州市幾個對茅盾研究有興趣的同志結伴去桐鄉烏鎮參現茅盾故居，並進行調查、訪問。我們去看了茅盾外公陳世澤（我如）的屋址。雖然陳家老屋已經不存一點痕迹，爲一片桑林所代替，但是由於確定陳家的住址是在楓橋（通安橋，水營橋）南邊，而楓橋在烏鎮不在青鎮，因而肯定了「茅盾母家是湖州人」的認識。後來又去看了茅盾詩詞中提到的「昭明書室」——所謂「六朝遺勝」的「梁昭明太子同沈尙書讀書處」。沈尙書就是沈約（441～513），南朝梁文學家，吳興武康（今湖州市德清縣武康鎮）人。這處「六朝遺勝」也位於市河以東原屬湖州府烏程縣的烏鎮。有位祖籍是湖州的姓沈的同伴說「沈家是湖州府歷史久遠的大家族，沈約是湖州人，沈雁冰祖輩很有可能也是湖州人」。還有的同伴根據自己的調查、訪問提出「茅盾是誕生在他的外祖父陳我如家」的觀點。對同伴們的這些看法，我以爲尙缺乏考證和確鑿的資料，因而未敢苟同。但是他們的看法卻引起我對茅盾與湖州關係的調查。從調查所得來的材料看，茅盾與湖州及湖州人有著密切的關係，從廣義上說，湖州也是茅盾的「可愛的故鄉」。爲了給茅盾研究者提供一些資料，現將茅盾與湖州的關係概述於下。

一、茅盾家庭與湖州

茅盾的故鄉是浙江省桐鄉縣烏鎮。這是個「歷史古老」的水鄉集鎮。一條車溪（俗稱市河）從六朝以來成爲兩府（嘉興、湖州）、兩縣（烏程——吳興、桐鄉）、兩鎮（青鎮、烏鎮）的界河。直到 1949 年新中國誕生後，才將市河以西的烏鎮劃歸桐鄉縣，兩鎮合一，稱爲「烏鎮」。由於茅盾父親沈永錫

的沈家住在車溪以東的青鎮，所以茅盾的有些傳記材料說他是「青鎮人」。這是不錯的，他自己也說「我的童年和少年時代即在青鎮度過」〔註1〕。而茅盾母親陳愛珠的陳家，居住在車溪以西的烏鎮，這樣，他的母家就是湖州人。雖然沈、陳兩家僅是一橋之隔，但是因爲「兩岸一橋相隔住，烏程對過是桐鄉」〔註2〕，所以沈、陳兩家聯姻是兩府、兩縣、兩鎮的人聯姻。這種「一衣帶水」的關係，使得茅盾的家庭與湖州人來往密切，也使得茅盾既是桐鄉人沈永錫的兒子，又是湖州人陳愛珠的兒子。

茅盾對他的外祖父、外祖母懷有深厚的敬意。在他晚年寫的《我走過的道路》這本書中，他首先寫《我的外祖父、外祖母》。他的外祖家世代是湖州人，《烏青鎮志》（1936年出版）有如下記載：

陳世澤，字我如，烏鎮人。烏程原貢。其先有會千者，自太湖蔣漊遷烏鎮行醫，至世澤十餘世矣。世澤以儒業醫，所造尤深，其《素靈類基集解》一書，彙集諸說，有稗學者，非時醫所能及也。

茅盾說他「外祖父性格嚴肅，鯁直，爲人治病很認眞。」還說他「外祖父自奉儉樸，一點嗜好也沒有，教門生很認眞。晚年名聲大，富戶、縉紳之家，遠及湖、嘉、杭、蘇四府，重金求治病者甚多，但外祖父以每日診治五、六人爲限。理由是精力有限，不敢貪多，貽禍病家。」〔註3〕據資料，陳世澤逝世於一八九八年。

茅盾的外祖母錢氏，是烏鎮一戶商人的女兒，爲陳世澤的續弦夫人。茅盾說他外祖母是個能幹的人，又是個達觀的人，但也是個不幸的人。因爲她嫁給陳世澤後生的第一、二兩個孩子都是女的，且均早夭，使她精神受到嚴重刺激而患「腦病」。茅盾的母親陳愛珠是她的第三個孩子，她的第四個孩子才是個男孩。後來她的「腦病」消失，見到愛珠雖只有十四歲，卻已能管理家務，就高興地對親戚說：「現在，我眞能夠亨幾天清福了。想不到愛珠比我還能幹」。

茅盾的母親陳愛珠是湖州人。她生於一八七五年。由於茅盾的外祖母有病，外祖父就將僅四歲的愛珠送到姨丈王老秀才家裏，請王老秀才代爲教養。姨夫姨母對茅盾的母親愛如親生。在十年裏，「她跟老秀才學會了讀、寫、算，

〔註1〕茅盾：《我走過的道路（上）》。
〔註2〕清·施曾錫：《雙溪竹枝詞》。
〔註3〕茅盾：《我走過的道路（上）》。

還念過不少古書；她跟姨母學會做茱、縫紉，……不但能縫製單、夾衣褲，還能縫製皮衣。」王老秀才稱讚僅十四歲的茅盾母親知書達理，能寫會算，常說：「朝廷如開女科，我這姨甥女準能考取秀才！」〔註4〕她回到自己家裏後把一個十來人的大家庭治理得「秩序井然，內外肅靜，吵架、調笑的聲音都沒有了。」在結婚前，茅盾母親已讀過四書五經、《唐詩三百首》、《古文觀止》、《列女傳》、《幼學瓊林》、《楚辭集注》。婚後，茅盾父親又叫她讀了《史鑑節要》、《瀛寰志略》等書。在茅盾五歲時，她就用上海澄衷學堂的《字課圖識》、《天文歌略》和《地理歌略》等新教材，以及根據《史鑑節要》自編的歷史讀本，有計劃地教茅盾學習。所以茅盾說「我的第一個啓蒙老師是我母親。」當茅盾父親病逝時，他母親用楷書寫下一副對聯：

幼誦孔孟之言，長學聲光化電，憂國憂家，斯人斯疾，奈何長才未展，死不瞑目；

良人亦即良師，十年互勉互勵，薶碎春紅，百身莫贖，從今誓守遺言，管教雙雛。

既悼念茅盾的父親，又表示教養茅盾和沈澤民兄弟成人的決心。後來，她終於以自己的堅強毅力和遠見卓識送茅盾入北京大學預科、送沈澤民入南京河海工程專門學校，並把兩個兒子教養成爲共產黨員，而且盡力支持他倆的革命活動。

茅盾的親戚說她「確是一位倔強的人物……從她的毅然送伊二子赴遠入學，可見其見地的卓越，及後對於兒輩的參加革命運動，目睹種種艱險的經歷，從未有半句勸阻或任何見於言詞的憂慮，實充分表現她堅強的認識。」「在她嚴峻的背後確實蘊藏著一份再豐富不過的感情和一副再熱烈不過的心腸啊！」〔註5〕

她於一九四〇年四月十七日病逝於烏鎮，享年六十五歲，與茅盾父親同葬於距烏鎮兩里多路的民合鄉中塔村沈家祖墳。一九八四年烏鎮茅盾故居工作人員曾將茅盾母親墳墓修好，並立有墓碑。

除了茅盾的母家是湖州人之外，茅盾家族中還有一些湖州人。如茅盾的四叔祖沈恩增的續弦夫人，就是「新市鎮大商人黃家的老處女」；茅盾的小姑母沈柔誼於一九二五年前出嫁到德清縣新市鎮「錢鳳梧紙店」的店主家裏……等等。

〔註4〕茅盾：《我走過的道路（上）》。
〔註5〕孔另境：《一個作家的母親——記沈老太太》、《庸園集》，1949年1月出版。

二、茅盾與湖州府中學堂及其他

茅盾在他的回憶錄《我走過的道路（上）》的《中學時代》開頭說：「一九〇九年夏季，我從植材學校畢業了，時年十三周歲。母親準備讓我進中學。……杭州，我母親還嫌遠，嘉興最近，但最後決定讓我去考湖州中學，其實湖州與杭州的遠近一樣，因爲本鎮有一個親戚姓費的已在湖中讀書，可以有照顧。這是我第一次離開烏鎮，又是到百里之遠的湖州，所以母親特別不放心。我和姓費的同乘小火輪，費是我的長輩，該稱他表叔。到了湖州中學，原想插三年級，但因算術題目完全答錯了，只能插二年級。」這一段話裏敘述的人和事都是正確的，唯有茅盾進湖州府中學堂的時間有錯誤。一九八三年十二月我給茅盾兒子韋韜同志寫信請教茅盾來湖州讀書的時間，承他回信指出：

> 沈老去湖州中學的時間，回憶錄上寫 1909 年秋，這是弄惜了，應是 1910 年春。因爲小學作文是 1909 年的，而當時（辛亥革命前）學校是春季始業。因此，沈老的中學時代實際是三年半：1910～1911年上半年在湖州中學，1911 年下半年在嘉興中學，1912～1913 年上半年在安定中學。當時中學爲五年制，沈老進湖州中學插二年級，在安定中學因學制改爲秋季始業，又減少了半年，所以是三午半。

茅盾讀湖州府中學堂時，該校校舍在愛山書院原址。愛山書院是由蘇軾任湖州太守時寫的詩句「我從山水窟中來，尚愛此山看不足」而得名。湖州府中學堂是在愛山書院的舊址加建洋式教室。校後有高數丈的土阜，上有敞廳三間，名爲「愛山堂」，茅盾和其他同學住的宿舍，是老式樓房，每房有鋪位十來個。在湖州府中學堂裏，茅盾開始了新的學習生活，結識了許多新的老師和同學。國文教師楊易齋教他們學習《古詩十九首》、左太沖詠史和白居易的諷喻詩，使茅盾覺得比他「在植材時所讀的《易經》要有味得多，而且也容易懂。」〔註6〕楊先生還教他們讀《莊子》，又講了《墨子》、《韓非子》。茅盾說「這是我第一次聽說先秦時代有那樣多的『子』。」〔註7〕在國文課上，茅盾還從楊先生學習文天祥的《正氣歌》，聽楊先生講解《漢魏六朝百三家集》的題辭，使茅盾「知有陸機、陸雲兩弟兄，知有稽康、傅玄、鮑照（明遠）、庚信（子山）、江淹（文通）、丘遲（希範）」，因爲丘是湖州人，楊先生特別

〔註6〕茅盾：《我走過的道路（上）》。
〔註7〕同上書。

感興趣。」由此楊先生還教茅盾和同學習作駢體文，對他們說：「書不讀秦漢以下，文章以駢體為正宗。」〔註8〕這裡應指出，現在有不少文章談到茅盾在湖州府中學堂讀書的情形時常引用這兩句話，但多數都用錯了。這兩句話只是茅盾引用來說明楊先生提出的要求，並非茅盾當時受的教育就是這樣。譬如，錢夏在代國文課時就曾教茅盾和同學讀史可法的《答清攝政王書》、《太平天國檄文》、黃遵憲的《臺灣行》、梁啓超的《橫渡太平洋長歌》等。楊先生認為錢夏老師教的這些文章「都有掃除虜穢，再造河山的宗旨，不能有比它再新鮮的了。」至於寫作文，茅盾當時確實學寫了不少駢體文，而同時也學寫了很多自由抒發感情的文章。錢夏先生教他們寫作文，就是不出題目，而任憑學生們自由發揮。茅盾晚年還記得他在湖州中學時寫過一篇《志在鴻鵠》的作文，大意是鴻鵠在藍天高飛，嘲笑下邊仰著臉看的獵人。茅盾說：「這像寓言，但因我名德鴻，也可說借鴻鵠自訴抱負。」〔註9〕作文卷子發下來以後，茅盾看到上面加了許多圈點，「錢老先生還在我這篇作文的後邊寫一個批語：『是將來能為文者。』」〔註10〕這話後來得到了證實。

在湖州府中學堂學習的一年半時間裏，茅盾的思想、學業較在烏鎮植材小學時有很明顯的提高。上體育課時「走天橋」、「翻鐵槓」、練「槍操」，以及到道場山遠足、學習篆刻、去南京參觀「南洋勸業會」展覽，都給他留下了畢生難忘的印象。

一九八○年三月十七日茅盾在《可愛的故鄉》一文中還特地回憶到「湖州中學校長沈譜琴」這位同盟會會員，說他在辛亥革命中把學生武裝起來，佔領了湖州府衙門，驅逐了清朝官吏。茅盾寫道：沈譜琴和「一些現在也許不為人知的志士，在我的記憶中卻保留著深刻的印象。」〔註11〕我們研究茅盾早年的生平事蹟、思想發展或撰寫茅盾傳記，怎麼能不重視湖州府中學堂的校長、教師對茅盾思想和文學修養的不可忽視的影響呢！

茅盾在湖州求學的時間雖為時僅一年半，然而因為是他生平第一次離開烏鎮出外求學，湖州是他一生中接觸到的第一座城市，這就使少年茅盾大開眼界，並開始認識人生。可以說，湖州是茅盾人生道路上的第一站，是他獨

〔註8〕茅盾：《我走過的道路（上）》。
〔註9〕同上書。
〔註10〕同上書。
〔註11〕同上書。

立地進行人生探索的起點。在來湖州求學之前，茅盾一直生活在慈母和長輩的親情和愛撫之中。只是在來到湖州之後，在湖州府中學堂學習期間，茅盾才第一次嘗到人生的苦味。這就是：茅盾和同學們參觀南洋勸業會之後從南京回到湖州，知道學校已招收了新生，其中有個姓張的同學在新生的年齡中最大，已有二十多歲。茅盾說：「對於這個姓張的大年齡同學，很多同學說他是個半雌雄，理由是嗓門尖，像女人，而且天氣酷熱的時候，他還是不脫衣服。然而這姓張的同學身材高大，翻鐵槓比一般同學都強，力大，疑他是半雌雄的高年級學生（也是二十多歲）想挑逗他，卻被他痛打。可是這姓張的同學卻喜歡和年齡比他小的同學玩耍，而我也是其中的一個。這引起一些調皮的同學釘著我說些不堪入耳的話。這使我很氣惱，也不能專心功課了。」〔註12〕正是由於人生道路上的這第一杯「苦酒」，促使茅盾離開湖州而轉學嘉興。

　　茅盾於一九一一年夏天離開湖州以後，再沒有來過湖州。不過，茅盾的夫人孔德沚卻在一九一九年春來到湖州的湖郡女校（原址在今湖州第一醫院）讀書。她為什麼要進湖郡女校求學呢?起因是：茅盾和孔德沚結婚時的新房是租的他四叔祖沈恩增（吉甫）在烏鎮北巷的餘屋。鄰居有王會悟（後為李達夫人）。當孔德沚在石門振華女校讀了一年半之後，已在湖郡女校讀書的王會悟勸她也到湖州進湖郡女校，說這個學校如何之好。孔德沚因而動心想往湖州求學。茅盾得知後曾寫信給他母親，要他母親勸阻孔德沚。他說：「母親不知道湖郡女塾是怎樣一個學校，但我在湖州念過書，知道這是一個教會辦的學校，以學英文為主，和上海中西女校是姊妹校，畢業後校方可以保送留學美國，當然是自費，校章說成績特別好的，校方可以擔負留美費用，這不過是門面話.以廣招徠而已。大概王會悟當時也因這句門面話，所以進了湖郡女塾。而且在湖郡女塾讀書的，都是有錢人家的女子，學費貴，膳宿費也貴。我們負擔就覺得吃力，王家當更甚。」〔註13〕然而，茅盾母親認為孔德沚「人雖聰明，但年輕心活，又固執，打定主意要做什麼事，不聽人勸。……自己不便拿出婆婆的架子來壓她，不如讓她去試一下，讓她自己知難而退。」〔註14〕果然如此。她進入湖郡女校以後，才知道學校只讀英文，而她連英文字母也不認識，根本無法上課。該校雖有附屬小學，從英文字母教起，但校方說

〔註12〕茅盾：《我走過的道路（上）》。
〔註13〕同上書。
〔註14〕同上書。

她年紀大，不能進附小，硬排在正科一年級。當時同學之中、師生之間都用
英語交談，校內充滿了洋氣，孔德沚感到自己成了個「十足的鄉下人」。這樣
一來，她不到放暑假就提前離開湖州回到了烏鎮。她對婆婆陳愛珠和丈夫茅
盾說：「上了當了，再也不去了，白費了半年時間和六、七十元的學、膳、宿
費。」〔註15〕後來不久，茅盾一家就搬往上海。

三、北京大學的湖州籍教師

茅盾在北京大學預科讀書時，北京大學校長由理科院長胡仁源代理。胡
仁源是湖州人，曾留學美國。他對茅盾沒有什麼影響。

當時給茅盾以很大影響的是教國文的沈尹默和教文字學的沈兼士兩位教
授。這兩位湖州籍教授是兄弟倆，在北京大學文科教授中均深孚眾望。沈尹
默（1883～1971）留給茅盾的印象尤為深刻。他早年曾留學日本，歸國後任
北京大學文學系教授，是「新文學第一批嬰兒」之一，與胡適、劉半農開創
了中國的新詩。他後來成為著名的書法家。新中國建立後，曾任中央文史館
副館長等職，著作甚豐。他是茅盾的國文教授，給茅盾增添了許多文學修養。
在教學上，他不用講義，他對茅盾等學生說：「我只指示研究學術的門徑，如
何博覽，在你們自己。」茅盾說，沈尹默教他們讀莊子的《天下》篇，荀子
的《非十二篇》，韓非子的《顯學》篇。告訴他們：先秦諸子各家學說的概況
及其互相攻訐之大要，讀了這三篇就夠了。他要求學生們在課外精讀這些子
書。他還向學生們指出：《列子》是偽書，其中還有晉人的偽作，但《楊朱》
篇卻保存了早已失傳的「楊朱為我」的學說。在文學方面，沈尹默教茅盾等
人讀曹丕的《典論·論文》，陸機的《文賦》，劉勰的《文心雕龍》，劉知幾的
《史通》，近人章太炎的《文史通義》等。茅盾直到晚年，還記得沈老師曾抄
示給他們一首黃庭堅的《池口風雨留三日》：「孤城三日風吹雨，小市人家只
菜蔬。水遠山長雙屬玉，人間心苦一春鋤。翁從旁舍來收網，我適臨淵不羨
魚。俯仰之間已陳跡，暮窗歸了讀殘書。」並說：「他還把他作的詩抄給我們
看。」當茅盾聽了沈尹默說「你們想懂得一點佛家思想，不妨看看《弘明集》
和《廣弘明集》，然後看《大乘起信論》」之後，曾為好奇心驅使，閱讀過這
三本書，結果卻使他似懂非懂，時間一長，「僅記其書名而已」〔註16〕。

〔註15〕茅盾：《我走過的道路（上）》。
〔註16〕同上書。

　　沈兼士是沈尹默的弟弟，他採用許愼的《說文》，教茅盾和同學們學習文字學。由於他曾從章太炎受「小學」要旨，他的文字學造詣是很深的。在「五四」時期，他也寫過一些新詩，如《山中西風大作》、《見聞》、《早秋》、《眞》等。沈兼士對茅盾的影響不及沈尹默深遠，但也是給茅盾留有很好印象的湖州籍教授。

四、商務印書館中的湖州「同鄉」

　　一九一六年八月，茅盾由於表叔盧學溥（鑒泉）的推薦，經孫伯恒介紹給商務印書館總經理張元濟，從而進入當時中國最大的圖書出版發行公司——商務印書館工作。這是他一生中的具有關鍵意義的轉折點。

　　茅盾雖然是第二次來上海，然而他是子然一身，在上海沒有一個親朋關係。這對於初次涉足社會的他，無疑會遇到許多困難。所幸的是，茅盾一進入商務印書館，就遇到好幾個湖州人，這些「同鄉」熱情地向他伸出雙手，給了他許多幫助。他們是：通寶，福生，周由廑，周越然，胡雄才。這五個人中，通寶、福生是工人，其他三人都是編輯。

　　通寶：商務印書館編譯所的工人，是「茶房」（雜役工人）的頭頭，也是「茶房的元老」。他是湖州南潯人，「編譯所的茶房清一色南得人，都是他引進來的」。這個通寶，是茅盾在上海認識的第一個湖州同鄉。茅盾第一天到商務印書館向張元濟總經理報到之後，張元濟問了茅盾住的旅館及房號，告訴他「派去接你的人叫通寶，是個茶房，南潯鎮人。你就回旅館等他吧。」後來，茅盾看到通寶替他把行李裝上一輛相當漂亮的小汽車，以爲是出租汽車。通寶告訴他：「這是總經理的車子，出租汽車哪裏去找？如果坐黃包車，起碼一小時，那就誤了事了，是總經理派汽車接我到河南路，又叫原車送我們到編譯所。」他又告訴茅盾：「我是南潯人，南潯離烏鎮二九路（即十八里），我們也算同鄉，你到編譯所辦事，有什麼事，找我就好了。」〔註17〕在茅盾擔任商務印書館編輯的幾年中，這個通寶確實給了他不少幫助。

　　福生：商務印書館編譯所工人、湖州南得人。他和通寶是「兒女親家」，在「茶房」中的地位僅次於通寶，茅盾稱他是編譯所宿舍的「經理」。一九一九年三月茅盾在他的幫助下，從編譯所的集體宿舍中搬出，所居住的「新房」

〔註17〕茅盾：《我走過的道路（上）》。

就是茅盾叫福生找人修建的。茅盾後來回憶說：「我所以要弄這個一人住的不大不小的房間，主要是存放新買的書籍，其次是晚上讀書寫文章，沒有人來打擾，工作效率會提高許多。」「有了安靜的環境，我可以晚上工做到十一時乃至十二時以後。」〔註18〕一九二○年底，茅盾接到母親要搬家到上海的信，當時他正在等備革新《小說月報》，日夜都很忙，沒有時間找房子。他只好託付福生替他尋覓。福生接受茅盾的託付，找了兩三個月，才替他在寶山路鴻興坊找到茅盾提出的「帶過街樓的一樓一底」的房子。為了報答福生替他找房子的辛苦，茅盾把他才用了一年多的那間「新房」送給了福生。當茅盾母親和夫人孔德沚從烏鎮到上海時，茅盾叫福生一同到戴生昌內河小輪船碼頭迎接，福生為他照料他母親帶來的行李。在編譯所的幾年裏，茅盾和福生等「茶房」工人的關係是很友善、融洽的。

周由廑、周越然：均為湖州人，是茅盾所稱的「二周兄弟」。他們同為商務印書館編譯所英文部編輯，周越然並為英文部「函授學校」主任。茅盾說，「他們把我看成同鄉」〔註19〕，當時，英文部有七個人，部長鄺富灼博士是廣東人，他引進的黃訪書也是廣東人，平海瀾是上海人，「二周兄弟」和另一個編輯胡雄才是湖州人，加上茅盾，浙江同鄉在英文部中就占一半以上。何況周越然的地位僅次於鄺富灼，他是創辦「函授學校」的提議人，「為印書館開闢一條新的生財之道，宣傳之路，此時風頭正健」。〔註20〕周由廑在進入編譯所之前，曾在湖州的湖郡女校任教多年。初出茅廬的茅盾一開始，工作，就得到這兩位任高級編輯的「同鄉」的幫助，不能不說是很幸運的。

胡雄才：湖州人，英文部的辦事員。茅盾說，「胡雄才同我年齡不相上下，可是社會經驗比我多。」〔註21〕這位湖州同鄉把商務印書館編譯所中的內幕情況一一講給茅盾聽，使得茅盾「不勝感慨」。因為茅盾的母親曾寫信給他表叔盧學溥，叫他不要讓茅盾進入官場去，然而使茅盾料想不到這個「知識之府」的編譯所竟是個變相的官場。所以茅盾說「胡雄才使我大開眼界，因此，在英文部中，我和他最親密。」〔註22〕

以上這五個湖州「同鄉」，在茅盾的人生道路上所發生的影響雖然或大或

〔註18〕茅盾：《我走過的道路（上）》。
〔註19〕同上書。
〔註20〕同上書。
〔註21〕同上書。
〔註22〕同上書。

小，但毫無疑問的是，他們都因是湖州人，與茅盾是同鄉，而對茅盾有所助益。

五、茅盾關心湖州的文藝事業

新中國建立之後，茅盾在北京工作，身居要職，事務繁忙，然而如他在《可愛的故鄉》一文中所說：「漫長的歲月和迢迢千里的遠隔，從未遮斷我的鄉思。」他的這種「鄉思」，也包括對湖州的思念，並且表現在他對湖州的文化教育和經濟建設的關心和期望上。

茅盾對湖州文藝事業的關心主要體現在以下兩個方面：

（一）關心湖州的文學作者和文學研究工作者。據調查，茅盾生前關心過的文學作者和研究工作者有王克文、徐重慶、費在山等人。

王克文是一位機關幹部、業餘文學作者，愛好詩歌和散文。一九五六年，他想寫一部以歷史故事作為題材的長詩，但又無把握，不知這樣的題材是否好。於是他寫信向茅盾請教。他說，自己當時年輕，不知這樣做會耽誤茅盾的很多時間，影響茅盾的寫作，也不知茅盾會不會回信。可是過了沒有多少時間，茅盾竟親自給他回信了。在信中，茅盾對他業餘從事創作給予熱情的鼓勵，同時告誡他寫這樣題材的長詩很不容易，勸他還是從寫作反映現實題材的作品開始學習，打好了基礎再從事歷史題材的創作。遺憾的是，茅盾談創作的這封長信，在動亂的政治運動中，被王克文遺失了。一九五八年，湖州市成立「杭嘉湖文藝出版社」，由當時的嘉興地區專員公署領導。這個出版社決定出版文藝雜誌《杭嘉湖文藝》，由王克文擔任主編。他想到茅盾是嘉興地區人，又關心過自己的創作，於是寫信給茅盾，告訴他家鄉創辦了文藝刊物，請他為刊物題寫刊名和撰稿。不久，他就收到了茅盾寫在宣紙上的「杭嘉湖文藝」五個大字，以及茅盾的親筆信，內稱：「來信收到，知道《杭嘉湖文藝》創刊，很高興。但很抱歉，我最近很忙，不能為你們創刊號寫文章。等將來刊物出版後，讀了有感想，我倒願意寫一點寄給你們。刊頭已書就，隨信奉上，請收。」信的署名是「茅盾」，時間為一九五八年八月十二日。此信原件已查找不到，信的全文是從《杭嘉湖文藝》創刊號上抄錄的。

一九七九年八月，王克文寫信向茅公索字，茅盾於九月為他書寫了《椰園即興》，並寫上：「海南島雜詠，一九六〇年舊作，克文同志兩正。茅盾一九七九年九月，北京」。上鈐「茅盾」印章。王克文現為中共湖州市委辦公室副主任。

　　徐重慶是一位業餘從事文學研究的青年，在湖州市電影公司工作。他從一九六三年起即向茅盾請教，和茅盾通信。茅盾給他的第一封信寫於一九六三年四月二十九日。信中說：「你所問到的《反映社會主義躍進的時代，推動社會主義時代的躍進》一文，乃是我在第三次全國文代會上的報告，另有單行本，故未收入《鼓吹續集》中去。」對此，徐重慶是十分感激的。他回憶說：「當年茅公擔任文化部長要職，日理萬機，而我是個年僅十七歲的無名青年，素昧平生，更不嫌幼稚可笑，竟然親筆作覆。……茅公辦事認真，一絲不苟，待人熱情誠懇，此信亦是最好不過的說明吧。」〔註23〕一九七四年，已經開始研究現代文學的徐重慶寫信向茅盾請教有關問題，茅盾於十月七日給他回信，寫道：「大箚及惠賜湖筆二支，拜領至感！筆桿刻字精勁，想見妙手，此兩筆弟當珍藏以為紀念。……您以業餘時間搞《新詩史》，深佩，謹祝必有所成，惜弟衰老，記憶力減，恐不能對大稿有貢獻耳。然如有下詢，當盡量貢其所知。」〔註24〕在這以後，徐重慶研究文學研究會，常就不明白的問題向茅盾求教，茅盾又及時給他答覆，如：「何其芳三人詩集雖列為文學研究會叢書，但他們是不是會員，我也弄不清楚了。我當年卸任小說月報，因與商務印書館當局在反對禮拜六派一點上意見不合，——我因禮拜六派先對我攻擊，故在小說月報上作文反擊，而商務當局則不願其出版之刊物捲入當時文壇上的爭論，此為主因，其次，則商務董事中頗有與禮拜六派有瓜葛者，雅不願我在小說月報上公開反擊禮拜六派，那麼，商務當局亦無奈我何！」（一九七四年十二月二十三日）「朱湘是文學研究會會員。徐玉諾也寫小說，但他的詩在當時影響大些。」〔註25〕

　　以後，徐重慶想據杜牧曾來湖州之事寫一篇小說，茅盾得知後告訴他：「杜牧事改寫小說，您自己決定，但我覺得這一件事犯不著費神去寫小說。」一九八〇年，徐重慶還收到茅盾為他書寫的條幅：「世事洞明皆學問，人情練達即文章。」這是茅盾書寫條幅的封筆之作，為徐重慶所珍藏的一件珍貴的墨寶。可以說，茅盾已把徐重慶當成了家鄉的一個青年朋友，他們是一對忘年交。在茅盾因病逝世後，徐重慶無限悲痛，他說：「茅公同魯迅一樣，為黨和人民的事業貢獻了自己的一切，對青年的關心和愛護，竭盡了精力！在茅公

〔註23〕　《桐鄉文藝》「烏鎮茅盾故居開放紀念」專輯（1985 年 7 月）。
〔註24〕　《紹興師專學報》1981 年第 3 期。
〔註25〕　《茅盾書簡》第 320 頁，浙江文藝出版社 1984 年 10 月出版。

的晚年，我有幸得以通信往還，受教一時。每次討教，他老人家在身體欠佳之際，仍是及時親筆賜覆，盡量滿足要求，虛懷若谷，熱情無比，尤如面聆一位慈祥的長者的教誨，從中更體現了他老人家人格的偉大！念及因此而浪費了他老人家不少寶貴時間，內疚萬分！」面對茅盾遺箚，徐重慶寫道：「睹物思情，無限哀思催人淚下。茅公永遠活在我心中！」。〔註26〕

除了王克文、徐重慶兩位之外，現在瞭解到家住南潯鎮的石建雄（浙江省衛生廳幹部）曾於一九六六年十月去北京時給茅盾寫信，要去拜望茅公。聽說家鄉青年學生想見他，茅盾當即給石建雄回信，同意他訪問。石建雄回憶說，當時正逢「文革」初起，茅公說話不多，但他記得茅公對他說過這樣一句話。「北京並不是只有大字報」，茅公讓他去看著北京的名勝和古代建築。對於石建雄向他請教的有關自己作品的幾個問題，茅盾也作了簡略的回答。筆者曾請石建雄同志複印茅盾給他的信，遺憾的是茅盾給他的信放在他一個已赴加拿大留學的同學處，未曾取到，他只給筆者寄來茅盾給他的信封的複印件，上書：「本市崇文區東興隆街五十一號中國科學院招待所（外地來京學生）石建雄同志收」。關於茅盾接見石建雄這件事，也許茅盾的日記中有所記載吧。

在湖州得到茅盾題詩和墨寶的還有費在山同志。一九七五年十月，他通過徐遲向茅盾索字，茅公為他寫了《一翦梅》詞，在跋文中寫道：「頃徐遲同志為費在山同鄉索字，不計工拙，聊以塞責。」費在山同志是書法家，也是一位現代文學研究者，曾任民進湖州市委副主任委員。

（二）關心湖州市的文藝刊物和文藝單位。前面已提到茅盾在一九五八年八月曾為《杭嘉湖文藝》題寫刊頭和回信，此外，茅盾還在一九八一年一月十八日抱病為原嘉興地區的文藝刊物《南湖》題寫了刊名。從書寫時間來看，也許這是茅公生前最後的題簽。在此之前，一九七九年三月，茅盾應嘉興地區專員公署之請，為湖州城裏興建的一座新型影劇院題字。他先是按要求題寫了「湖州劇院」四字，六月，專署考慮到要放電影，又函請茅盾補寫一「影」字。茅盾卻於七月七日寄來他重新寫的「湖州影劇院」五個大字，並署名「沈雁冰」，鈐上名章。八〇年元月底，茅盾還揮筆題寫了「浙江省嘉興地區群眾藝術館」十二個大字，在所附的陳小曼的信中說：沈老「由於手

〔註26〕《紹興師專學報》1981 年第 3 期。

顫抖,寫得不好,他說,你們看著辦,不合用就算了。」茅公的謙遜精神是
幾十年一貫如此的。

這裡還應提及的是,一九七九年元月初,德清縣文化館擬創辦文藝刊物
《莫干山》,鍾偉今同志(現為湖州市文聯副主席)寫信給茅盾。茅公知道德
清與桐鄉毗鄰,他有些親戚就是德清新市人,於是很快地題寫了《莫干山》
刊頭,並給鍾偉今覆信:「來信悉。囑寫刊名《莫干山》,已寫好,現掛號寄
上,收到後請回信為荷。二月十五日前,要參加兩個會,為《莫干山》題辭
或寫詩,都不可能了,希見諒。視力不好,信由家人代筆。」此信簽署的名
字是「沈雁冰」,時間為一九七九年二月四日。茅盾逝世後,《莫干山》創刊
號才出版,該刊編輯寫了《春雨淒淒悼茅公》,鍾偉今寫了一首《七律‧悼念
茅盾同志》,表達了對茅公關懷一個縣級文藝刊物的深沉緬懷和悼念之情。

六、茅盾關心湖州的教育事業

茅盾不僅關心湖州社會主義文藝事業的繁榮,而且關心湖州人民教育事
業的發展。在這個方面,主要體現在他給母校湖州中學和給湖州師專(原為
浙江師範學院湖州分校——嘉興師專)的來信及題字、贈詩上。

我們去訪問湖州中學,看到該校有一幢高大的樓房。這幢樓牆上大書著:
「科學館 茅盾 七九年二月」。雖然只是一行字,但它蘊含著茅盾對下一代的
殷切期望。茅盾生前為文藝刊物題寫刊名很多,而為一個中學題「科學館」,
可能僅此一次。茅盾對湖州中學的關懷還見之於他為湖州中學八十週年校慶
事給該校的覆信。他寫道:「校長及各位湖州中學老師:來函敬悉。母校建校
八十週年擬成立校慶委員會並推我為名譽主席一事,在情誼為難推辭,惟在
理則居之有愧耳。敢不拜嘉寵命。昔年校友,不知尚有健在者否?現在黨中
央提倡凡事節約,母校校慶似不宜鋪張浪費。想早在諸位考慮之中。匆此即
頌春祺!沈雁冰一九八一年元月五日於北京」。這封信寫於茅盾離開烏鎮進入
湖州中學求學的七十年之後,茅盾在信中對母校流露出多麼深厚的感情,而
又是多麼謙遜,考慮得何其精到!這時他已病重住院,信是他在病逝前僅三
個多月時寫的。這封信現為湖州中學珍藏,茅盾將以其不朽的精神為湖州培
育一代又一代的青年。

一九七八年十二月,茅盾接到浙江師範學院湖州分校(現為湖州師專)的
信,即於十二月十五日為該校的《教與學》刊物題寫了刊頭。他並在覆信中寫

道：「……囑寫《教與學》刊頭，今寫好附上。來函謂擬在《教與學》上發表我為烏鎮寫的兩首西江月，恐不合宜。現寄上一翦梅一首，正是講湖州的，比較切題。此詞原來寫給一位同志，可是他與湖州無關係，甚至非浙江人，故寫後未給他，另寫一張給他。今將其名剪去，你們將就著用罷。匆此即頌撰祺！」信的署名是「沈雁冰」。其惠贈該校的《一翦梅》詞及跋原文如下：

六十年前景淒涼，壟下多糧，陌上無桑，而今日月換新裝，八繭蠶忙，雙季稻香；

廠礦安排細較量，翹首錢塘，俯視金閭，工農子弟煥文章，泖淥汪洋，苕霅流長。

辛亥革命之前年，余曾求學於湖州中學。近晤故鄉來人，謂解放後湖州工農建設氣象蓬勃，形勢大好，喜而賦此一翦梅。

茅盾知道湖州市原來是沒有高等學校的，因此他欣然給新辦的嘉興地區唯一的一所大專學校題寫刊頭、覆信並贈詩。

據筆者所知，茅盾生前為高等學校題寫刊頭和贈詩，這一次是僅有的。所以，這件事的意義顯然很重要，其影響必將是久遠的。

七、茅盾為王一品湖筆題字及其它

在調查茅盾與湖州的關係時，筆者還暸解到：一九六一年王一品湖筆店為紀念開業二百二十週年，曾函清國內著名書法家題詞。茅盾是非常喜愛使用湖筆的，他接到信後，親筆為該店書寫了一張條幅，用娟秀清逸的瘦金體寫道：

管城子無食肉相　毛穎公有橫掃才　迺廿年豔稱一品

億萬載為入民服務

書祝浙江湖州王一品筆齋創立二百二十週年紀念之喜

一九六一年十月沈雁冰

茅盾在這裡用了「管城子」及「毛穎公」兩個典故。唐朝韓愈寫有《毛穎傳》，以毛筆擬人，後世人們就用「毛穎」作為毛筆的代稱。管城子是筆的別稱。韓愈《毛穎傳》寫道：「秦皇帝使恬（蒙恬）賜之（指兔）湯沐，而封諸管城，號曰『管城子』。」黃庭堅有《戲呈孔毅父》詩，其中有：「管城子無食肉相，孔方兄有絕交書。」茅盾在書寫條幅時，將黃庭堅的句子信手拈來，用於寫

湖筆，既自然又貼切。其中「䘏」字音「逼」，是二百的意思，湖州人陸心源的藏書樓很有名，其樓號即爲「䘏宋樓」，茅盾寫條幅時用上這個字，也是有含意的。

茅盾還於一九八〇年爲「湖州工藝美術服務部」題寫店名，署名「茅盾」。此店在湖州市人民路，以銷售湖筆及其它手工藝製品爲主，和王一品湖筆店一樣，經常接待外賓。

王一品筆齋由郭沫若題寫店名，湖州工藝美術服務部由茅盾書寫店名，兩店同在湖州鬧市區，兩位大文豪的手筆在湖州城相映生輝，爲「絲綢之府」、「文物之邦」的湖州古城增添了光彩，是湖州人引爲自豪的事情。

以上七個部分，概述了茅盾與湖州的各種關係。限於調查不夠而資料不全，遺珠或論述不當之處，祈請讀者指正。

（原載《湖州師專學報》增刊《茅盾研究》第 2 輯，1986 年）

青年沈雁冰與中國共產黨

　　沈雁冰（茅盾）是我國現代進步文化的先驅者、偉大的革命文學家和無產階級文化戰士。同時，沈雁冰還是中國共產黨的最早的一批黨員之一；他畢生追求共產主義的偉大理想，為實現人類最崇高的目標——共產主義事業奮鬥了六十年，真正做到了鞠躬盡瘁，死而後已。

　　關於沈雁冰的文學活動及創作，人們瞭解得較多，研究得較早。而有關沈雁冰參加黨的活動的情況及其貢獻，人們卻知之甚少，更缺乏研究。本書僅是根據現有的很少的史料，以及有關的著作，對沈雁冰青年時期與中國共產黨的關係所作的初步探討和介紹，意在拋磚引玉，引起更多人的研究。

一、積極宣傳共產主義，參加黨的籌建工作

　　沈雁冰少年時代就心懷國家，志在天下。他在家鄉烏鎮讀書時，曾寫過《文不愛錢武不惜死論》、《青鎮茶室因捐罷市平議》、《選舉投票放假紀念》、《西人有黃禍之說試論其然否》等議論時事政治的作文。一九一一年辛亥革命爆發時，正在嘉興府中學（省立嘉興第二中學）讀書的沈雁冰熱烈宣稱：「我無條件的擁護革命」，並以「深通當前革命形勢的姿態」，充任革命黨的義務宣傳員。而新來的學監卻宣佈要「整頓」校風，這引起沈雁冰和同學的激憤，他們就在校園裏鬧起「小小革命」，寫諷刺詩抨擊新學監，因而被開除，不得不轉入杭州安定中學就讀，並在該校畢業。

　　一九一三年，沈雁冰進入北京大學預科學習，開始接觸進步的新思想。在一九一七年十月社會主義革命影響下，他以一個新文化戰士的姿態，出現在「五四」時期的新文化運動中。一九一九年，他已在閱讀馬克思主義的書

籍，以及《新青年》上刊登的陳獨秀、李大釗的文章。一九二〇年年初，陳獨秀到上海。爲了籌備在上海出版《新青年》，陳獨秀約陳望道、李漢俊、李達及沈雁冰進行商談。沈雁冰是「第一次會見陳獨秀」，看到陳獨秀「中等身材，四十來歲，頭頂微禿，舉動隨便，說話和氣，沒有一點『大人物』的派頭」。《新青年》移滬編輯、出版之後，沈雁冰即開始爲《新青年》撰稿，先後發表了譯作《遊俄感想》及《羅素論蘇維埃俄羅斯》（《新青年》八卷二號、三號）。

這年五月，陳獨秀、李漢俊、李達、陳望道等發起成立了共產主義小組和馬克思主義研究會。同年多天，沈雁冰應李達之約爲他主編的《共產黨》月刊翻譯文章。《共產黨》月刊是上海共產主義小組成立後出版的第一個秘密發行的黨刊，專門宣傳和介紹共產黨的理論和實際，以及第三國際、蘇聯和各國工人運動的消息。沈雁冰在該刊的第二號（一九二〇年十二月七日出版）翻譯了《共產主義是什麼意思》（副題爲「美國共產黨中央執行委員會宣佈」）、《美國共產黨黨綱》、《共產黨國際聯盟對美國 IWW（世界工業勞動者同盟的簡稱）的懇請》、《美國共產黨宣言》，共四篇譯文。沈雁冰後來回憶說，「通過這些翻譯活動，我算是初步懂得了共產主義是什麼，共產黨的黨綱和內部組織是怎樣的；尤其《美國共產黨宣言》是一篇馬克思主義理論及其應用於無產階級革命實踐的簡要論文，它論述了資本主義的破裂，帝國主義，戰爭與革命，階級鬥爭，選舉競爭，群眾工作，無產階級專政，共產主義社會的改造等等。」他由於從譯文中學得了共產主義的基本原理，因而在一九二一年四月七日出版的《共產黨》第三號上，撰寫了一篇《自治運動與社會革命》，批判當時的省自治運動者鼓吹的資產階級民主，指出這實際上是爲軍閥、帝國主義服務的，中國的前途只有無產階級革命。在這一期《共產黨》上，還有他翻譯的《共產黨的出發點》。接著，《共產黨》第四號上又發表了他從英文轉譯的列寧的《國家與革命》第一章。這些文章以流暢的文筆，宣傳了共產主義思想及科學社會主義學說，在爲籌建中國共產黨而進行的思想準備中，做出了重要的貢獻。

一九二一年二、三月間，沈雁冰由李漢俊介紹加入共產主義小組。此後即積極投入籌備黨的「一大」的繁忙工作。但是他並未出席黨的「一大」，上海出席「一大」的代表是李漢俊和李達。

二、擔任黨中央聯絡員，參與上海兼區黨委領導

中國共產黨誕生之後，沈雁冰作爲年僅二十五歲的青年黨員，按照黨組織的規定，出席支部會議和學習會。當時，他們的支部會議地點是陳獨秀住的環龍路漁陽里 2 號。（此時陳獨秀已從北京回到上海，擔任黨的總書記。）他們的支部會議每星期一次，從晚上八時開始，直到十一時以後。參加的黨員有楊明齋、邵力子、陳望道、張國燾、SY（社會主義青年團書記）俞秀松等人，還有蘇聯派住上海的赤色職工國際代表魏庭康（原名魏庭康斯基）。他們在會上討論發展黨員、開展工人運動、加強黨員的馬克思主義的學習。沈雁冰除按黨支部要求自己閱讀秘密出版的《共產黨》月刊外，還經常參加每星期一次的學習會，在下午的三四個小時裏，聽李達或楊明齋講馬克思主義學說、階級鬥爭和帝國主義，並參加討論。這年殘冬，漁陽里二號被法捕房查抄，陳獨秀被捕、保釋以後，他們的支部會議就隨時轉換地點，有時也在沈雁冰家裏舉行。他的弟弟沈澤民入黨時的支部會議，即是在他的家裏進行的。

漁陽里 2 號風波之後，陳獨秀另外租房子作爲黨中央包括組織、宣傳等各部的秘密辦公地點，不過他仍住在漁陽里 2 號，仍然客人很多，以此迷惑法捕房的包探。此時，各省的黨組織也相繼建立，黨中央和各省黨組織之間的信件和人員的往來日漸頻繁。黨中央認爲沈雁冰在商務印書館編輯《小說月報》是個很好的掩護，就派他爲直屬中央的聯絡員，編入中央工作人員的一個支部。外地給黨中央的信件都寄給他，外封面寫沈雁冰，另有內封則寫「鍾英」（中央之諧音），由他每日匯總送給中央。外地有人到上海找中央，也先去找他，對過暗號、問明姓名和住址後，再由他報告中央。這期間，沈雁冰的任務繁重，工作忙碌，但他仍然寫作、翻譯了大量的作品和文章，並參與文學研究會的組織領導工作，撰文批判鴛鴦蝴蝶派（《禮拜六》派）。同時，他還到李達兼任校長的平民女學教英文。平民女學是黨創辦的一所以半工半讀作號召、爲黨培養婦運工作者的學校。在沈雁冰所教的學生中，有後來成爲著名作家的丁玲（蔣冰之）。他每星期去三個晚上，前後達半年之久。一九二二年，黨又創辦了上海大學，這也是爲黨培養幹部的學校。校長雖是于右任，卻是掛名，而總務長、教務長、教授都是共產黨員。鄧中夏曾任總務長，瞿秋白任教務長兼社會學系主任，陳望道是中國文學系主任，沈雁冰在中國文學系任教小說研究，在英國文學系講希臘神話。

沈雁冰從一九二三年七月起，擔任黨的上海地方兼區（江蘇、浙江）執行委員會的委員，後任執委會秘書兼會計。其間，曾任執委會中的國民委員會的委員長，擔負與國民黨員合作，發動社會各階層進步力量參加革命工作的重任。他還負有去蘇州、南通等地發展黨員、建立地方黨組織的任務。因此，在一年多的時間裏，他既要參與上海地方兼區執委會的領導工作，又要完成大量的具體工作，除日常事務外，還有臨時的活動，如紀念京漢路「二七」大罷工的準備（紀念會、紀念冊），列寧追悼會的籌備，印製節日傳單，在「五卅」運動中走上南京路示威遊行，參與發起上海教職員救國同志會，並組織講演團去各學校團體講演，《「五卅」事件的外交背景》是他講的題目。沈雁冰還熱心地參加了上海學術團體聯合會主編的《公理日報》的編輯工作，撰文報導「五卅」事件眞相，宣傳愛國反帝。這時候，商務印書館的職工受「五卅」運動的影響，成立了工會。沈雁冰是商務印書館黨組織的負責人，他和罷工委員會中的臨時黨團有力地領導了罷工鬥爭，而且作爲十二個職工代表之一，與商務印書館資方代表進行了面對面的談判，經過鬥爭使罷工取得了勝利。

後來，沈雁冰回憶這個時期的鬥爭生活說：「因爲擔任上述的黨內職務，我就相當忙了。執行委員會大約一周開一次會，遇到有要事研究就天天開會，再加上其他的會議和活動，所以過去是白天搞文學（指在商務編譯所辦事），晚上搞政治，現在卻連白天都要搞政治了。」而且，在他的影響下，他的妻子孔德沚也積極投入婦女運動，並經楊之華介紹，加入了共產黨，由於忙於婦女工作，「終日在外邊，吃飯時抱著孩子餵奶」，以至於沈母爲了照管兩個孩子，也「忙得沒有時間看報」。由此可見，沈雁冰及其一家，都在以忘我的精神獻身於黨的革命事業。

三、給毛澤東當秘書，管理宣傳部上海交通局

一九二五年三月十二日，孫中山先生逝世之後，國民黨右派反對孫中山先生的三大政策，公開叫嚷開除已經加入國民黨的共產黨員。黨中央爲了反擊國民黨右派的猖狂進攻，指令惲代英和沈雁冰籌組兩黨合作的國民黨上海特別市黨部。十二月，上海特別市黨部成立，惲代英爲主任委員兼組織部長，沈雁冰爲宣傳部長。年底，上海市黨員大會選出五個出席國民黨第二次全國代表大會的代表，沈雁冰是其中一個。

　　他在廣州參加代表大會之後正欲返回上海，廣東區委書記陳延年通知他留在廣州工作，到國民黨中央宣傳部任秘書。毛澤東是代理宣傳部長，住在東山廟前西街三十八號。沈雁冰即和毛澤東、楊開慧、蕭楚女及毛澤東的兩個孩子岸英、岸青住在一起。毛澤東對他說，中央宣傳部設在舊省議會二樓，離此稍遠。兩三天後開國民黨中央常委會時，將提出任命他為秘書，請中常委通過。沈雁冰問，任命一個秘書，也要中常委通過麼？毛澤東答道，部長之下就是秘書。沈雁冰一聽，覺得擔子很重，不能勝任。毛澤東就說不要緊，蕭楚女可以暫時幫助處理部務。毛澤東還告訴他，自己正忙於籌備第六屆農民運動講習所，不能天天到宣傳部辦公，《政治周報》也要交給他編。沈雁冰接編《政治周報》第五期，在上面寫了三篇文章：《國家主義者的「左排」與「右排」》、《國家主義——帝國主義最新式的工具》和《國家主義與假革命不革命》。他在宣傳部負責起草宣傳大綱、處理日常事務。在毛澤東秘密經韶關視察農民運動期間，由中常委決定，他代理過兩個星期的宣傳部的部務。

　　「中山艦事件」發生的前一天，廣州市內謠言四起，人心不安。毛澤東預感到要出事了，在和沈雁冰談話時，皺著眉頭說：莫非再來個廖仲凱事件。三月十九日深夜，擔任海軍局長的共產黨員李之龍被捕。毛澤東聽說後默坐沉思，沈雁冰也默坐相陪。後來，毛澤東說要去蘇聯軍事顧問團的宿舍，找顧問團的代理團長季山嘉和陳延年。沈雁冰說：「路上已戒嚴，怕不安全，我陪你去」。於是，即陪毛澤東前往。在傳達室，他聽到毛澤東和其他人高聲爭論。他們回到家中坐定，毛澤東告訴了他發生的情況，以及和季山嘉、陳延年爭論的內容。沈雁冰問：您料想結果如何？毛澤東思索後說：這要看中央的決策如何，如決定對蔣讓步，最好的結果大概第一軍中的共產黨員要全部撤走了。重要之點不在此，在於蔣介石從此更加趾高氣揚，在於國民黨右派會加強活動，對我們挑釁。談到凌晨，他們才就寢，而沈雁冰「在床上卻輾轉不能熟睡」。過了三天，陳延年對他說，剛收到黨中央來電，要他回上海。沈雁冰將此事報告毛澤東。毛澤東說：「看來汪精衛要下臺了，我這代理部長也不用再代理了。」又過了幾天，沈雁冰去辭行。毛澤東囑咐他說：「上海《民國日報》早為右派所把持，這裡的國民黨中央在上海沒有喉舌，你到上海後趕緊設法辦個黨報，有了眉目就來信給我吧！」沈雁冰答應努力去辦，並問：還管宣傳部的事麼？毛澤東說：「他們一時找不到適當的人，挽留我再管幾天，再說，我也得把我代理部長以後經手的事情，作個書面報告，作個交待。」

　　沈雁冰回到上海以後，把毛澤東交辦的這件事報告了陳獨秀。陳說《中華新報》正想停辦，不妨去瞭解一下。此後，沈雁冰四方奔走，進行辦報的籌備工作。其間幾次給毛澤東寫信，報告經費的籌集和經理、主編及編委的人選，都得到毛澤東的指示或毛澤東簽發的宣傳部的批覆。但由於法租界工部局沒有批准，擬名為《國民日報》的上海黨報，終於夭折。

　　沈雁冰從廣州回來後，即辭去商務編譯所的編輯職務，擔任了國民黨中宣部在上海的秘密機關——交通局代理局長（局長是惲代英）。交通局辦事的人全是共產黨員。交通局的職責是翻印《政治周報》和國民黨中宣部發的各種宣傳大綱和其他文件，轉寄北方及長江一帶各省的國民黨黨部。沈雁冰到職以後，加強了對交通局的領導，並得到中共上海特別市委的支持，委派了交通局的會計和記錄。他還函請廣州國民黨中央秘書處批准，在交通局設置了視察員，按時視察北方各省及長江沿岸各省的黨務及工農運動情形，提出書面報告。

　　沈雁冰擔任交通局領導，直至該年（一九二六）年底。在這一年裏，沈雁冰就是這樣以自己的言行表現出共產黨員堅強的黨性和組織觀念，也表現出了他卓越的宣傳和組織才能。他既是毛澤東的得力助手，又是上海交通局黨組織的傑出領導。

四、擔任軍事政治學校教官，主編《漢口民國日報》

　　一九二七年元旦，沈雁冰和他的妻子孔德沚正在從上海開往武漢的英國輪船上。此時，他是受黨中央委派，前往中央軍事政治學校武漢分校工作。他的兩個孩子留在上海，由他的老母照管。

　　抵達武漢以後，沈雁冰擔任了軍校的政治教官，採用瞿秋白在上海大學時編的社會科學講義作為教材。他準備好一課，就輪流到軍事科、政治科的各隊去講授。由於學校開辦不久，沒有桌椅，也沒有固定的課堂，上課時，他就站在桌子上講，學生圍在周圍聽。內容有：什麼是帝國主義，什麼是封建主義，國民革命軍的政治目的是什麼……他還為女生隊講過婦女解放運動的問題。在講課中，沈雁冰充分發揮了自己的文學才能，把抽象的哲學概念、政治問題，講得深入淺出、形象、生動，頗受學生的歡迎。

　　兩個多月以後，黨中央決定讓沈雁冰去編《漢口民國日報》。這張報紙名義上是國民黨湖北省黨部的機關報。實際上是中國共產黨辦的第一張大型日

報。報社社長是董必武，總經理是毛澤民，總主筆是沈雁冰，編輯除一人是
國民黨左派，其他也都是共產黨員。報紙的編輯方針、宣傳內容也是由中共
中央宣傳部確定的。當時，宣傳部長彭述之還在上海，武漢由瞿秋白兼管宣
傳工作。這樣，沈雁冰就經常去找瞿秋白請示編輯方針。瞿秋白指示他：報
紙在當前要著重宣傳三個方面，一是揭露蔣介石的反共分裂陰謀，二是大造
工農群眾運動的聲勢，宣傳革命道理，三是鼓舞士氣，作繼續北伐的輿論動
員。沈雁冰按照這樣的方針，每天把編輯們編好的稿件加以選擇、審定，加
上標題，確定版面，然後再寫一篇一千字左右的社論，鼓吹革命，揭露反革
命陰謀。由於要等待「緊要新聞」版的消息，他幾乎每天要到夜間一兩點鐘
才能把稿子發完，因而經常整夜不眠。對於當時黨內對農民運動的兩種意見，
「糟得很」與「好得很」，沈雁冰曾說：「我們普通的共產黨員，包括我，對
於農民運動的迅猛發展，當然感到由衷的歡喜，因為它是直接由共產黨領導
的，它徹底沖決了幾千年來封建統治的基礎，是真正的大革命。」（茅盾：《一
九二七年大革命》）在他撰寫的《整理革命勢力》為題的社論中，他寫道：「農
運在湖南極為發展，已為大家所共知，農民在鄉村中掃除封建勢力，建立起
革命的秩序，能有道不拾遺、夜不閉戶之風。他們懲治土豪劣紳，原也用了
些非常的革命手段，此亦為暴風雨時代必然的現象，也可說非此則不能剷除
鄉村的封建勢力。」由此可以看出沈雁冰當時是堅定地站在以毛澤東為代表
的正確路線一邊的。

後來，夏斗寅叛變，「馬日事變」發生，大批共產黨員、國民黨左派人士
和革命群眾遭到血腥的屠殺。武漢也謠言四起，形勢動蕩。六月底，沈雁冰
把快要分娩的妻子送上去上海的英國輪船，並讓她帶走了他們的絕大部分行
李，準備應付突然的事變。七月八日，他寫完最後一篇社論《討蔣與團結革
命勢力》，就給汪精衛寫了一封信，辭掉《漢口民國日報》的工作。當天與毛
澤民一起轉入「地下」，隱藏在一個大商家的棧房裏。幾天後，汪精衛召開了
「分共會議」，宣佈與共產黨決裂，在武漢地區也開始了對共產黨人和革命群
眾的血腥屠殺。這月下旬，沈雁冰接到黨的命令，要他去九江找某人。在九
江，他遇到董必武，告訴他：目的地在南昌，但去南昌的鐵路有一段被炸，
萬一去不了南昌，就回上海。後來，他聽說可以先上牯嶺，從牯嶺翻山下去
到南昌。於是他就上了牯嶺。不料在旅館裏患了腹瀉，病勢兇猛，五、六天
後才稍微好轉。病後他才聽說發生了「八一南昌起義」。直到八月中旬，沈雁
冰才下山搭日本輪船，繞道鎮江，潛回上海。

　　沈雁冰返回上海之後，他那因小產住在醫院的妻子告訴他：南京政府的通緝名單上有他的名字。有些熟人問起他時，他妻子回說：「雁冰去日本了。」他囑妻子仍照這樣告訴外人，而他隱藏在三樓上，足不出戶，整整十個月之久。在這段時間裏，他沒有緊緊跟上突變的形勢，而是停下來思索：革命究竟往何處去？他說：「共產主義的理論我深信不移，蘇聯的榜樣也無可非議，但是中國革命的道路該怎樣走？在以前我自以為已經清楚了，然而，在一九二七年夏季，我發現自己並沒有弄清楚，在大革命中我看到了敵人的種種表演──從偽裝極左面貌到對革命人民的血腥屠殺，也看到了自己陣營內的形形色色──右的從動搖、妥協到逃跑，左的從幼稚、狂熱到盲動。在革命的核心我看到和聽到的是無止休的爭論，以及國際代表的權威，──我既欽佩他們對馬列主義理論的熟悉，一開口就滔滔不絕，也懷疑他們對中國這樣複雜的社會真能瞭如指掌。我震驚於聲勢浩大的兩湖農民運動竟如此輕易地被白色恐怖所摧毀，也為南昌暴動的迅速失敗而失望。在經歷了如此激蕩的生活之後，我需要停下來獨自思考一番。曾有人把革命成功前的紛擾起伏，比之為產婦分娩前的陣痛。一個嬰兒的誕生尚且要經過幾次陣痛；何況一個新社會？大革命是失敗了，陣痛仍在繼續。不過，當時乘革命高潮而起的弄潮兒，雖知低潮是暫時的，但對中國革命的正確道路，仍在摸索之中。」

　　沈雁冰的這種思想觀點，在當時是有普遍性的。就在他「停下來思考」的這段不算短的時間裏，他開始了文學創作生涯，寫出了《幻滅》、《動搖》和《追求》組成的革命三部曲。表現「青年在革命浪潮中所經歷的三個時期：（一）革命前夕的亢昂興奮和革命既到面前時的幻滅……（二）革命鬥爭劇烈時的動搖（三）動搖後不甘寂寞尚思作最後之追求」（茅盾：《從牯嶺到東京》）。這部小說被評論家稱為「整個一九二七年中國革命人物的全部縮影」（錢杏邨：《動搖》，《太陽月刊》，1928 年 7 月 1 日出版）。

　　與此同時，沈雁冰和黨組織脫離了聯繫，失去了黨的組織關係。然而，他對革命事業並未失去信心，因為他冷靜地咀嚼了武漢時期的一切，他想，一場大風暴過去了，但引起這場風暴的社會矛盾，一個也沒有解決。中國仍是個帝國主義、封建勢力、軍閥買辦統治的國家，只是換上了新的代理人蔣介石。他認為，革命是一定還要起來的。「中國共產黨一九二一年成立時只有五十幾個黨員，到一九二七年就發展到五萬黨員，誰能說共產黨經此挫折，遂一蹶不振？中國歷代的農民起義，史不絕書，難道二十世紀二十年代有共

產黨領導的農民運動反而一遭挫折就不能再起？這是誰也不相信的。當然，革命起來了也許還會失敗，但最後終歸要勝利的」。（茅盾：《創作生涯的開始》）為了表白他的這種信念，他創作了他的第一個短篇小說《創造》，在作品中暗示了這樣的思想：革命既經發動，就會一發而不可收，它要一往直前，儘管中間要經過許多曲折，但它的前進是任何力量阻攔不住的。也是為了表白這種信念，當《幻滅》被列入文學研究會叢書出單行本時，沈雁冰在書的扉頁上寫了一句《離騷》：「路漫漫其修遠兮，吾將上下而求索。」兩年以後，當三部曲合併成為一部長篇出版時，他給全書取名為《蝕》，意在表明：書中寫的人和事，正像月蝕日蝕一樣，是暫時的，而光明則是長久的，革命也是這樣，挫折是暫時的，最後勝利是必然的。在《蝕》的扉頁的「題詞」中，他寫道：「生命之火尚在我胸中燃熾，青春之力尚在我血管中奔流，我眼尚能諦視，我腦尚能消納，尚能思維，該還有我報答厚愛的讀者諸君及此世界萬千的人生戰士的機會。」這種態度是積極的、樂觀的。

沈雁冰脫黨的問題，固然有他自己主觀上的原因——如上所述，也有客觀上的原因，主要是當時黨組織的某些人有嚴重的左傾思想，他們認為沈雁冰已經「落伍」。尤其是在沈雁冰亡命日本期間寫了《從牯嶺到東京》一文，他們便據以判定沈雁冰已向資產階級投降，而斷絕了與他的關係。沈雁冰在他的回憶錄裏曾談到這件事。一九三一年五月，沈雁冰擔任了「左聯」行政書記，當瞿秋白住在他家裏避難時，他曾向瞿秋白談起他與黨組織失去聯繫的經過，並表示希望能恢復組織生活。瞿秋白向上級黨組織作了彙報，但是卻沒有得到當時黨的左傾領導的答覆。然而，沈雁冰的心是向著黨的。一九三九年，他從新疆到延安以後，第二次提出要求恢復黨的組織生活。黨中央經過考慮，認為他留在黨外對人民更有利。這樣，沈雁冰就服從了黨的決定。一九八一年春，在他病危臨終時，第三次提出這一要求，終於獲得黨中央的批准，恢復了他的中國共產黨黨籍，黨齡從一九二一年算起。這是黨中央對沈雁冰為共產主義而奮鬥的一生的公正評價，即使在他與黨組織失掉聯繫的那段時期，他仍然像一個真正的共產黨員那樣，對黨的事業竭盡自己的努力，做出了傑出的貢獻。

（原載《杭州師院學報》一九八二年第三期）

茅盾——從子夜戰鬥到黎明

　　一九二八年七月初的一天，茅盾乘一條日本輪船悄悄抵達神戶，過了一夜，次日乘早班火車赴東京。他這次到日本，是聽了陳望道的建議，「決計改換一下環境，把我的精神蘇醒過來」。買船票、兌換日元等事都是陳望道替他安排的。陳望道給他的女友吳庶五寫了信，讓吳庶五在東京接茅盾。雖然他秘密地踏上了日本的國土，但一上火車，日本警視廳特高課的便衣警探就「拜訪了他」。抵東京之後，茅盾住在一家中等的旅館裏。他從早於他來到東京的陳啓修（原漢口《中央日報》總編輯）的身上看到：「似乎經歷了一九二七年那場大風暴的人們都有些變了」。〔註1〕就在這家旅館裏，茅盾盤腿坐在鋪席上寫了短篇小說《自殺》（一九二八年七月八日）。緊接著就寫了《從牯嶺到東京》（一九二八年七月十六日）。那種認為茅盾「寫《從牯嶺到東京》這篇文章時不是在東京，而有可能是在上海或者是在中國的某地」〔註2〕的說法是不正確的。茅盾在寫了《北歐神話的保存》、《希臘神話與北歐神話》之後，創作了他的第三個短篇小說《一個女性》。寫作之餘，常在晚上跟陳啓修學日語。十一月初，他編定了《現代文藝雜論》。

　　茅盾在東京住了五個月之後，受到老友楊賢江夫婦的邀請，於該年十二月初移居京都高原町，直至一九三〇年春回國。其間曾因楊賢江夫婦回國而遷居過一次，到嵐山風景區遊覽過一天。從一九二八年底起，他又陸續地寫了《詩與散文》、《色盲》、《疊》、《陀螺）等七個短篇小說。至於他以日本的風光、景物、人情、習俗為題材寫的散文，不僅數量多，而且別具特色。

〔註1〕茅盾：《亡命生活》。
〔註2〕（日）松井博光：《黎明的文學》。

　　然而，身居異國的茅盾，經常感到爲霧所包圍而產生的那種「悶」的苦惱。以日本的驕傲——櫻花來說，茅盾筆下寫的是：「這濃豔的雲霞一片的櫻花只宜遠觀，不堪諦視，很特性地表示著不過是一種東洋貨罷了。」〔註3〕從這年四月至七月，茅盾創作了長篇小說《虹》，「爲中國近十年之壯劇，留一印痕。」〔註4〕年底，國內來信要他爲開明書店新出的《中學生》撰文，他以散文的筆法寫了《關於高爾基》。

　　茅盾亡命日本，原是爲了衝破「苦悶」，然而在日本生活期間，他寫《追求》時的苦悶依然沒有消失。他說：「一九二九年多天病後，神經衰弱，常常失眠，已經寫了三分之一的長篇小說《虹》也無力續完，尤其是多天，島國多長，晨起濃露闐牖，入夜凍雨打簷，西風半勁時乃有遠寺鐘聲，苦相逼拶。抱火鉢打瞌睡而已，更無何等興趣。」（《虹》的跋，一九三〇年二月一日）因爲忙於賣文爲生，學日語的計劃已成泡影，茅盾再也不想在日本呆下去了。三月末，他爲《蝕》寫的題記表達了他即將歸國時的抱負：「生命之火尚在我胸中燃熾，青春之力尚在我血管中奔流，我眼尚能諦視，我腦尚能消納，尚能思維，該還有我報答厚愛的讀者諸君及此世界萬千的人生戰士的機會。」茅盾的思想透過「滿天白茫茫的愁霧」，射出了令人鼓舞的光輝！

　　「既然沒有杲杲的太陽，便寧願有疾風大雨」〔註5〕。一九三〇年四月五日，茅盾在日本度過了一年零九個月的亡命生活之後回到上海。第一次見到借住在他家的馮雪峰，當晚去拜訪了葉聖陶、魯迅。不久，經馮乃超之邀加入了「左聯」。但他事後發現「左聯」的實際行動與「左聯」「綱領」不一致，就很少參加，他說是「採取了『自由主義』的辦法。一天，徐志摩帶了史沫特萊來看他，茅盾贈給她一本《蝕》，從此開始了與這位國際友人的戰鬥友誼。之後，茅盾的母親返回烏鎮，他們夫婦及孩子搬到愚園路口樹德里新居。他的弟弟沈澤民和弟媳張琴秋先後從莫斯科回到上海，也常來看望過著地下生活、已成了專業作家的茅盾。這期間，茅盾見到了瞿秋白夫婦。此時他已寫成取材於歷史和傳說的三個短篇小說：《豹子頭林沖》、《石碣》及《大澤鄉》，並開始創作中篇小說《路》。他原來在《路》中寫的是中學生的生活，根據瞿秋白的建議，才改寫爲大學生，意圖通過描寫蔣介石政權下大學教育的腐敗，啓示青年走向革命的新路。

〔註 3〕茅盾：《櫻花》。
〔註 4〕茅盾：《虹·跋》。
〔註 5〕茅盾：《霧》。

黨的六屆三中全會批判了李立三的左傾機會主義路線之後,「左聯」的工作有所改變,編印了「左聯」的機關刊物《前哨》,由魯迅、馮雪峰和茅盾擔任編輯。《前哨》創刊號是紀念柔石等五位青年作家被國民黨血腥殺害的「紀念戰死者專號」,刊登了《中國左翼作家聯盟為國民黨屠殺大批革命作家宣言》和《為國民黨屠殺同志致各國革命文學和文化團體及一切為人類進步而工作的著作家思想家書》。這兩篇宣言的英譯稿是由茅盾和史沫特萊合譯,經史沫特萊傳到國外,引起「五十多個美國的領袖、作家,一致抗議對中國作家的屠殺」〔註6〕,使得反動當局極為震恐,出刊後即被禁止發行。

一九三〇年五月下旬,茅盾擔任了「左聯」的行政書記,常常忙於開會,寫文章,批判反動的「民族主義文學」。不久,瞿秋白也參加了「左聯」的領導工作。茅盾經常找瞿秋白,並和魯迅、馮雪峰一起研究「左聯」的工作。他們決定將被查禁的《前哨》改名為《文學導報》,專門刊登文藝理論研究文章,繼續出版。他們又決定創辦一個以登載文學作品為主的大型文學刊物《北斗》,公開發行。這是「左聯」為擴大左翼文藝運動,克服關門主義所作的第一次重大的努力,很受青年的歡迎。茅盾遵照瞿秋白的建議,作為「左聯」的行政書記,帶頭在《文學導報》第一期上寫了《「五四」運動的檢討》,在《北斗》創刊號上發表了《關於「創作」》。這是茅盾從日本回國後撰寫的最早的兩篇文藝論文。而這兩篇文章在寫作之前,他都與瞿秋白交換過意見,其中對「五四」文學運動的評價,就是瞿秋白的觀點。之後,他又寫了一篇《中國蘇維埃革命與普羅文學之建設》,刊於《文學導報》最後一期(第八期)。所用的筆名是「施華洛」,茅盾說,「這是英文燕子的音譯,而我小名燕昌。」〔註7〕鑒於當時的實際情況,他說:「我這篇文章實在只是一份大聲疾呼的宣言。不過,這篇文章與《子夜》的創作有一定的關係。《子夜》的醞釀構思始於一九三〇年秋,中間幾經變動和耽擱,到一九三一年十月已經『瓜熟蒂落』,我正準備擺脫一切雜務來寫《子夜》。這篇文章中提出的一些問題,就是我在構思《子夜》時反覆想到的;而且,我也企圖通過《子夜》的創作實踐來檢驗我在文章中提出的『理論』,即使只是其中的一部分。」〔註8〕

茅盾擔任「左聯」行政書記之後,以他卓越的組織才能和在文學界的影

〔註6〕 (美)史沫特萊:《記魯迅》。
〔註7〕 茅盾:《「左聯」前期》。
〔註8〕 同上書。

響，協助「左聯」的主帥魯迅，在瞿秋白的指導下，做了大量的工作，使「左聯」基本擺脫了「左」的桎梏，開始了蓬勃發展、四面出擊的階段。因此，我們可以說，在「左聯」的史冊上，茅盾是僅次於主帥魯迅的一員功勳卓著的大將。

當時，茅盾已經脫黨。雖然，他曾趁瞿秋白在他家避難時，向瞿秋白談起他與黨組織失去聯繫的經過，並表示希望能恢復組織生活，瞿秋白也為此向上級作了彙報。但是，卻沒有得到當時黨的左傾領導的答覆。而瞿秋白自己正受王明路線的排擠，對此也無能為力，就以魯迅為例，勸茅盾安心從事創作。當時，茅盾雖沒有恢復黨的組織關係，卻仍然忠心耿耿地參加黨所領導的革命事業，尤其是以自己的創作同敵人進行鬥爭。他在一九三一年先後創作了《路》和《三人行》兩部中篇小說。

這年十月初，他辭去了「左聯」的行政書記，有一天去看魯迅，談了此事。魯迅對於他的擺脫雜務專寫小說的想法十分贊同，並且說：「現在的左翼文藝，只靠發宣言是壓不倒敵人的，要靠我們的作家寫出點實實在在的東西來。」〔註9〕於是茅盾集中精力，花了八個多月的時間，完成了被瞿秋白譽為「中國第一部寫實主義的成功的長篇小說」〔註10〕——《子夜》。這部長篇最初題名為《夕陽》，署名是「逃墨館主」。茅盾為什麼不用原來的筆名而要用「逃墨館主」呢？他是有用意的。孟子說過，天下之大，不歸於陽，則歸於墨，陽即陽朱，先秦諸子的一派，主張「為我」。茅盾用「逃墨館主」不是表明他要信仰陽朱的「為我」學說，而是用了「陽朱」中的朱字，朱者赤也，隱寓他是傾向赤化的。而書名《夕陽》則取自唐人詩句「夕陽無限好，只是近黃昏」，以喻蔣介石獨裁政權表面上雖是全盛時代，但實際上已在走下坡路，是「近黃昏」了。後來出版時，才定名為《子夜》。這書名不僅包含著舊中國黑暗的一面，而且也蘊蓄著通過黑暗走向光明的思想。茅盾借《子夜》人物之口說：「黎明前的天空，有一段非常黑暗的瞬間，那是繁星逝去，月亮消逝的瞬間。」他又在《我們的文壇》中寫道：「天亮之前有一時間的黑暗，龐雜混亂是新時代史前不可避免的階段，幼稚粗拙是壯健美妙的前奏曲，『The beautiful agony of Birth！』據說這就是辯證法的進展，是鐵的規律！」（文中英文的意思是：出生之美妙的苦惱。）

〔註 9〕茅盾：《「左聯」前期》。
〔註10〕瞿秋白：《子夜和國貨年》。

這部巨著及前此發表的《林家鋪子》、《春蠶》使人們看到：茅盾的現實主義創作出現了最爲壯觀的高峰；這位具有無產階級世界觀的偉大作家，正凝視著爲無窮無盡的濃霧所籠罩的茫茫黑夜，渴望著霧幔儘快消盡，黎明儘快到來。

《子夜》於一九三三年二月出版後，茅盾親自給魯迅送去一部。魯迅十分高興，對於這部顯示了無產階級左翼文學的思想和藝術力量的《子夜》，予以很高的評價。而國民黨反動當局，則採取了禁止發行和刪節的高壓手段。此時，茅盾創作的《路》、《宿莽》、《野薔薇）、《茅盾自選集》、《春蠶》、《虹》、《蝕》、《三人行》都已列入了國民黨禁止發行的文藝書目。然而，《子夜》等茅盾作品不僅已深入中國讀者的心中，而且開始流傳到國外，在世界上產生了影響。

當時，身處於「子夜」並被濃霧包圍著的茅盾，既要跟敵人的文化圍剿和人身迫害進行鬥爭，又深感民族和祖國面臨日本軍國主義侵略的危難，積極起來揭發、抗議日本侵略者的暴行。對於「九一八」事變，茅盾和魯迅等四十三位作家簽名發表了《上海文化界告世界書》。

「一二八」事變爆發，他又和魯迅等一百二十九位作家聯名發表了《爲日軍進攻上海屠殺民眾宣言》，憤怒抗議日寇的殘暴罪行。他還和魯迅等作家以雜文爲武器，在《申報・自由談》、《文學》、《太白》以及許多進步刊物上撰寫了三四十篇文章，揭露國民黨反動派的所謂「長期抵抗」和「攘外必先安內」的賣國政策和假抗日眞反人民的本質。一九三三年二月，日本無產階級革命作家小林多喜二被日本法西斯政府逮捕慘遭毒害，消息傳來，茅盾即和魯迅等人一起爲小林多喜二的遺族發起募捐。所擬的啓事說：「日本新興文學作家小林多喜二君，自『九一八』，事變後，即爲日本國內反對侵略中國之一人」。說明他們是聽說小林遺族生活艱難而發起募捐，「表示中國著作界對小林君之敬意。」

一九三五年十月，中國工農紅軍在毛澤東、周恩來同志領導下經過二萬五千里長征勝利到達陝北。魯迅和茅盾懷著無限喜悅和崇敬的心情，給黨中央發了祝賀長征勝利的電文：「在你們身上，寄託著人類和中國的將來」；表現了對中國共產黨和毛澤東同志的無比信賴和熱切愛戴。

第二年，魯迅的病重了起來，茅盾常去探望。七月一天，前來探病的日本友人增田涉在魯迅家見到了茅盾。當時，茅盾還不到四十歲。增田涉說，

茅盾穿的是「蛋黃色褲子配著深棕色上衣，打著蝴蝶結，一身輕裝」，「一見就給人以一種瀟灑，瘦弱，神經過敏而又麻利爽快的現代青年的印象。……黝黑面孔的深處，眼球在閃爍，其中還流露出他過去的經驗，那人民的、時代的艱苦奮鬥的痕迹，並且它本身就包含著不少故事似的。」〔註11〕茅盾正是這樣一位文人，一位戰士！

為了通過一九三六年的五月二十一日「這難忘的、普通的一日來活畫出眞實的中國」，茅盾主編了一部有八十餘萬字的《中國的一日》（特寫、報告文學集），撰文的作者多至四百九十位，此書只經過三個半月的時間，就由上海生活書店出版。這在中國現代出版史上是史無前例的。它體現了茅盾的工作作風和戰鬥精神。

該年十月，他在抗議日寇侵略和國民黨高壓政策而發表的《文藝界同人團結禦侮與言論自由宣言》上簽名。也是在這個月裏，茅盾在故鄉聽到魯迅去世的噩耗，立即返回上海參加治喪委員會。並撰寫了悼文《寫於悲痛中》、《學習魯迅先生》及《研究和學習魯迅》，他毅然決然地接過魯迅手中的火炬，繼續為人民革命事業和抗日鬥爭忘我地戰鬥。

一九三七年七月發生了蘆溝橋事變，緊接著又發生了「八、一三」事件，日軍進攻上海遭到中國軍隊的英勇抵抗。中日戰爭全面爆發了！茅盾目睹日本侵略軍的炮火給中國人民帶來的慘痛災難，義憤填膺，立即投身抗日救亡工作。八月，上海文化界救亡協會的《救亡日報》創刊，茅盾和巴金、鄒韜奮等擔任編委。九月，《文學》、《中流》、《文季月刊》、《譯文》聯合組成的周刊《吶喊》（後改名為《烽火》）創刊，茅盾任主編。他為刊物寫了創刊獻詞，又撰寫出《蘇嘉路上》（報告文學）及多篇散文。在《炮火的洗禮》一文中，茅盾寫道：「敵人的一把火燒得了我們的廬舍和廠房，卻燒不了我們舉國一致的抗戰的力量。不，敵人這一把火，將我們萬萬千千顆心熔成一個至大無比的鐵心了，……在炮火的洗禮中，中華民族就要更生了。」這是中華民族自信心的顯示，是茅盾對民族解放戰爭所寄予的殷切期望的體現。

然而，當「八十多天的上海戰爭結束」，上海以租界的非佔領區為中心形成了陸地上的「孤島」以後，茅盾不得不「帶著一顆沉重的心」離開上海，於十一月中旬開始輾轉各地的流浪生活。他經香港、廣州，又和家屬一起來到長沙。一九三八年初，他為創辦大型刊物《文藝陣地》前往武漢。在黨的

〔註11〕（日）增田涉：《茅盾印象記》。

長江局，會見了周恩來同志，商談刊物的出版計劃，並就他個人在社會上的活動方式徵求周恩來同志的意見，希望得到周恩來同志的指導和支持。周恩來作為黨中央的副主席，對茅盾的計劃表示大力支持，並和茅盾約定，凡在延安及華北各個抗日根據地工作的文藝工作者及老幹部們所寫的文藝稿件，由延安黨中央宣傳部和總政治部轉到長江局，再選擇後交給茅盾，在《文藝陣地》上發表，或者由他改作或作為創作素材。

三月，茅盾和郭沫若、老舍、胡風等作家發起，成立了中華全國文藝界抗敵協會，他當選為理事。四月，《文藝陣地》創刊了，而他既是主編，又是唯一的編輯。當時，他住在香港九龍，而刊物卻先在廣州後轉至「孤島」上海印刷，再偷運到香港，由他通過各種渠道轉運到內地發行。茅盾在《文藝陣地》第一期的編後記中說：「這本小小的刊物，在排校時費盡了心力，差不多每個印出來總算沒有錯誤的字粒，都是編者奮鬥的結果……」茅盾就是這樣艱難地把抗戰文藝源源不斷地輸送到全國各地、各個戰區、前線和敵後，推動了抗戰文藝的發展。在香港，他還主編了《立報》副刊《言林》，創作了《第一階段的故事》。

一九三九年春，茅盾應杜重遠的邀請，抵達迪化（今稱烏魯木齊）從事文化教育活動，擔任新疆學院文學院長。離港前他把《文藝陣地》交給樓適夷代編。在新疆，茅盾除在學院任教外，還擔任了新成立的新疆各族文化協會聯合會主席。但他不久即發現新疆督辦兼省長盛世才是個偽裝進步，心毒手狠的兩面派。次年五月，他接到母親逝世的電報，即以奔喪為由，請假逃離了虎口。

茅盾和家人來到古城西安，遇到了朱德同志一行，就隨同朱德同志前往延安，受到了延安各界群眾的熱烈歡迎。毛澤東同志曾親去看望他，並請他們一家吃飯。此後，他即在延安魯迅藝術學院講學，還被聘請為邊區文藝顧問委員會委員和文藝專題報告人，經常參加文藝報告會、座談會。茅盾還和林伯渠、吳玉章、徐特立同志發起成立了陝甘寧邊區新文字協會，並且發表了《魯迅文化基金募捐緣起》。在延安期間，他寫了十多篇文章，以後，到重慶又以延安生活和印象為題材鎔鑄成了多篇優美的故文，來謳歌解放區的生活。其中《風景談》、《白楊禮讚》等篇更是膾炙人口的佳作。

茅盾這次到延安，本想長期落戶。但基於革命鬥爭的需要，更由於周恩來同志的電示，這年十月，他只得戀戀不捨地離開延安去重慶。行前，他把

女兒沈霞送進中國女子大學學習。把兒子沈霜（即韋韜）留在陝北公學學習。由此可見，他的心是一直向著黨的。這一年，他第二次提出要求恢復黨的組織生活；黨中央經過考慮，認爲他還是留在黨外對人民更爲有利。茅盾服從了黨的決定。雖然他身子離開了延安，但他的心卻仍然向著延安，他有一首詩寫道：「北方有佳樹，挺立如長矛。葉葉皆團結，枝枝爭上游。羞與楠枋伍，甘居榆棗儔。丹青標風骨，願與子同仇。」就是他內心的寫照。

茅盾一到重慶，立即在周恩來同志領導下從事革命文化活動。皖南事變發生以後，局勢緊張。周恩來同志根據黨中央在國民黨統治區要實行「蔭蔽精幹，長期埋伏，積蓄力量，以待時機」的方針，爲了預防國民黨反動派可能進行突然的大逮捕和大屠殺，就親自領導了大規模的隱蔽和疏散的工作。茅盾在黨的安排下，易姓改名到了香港，「開闢第二戰場」。他主編了《筆談》半月刊；並在鄒韜奮主編的《大眾生活》上發表日記體的長篇小說《腐蝕》，暴露國民黨的黑暗統治。

後來，日軍佔領了香港，茅盾夫婦又在黨的安排下，和其他一些進步文化工作者一起逃離香港，進入東江游擊區，然後抵達桂林。當時，根據黨中央指示，在香港的地下黨組織和東江游擊隊的安排與保護下，逃離香港安全到達內地的進步文化工作者和青年有兩三千人之多，茅盾稱之謂「抗戰以來（簡直可說是有史以來）最偉大的『搶救』工作」。

在抗日戰爭的後期，茅盾接連創作了長篇小說《霜葉紅於二月花》（一九四二）《走上崗位》（一九四三）和劇本《清明前後》（一九四五）。這些作品揭露國民黨反動統治的黑暗，展示風起雲湧的時代風雲，鼓舞人民爭取抗日戰爭的最後勝利，受到進步文藝界和人民群眾的熱烈歡迎。

一九四五年六月初，黨在重慶的領導同志周恩來、董必武、王若飛決定在《新華日報》爲茅盾五十歲壽辰和創作生活二十五週年編發專刊祝壽，並由廖沫沙同志撰寫了《中國文藝工作者的路程》。這篇文章初稿經周恩來、王若飛同志審查、修改後，以社論名義在六月二十四日重慶《新華日報》發表。這篇社論指出：茅盾「爲民族，爲人民，爲中國最大多數人民的自由解放，他不顧一切地投身於一九二七年的革命巨浪之中，他不僅用他的作品而且用他的實踐來領導了一九二七年以後那個最黯淡最艱危時期的革命文藝運動」，「在這二十五年間，他的態度是從容而勇敢，他的存在是光輝而值得寶貴的！」「我們覺得中國新文藝運動中有茅盾先生這麼一位彌久彌堅，永遠年

青，永遠前進的主將，是深深地值得驕傲的。」〔註12〕對茅盾的鬥爭精神和
創作勞績給予了極高的評價。當時，中華全國文藝界抗敵協會還在長江岸邊
的一家大茶館裏舉行了祝壽大會。茅盾這位「中國一代文豪的五十大壽得不
到國典的勳榮，但卻得到了中國人民和廣大知識分子的熱烈慶祝。」

抗日戰爭勝利不久，茅盾以喜悅的心情讀到了毛澤東同志的《在延安文
藝座談會上的講話》。他說：「眞像是在又疲倦又熱又渴的時候喝到了甘冽的
泉水一樣，精神陡然振發起來」。從此，他就在毛澤東文藝思想的光輝照耀下，
更加自覺地從事黨領導的革命鬥爭和文藝活動。

一九四六年春，茅盾由重慶經廣州、香港，再次回到上海。在輾轉活動
中，他始終不渝地積極致力於人民革命解放事業。一九四六年一月，茅盾和
郭沫若等發表了《中國作家致美國作家書》、《重慶文藝界慰唁昆明教授學生
電》，慰唁受反動派襲擊而死傷的昆明西南聯大、雲大、中法等大學的教授和
學生；五月，他又參與發表《陪都文藝界致政治協商會議各會員書》；六月，
發表《十五天後能和平嗎？》，七月，發表《請問這就是『反美』麼？》，八
月，發表《〈周報〉何罪》；十月，與沈鈞儒等三十九人簽名發表《我們要求
政府切實保障言論自由》。在紀念高爾基逝世十週年的時候，茅盾撰文指出：
「現在中國人民正處在有史以來嚴重的一個關頭。中國將前進呢，抑是倒退？
向民主光明大道呢，還是停留在專制獨裁的深淵？和平建設呢，還是內戰破
壞？全中國人民正爲了爭取民主、和平、建設而奮鬥。中國的新文藝工作者
在這偉大的鬥爭中是認清了自己的使命，堅定地站在自己的崗位上的」。他這
些直接從事政治鬥爭的文章，思想內容是完全符合黨的七大提出的政治路線
的。

同年十二月，茅盾及夫人應蘇聯對外文化協會的邀請，在黨組織的安排
下，經西伯利亞赴蘇聯參觀訪問，郭沫若、于立群、任鈞、臧克家等到碼頭
送行。在蘇聯參觀訪問期間，他從蘇聯寄回《遊蘇日記》，在《文萃》發表。
次年歸國，先後發表了《莫斯科的國立圖書館》、《蘇聯的青年生活》、《記莫
斯科的托翁博物館》、《烏茲別克文學概論》、《馬爾夏克談兒童文學》等。

一九四七年年尾，因受國民黨反動派迫害，茅盾在黨的保護下，離開上
海去香港。在香港期間，他繼續撰文報導蘇聯人民的生活和文藝情況，並出
版了《蘇聯見聞錄》及《雜談蘇聯》。《小說》月刊在香港創刊後，茅盾擔任

〔註12〕廖沫沙：《中國文藝工作者的路程》。

了編委。這一年，他開始創作長篇小說《鍛鍊》，在香港《文匯報》上連載（未完），同年，還寫成了《脫險雜記》。年底，茅盾夫婦應中國共產黨的邀請，離香港從海路經大連進入解放區，參與新的政治協商會議的籌備工作。

「一唱雄雞天下白」。一九四九年，春滿人間，北平解放，茅盾隨軍進入北平。七月，他出席了在北平召開的第一次全國文代大會。在會上茅盾當選為全國文聯副主席和全國文協（中國作家協會前身）主席。他在文代大會上作了題為《在反動派壓迫下鬥爭和發展的文藝》的報告，認為「國統區的革命文藝的主流」「也是遵循毛主席的方向而前進，企圖同人民靠攏的」。而茅盾自己，正是在黨的領導和關懷下，抱著堅定的共產主義信念，以大無畏的姿態，英勇鬥爭，衝破黑暗，終於迎來了朝霞絢麗的黎明——他在黑暗的子夜裏一直渴望的中國的黎明。

（原載《湖州師專學報》一九八二年第二期）

茅盾：在新中國耕耘

首任文化部長

1949 年 10 月 1 日，「雄雞一唱天下白」。北京三十萬人在天安門廣場隆重集會，舉行中華人民共和國開國大典。茅盾作為第一屆全國政協常委、中央人民政府委員，登上天安門城樓，親睹毛澤東主席升起第一面五星紅旗。

10 月 20 日，他出席中央人民政府委員會第三次會議，被任命為文化部部長、文化教育委員會副主任委員。於 11 月 2 日主持文化部成立大會，正式領導新中國的社會主義文化建設事業。

茅盾擔任行政領導工作以後，政務和文化活動頻繁。在 10 至 12 月短短的三個月裏，他既出席了中央人民政府委員會和政務院的會議，又出席和參加了中國保衛世界和平大會、中蘇友好協會成立大會、中國文字改革協會會議、魯迅逝世十三週年紀念會，慶祝蘇聯十月社會主義革命節大會、蘇聯文藝工作者代表團團長法捷耶夫講演會，以及各種茶會、宴會和晚會。

然而，他仍繼續「筆耕」，只是「筆耕」的範圍更加擴大。僅在建國後的三個月裏，他撰寫的有關文藝的文章就有：《略談工人文藝運動》、《學習魯迅與自我改造》、《〈人民文學〉發刊詞》、《美國電影和蘇聯電影的比較》、《略談革命的現實主義》、《斯大林與文學》、《關於開展新年文藝宣傳工作的指示》等。至於政論和其它的文章，也有多篇，如：《感謝蘇聯承認新中國，慶賀中蘇建立新邦交》、《歡迎我們的老大哥，向我們的老大哥看齊》、《抗議美帝無恥迫害美共領袖》、《把我們對蘇聯人民和斯大林的敬愛帶回去吧！》、《中國作家茅盾祝福蘇聯人民》、《斯大林就是民主，就是和平》、《在十月革命前，反動派瘋狂而發抖了》等等。

　　1950 年元但，《文匯報》新年特刊發表了茅盾寫的《充滿了光明和希望》一文。這一年，茅盾的主要精力放在文化部的領導工作、文化交流和其它外事活動上。年初，他出席全國文聯新年聯歡並歡迎老舍等作家回國的茶會，即席講話。又出席文化部舉辦的報告會，對北京市文藝幹部講《文藝創作問題》，強調指出「我們工作的中心環節是創作」，對人物典型性、結構與人物的公式化、配合政策、創作方法等問題作了論述。在北京市大眾文藝講座上作《欣賞與創作》的講演，講了美與美感、美與欣賞的標準、美感與生活、欣賞與創作等問題。爲《文藝報》寫了《目前創作上的一些問題》。

　　作爲文化部長，他不僅關心文學創作，而且重視藝術創作和文物工作。在寫作《讀〈新事新辦〉等三篇小說》、《談〈水滸〉的人物和結構》、《關於反映工人生活的作品》等文學評論的先後，還出席全國戲曲工作者會議致開幕詞，發表影評《關於〈俄羅斯問題〉》，爲影片《中國人民的勝利》攝製完成發表《感謝蘇聯崇高的友誼和親切合作》的講話，爲《說說唱唱》題詞，向捐獻「虢季子白盤」的劉肅曾頒發獎狀，與郭沫若同去文物局觀看、鑒定文物。

　　1951 年在同樣繁忙的緊張、工作中過去。1952 年，全國開展思想改造運動，文藝界進行整風學習。3 月 12 日，茅盾寫《〈茅盾選集〉自序》，對自己的作品進行檢查。他寫道：「《幻滅》和《動搖》裏面的對於當時革命形勢的觀察和分析是有錯誤的，對於革命前途的估計是悲觀的；表現在《追求》裏面的大革命失敗後的小資產階級知識分子的思想動態，也是既不全面而且又錯誤地過分強調了悲觀、懷疑、頹廢的傾向，且不給以有力的批判。」他又說，《三人行》也是「失敗」的作品，「故事不現實，人物概念化，構思過程也不是胸有成竹，一氣呵成，而是零星補綴。這些，都是這部小說的致命傷。」對於他的名著《子夜》，則檢查出「最大的毛病還在於：一，這部小說雖然企圖分析並批判那時的城市革命工作，而結果是分析與批判都不深入；二，這部小說又未能表現出那時候整個的革命形勢。」談到短篇小說，他說「我所寫的短篇，嚴格說來，極大多數並不能做到短小精厚而意味深長。」茅盾，是處在新的矛盾的漩渦中，懷著解決矛盾的誠心，企圖尋求這些矛盾的解決途徑的。

　　作爲文化部部長和享有盛名的老作家，茅盾在文藝界整風、知識分子思想改造運動中，他覺得自己應該走在前面，做出榜樣。因而他寫道：「檢查自

己失敗的經驗，心情是又沉重而又痛快的。為什麼痛快呢？為的是搔著了自己的創傷，為的是能夠正視這些創傷總比不願正視或視而不見好些。為什麼沉重呢？為的是雖然一步一步地逐漸認識了自己的毛病及其如何醫治的方法，然而年復一年，由於自己的決心與毅力兩俱不足，始終因循拖延，沒有把自己改造好。數十年來，漂浮在生活的表層，沒有深入群眾，這是耿耿於心，時時疚悔的事。……我首先應當下決心……從頭向群眾學習，徹底改造自己，回到我的老本行。」

茅盾是這樣說的，也是想這樣做的。但是他又身不由己，文化部長總得做文化部長的工作呵！國慶三週年前夕，他寫了評論《三年來的文化藝術工作》，以文化部長的名義在 9 月 27 日的《人民日報》上發表。10 月，第一屆全國戲曲觀摩演出大會在北京舉行，他寫了《給全國戲曲觀摩演出大會》的文章。11 月，蘇聯電影展覽月，他理應表態「歡迎」。12 月，世界人民和平大會在奧地利的維也納召開，他作為代表之一，與郭沫若等人前往出席。次年《譯文》創刊，他又兼任了主編。外國文化代表團、藝術代表團、作家代表團，或者其它代表團來華訪問，常常要他去迎送、陪同。

一年又一年過去了，茅盾在文化部長的崗位上，緊張、忙碌地工作著；他有苦惱，也有歡樂。其中使他感到愉快的事情之一，是結識了許多新朋友，包括外國的作家、藝術家。例如魏斯科普夫，就是其中的一位。建國後不久，初春的一天，他見到這位捷克斯洛伐克共和國駐華大使、著有小說《天亮了》的作家。兩人談到繪畫藝術時，魏斯科普夫告訴他，北京西郊有個古廟，大殿裏的壁畫很好，在他看來，至少是明朝的，可是這個廟裏現在有一個中學校，大殿裏的壁畫就有被破壞的危險。「中國的明朝在年代上，約略相當於歐洲的文藝復興時代；在歐洲，文藝復興時代的東西就是很寶貴的古董了。中國歷史久長，明朝遺物，北京城裏幾乎到處全是，可是，那樣的壁畫，如果在我們那裡，我們一定會搬到博物館裏。」魏斯科普夫笑了笑又說，「中國文化遺產是世界文化的很寶貴的一部分，你們這樣對待明朝的東西，我要抗議！」

一個外國人，竟對中國文化如此熱愛，使茅盾深為感動。雖然茅盾知道文物局早已設法要把那個中學遷出去，但因一時找不到房子，只好把那有壁畫的大殿鎖起來，不讓人們隨便進去。然而他沒有辯解，而是坦率地接受了魏斯科普夫的「抗議」，並且懇切地請求他隨時提出意見。

魏斯科普夫笑了，說道：「我這抗議，不是以大使身份提的，而是以一個熱愛中國的外國人的身份提的」。茅盾也笑著說：「您不說這話，我也完全瞭解。不過，我卻不得不以中華人民共和國文化部部長的身份來鄭重地考慮您的抗議呵！」兩個人都哈哈地笑了起來。

從此以後，茅盾更意識到文化部長這個職務的光榮、重要了。

園丁的深情

茅盾跨出大學校門，一踏入社會，立即成為一個園丁──《小說月報》的編輯，開始在中國的文藝園地上辛勤耕耘，植卉蒔花。

從子夜戰鬥到黎明的幾十年裏，他因為無私地幫助、培養、獎掖青年作家，而被人們真誠地譽為「作家的導師」、「文學道路的引路人」。在新中國的春天裏，他已是年屆花甲的老人了，卻仍然滿腔深情地在文藝園地裏忙碌地勞作。

茅盾擔任的中華人民共和國文化部部長，是一個很高的官職。而他對於文學新人新作的熱愛與培養，卻一如既往，而且有增無減。1950 年初，他「十分高興而且仔細地讀過了《新事新辦》、《三十張工票》和《親家婆兒》以後」，隨即寫了《讀〈新事新辦〉等三篇小說》一文，他評論《關於反映工人生活的作品》，他寫《讀〈挺進大別山〉》。他在給《中國青年》寫的文章中，要求青年作者「多讀多寫多生活，邊寫邊讀邊生活」……

1951 年 1 月 8 日，茅盾讀了部隊青年作家白刃的長篇小說《戰鬥到明天》，為這本書寫了一篇序。不久，這本小說的第一版出版了，然而遭到了極其粗暴的批評，被有組織地圍攻，說它歪曲這個醜化那個，是株大毒草，要把它連根拔除。白刃面對這種無情的打擊，萬分痛苦。他又怎能不痛苦呢？試想，「一個初生的嬰兒，被掐死在搖籃裏，還指責母親生的是怪胎。母親痛苦地分辯說，嬰兒長的不漂亮，生理上可能有缺陷，卻不是怪胎。然而族長專橫地講，不是怪胎也是毒瘤！權杖在族長手中，誰敢不服？母親只好打掉門牙連血咽，暗自飲恨傷心！」（白刃《戰鬥到明天‧三版前言》）在這部小說受到不公正的批判時，茅盾也受到了牽連，因為書前的序是他寫的呀！

1952 年 3 月上旬，《人民日報》編輯部轉給他三封讀者來信，指名批評他為白刃小說作的序。對這件事，他極為重視，心想，這是人民群眾的來信，可得認真對待呀！然而他並不知道《戰鬥到明天》已受到有組織的圍攻和粗

暴的批評，也沒有收到過白刃的信。至於那篇序，他則記得很清楚。他在序的開頭說：「讀了《戰鬥到明天》，我很受感動。這部小說對於知識分子，是有一定的教育意義的。」接著指出「知識分子的小資產階級意識、優越感、自由主義，都是前進路上的絆腳石，作者是以這一點作為主眼來寫這部小說的，他獲得了成功。」又具體分析了小說中幾個知識分子的性格，稱讚作者對孟家駒「處理得頗為細心」，「林俠、辛為群、沙非，這三個人物，作者寫的比較多，也寫得有聲有色」。他批評作者對焦思寧「寫的較少，而且形象也比較模糊。」並且指出作者對「這幾個正面人物的思想改造的過程都還表現得不夠多。」有一些描寫不夠具體，「形象性似嫌不足」。最後，他認為，「儘管有上述的這些美中不足，這部小說對於知識分子還是具有一定的教育意義的。自五四以來，以知識分子作主角的文藝作品，為數最多，可是，像這部小說那樣描寫抗日戰爭時期敵後游擊戰爭環境中的知識分子，卻實在很少；我覺得這樣一種題材，實在也是我們的整個知識分子改造的歷史中頗為重要的一頁，因而是值得歡迎的。」

這樣評價《戰鬥到明天》，錯誤在哪裏呢！茅盾搖了搖頭，感到疑惑。是作者沒有以工農兵為主角嗎？誠然如此。但是以知識分子為主角，又有什麼不可以呢？他又想起自己創作出《幻滅》、《動搖》之後，受到的「批評」來了。他記得在《從牯嶺到東京》的長文裏，曾說「現在差不多有這麼一種傾向：你做一篇小說為勞苦群眾的工農訴苦，那就不問如何大家齊聲稱你是革命的作家；假如你為小資產階級訴苦，便幾乎罪同反革命。這是一種很不合理的事！」但他轉念又想，現在與那時的社會環境、服務對象都不同了，我們提倡的是為工農兵服務，所以⋯⋯所以⋯⋯白刃這本小說就是有嚴重錯誤的了。是這樣嗎？如果說我的序有錯誤，只能是在這一點上。可是，毛澤東同志在提出為工農兵服務的同時，他不是也說「第四是為城市小資產階級勞動群眾和知識分子的」嗎？也許，我的序沒有先寫「第一」「第二」「第三」的工農兵吧？然而，部隊中的知識分子難道不算是「兵」嗎？⋯⋯

他處在苦惱、猶豫之中，真正是矛盾得很。他的目光停留在信封上的「人民日報」四個字上，心想，這是黨中央機關報轉來的讀者批評，我應該接受批評，雖然還沒有想通。於是伏在書桌上給《人民日報》編輯部覆信。使他又一次料想不到的是，3 月 13 日《人民日報》第二版上，以《茅盾關於為〈戰鬥到明天〉一書作序的檢討》為題，發表了他的覆信——如今成為「檢討書」了。

「哦，哦——，這是我的信，我的檢討。」茅盾喃喃自語。在他的一生中，這可是第一次遇到的啊！那麼，他寫了一封怎樣的「檢討」信呢？讓我們讀讀他的「檢討」的全文吧。

編輯同志：

張學洞等四位同志關於《戰鬥到明天》的三封信，都讀過了。我完全接受張學洞等四位同志的意見；我對於《戰鬥到明天》作了錯誤的介紹，應該檢討。

當白刃同志把《戰鬥到明天》的已經排好的樣本寄給我，並且要求我寫一篇序的時候，我知道這書的原稿已經給部隊領導上看過，就有『那一定沒有問題』的想法，所以，那時我的思想態度根本就是不嚴肅的，不負責的；加之，白刃同志又催得急（因為書已排好），於是我匆匆翻看了一遍，就寫了一篇序。這篇序，沒有指出書中嚴重的錯誤，序文本身亦是空空洞洞，敷衍塞責的。這又是不負責，不嚴肅的表現。再說，當我走馬看花似地看了這書以後，我的確也為書中某些寫得比較好的部分所迷惑而忽略了書中的嚴重錯誤。而這，又與我之存著濃厚的小資產階級思想意識是不可分離的。

文藝工作者的思想改造過程是長期的，艱苦的，要勇於接受教訓，勇於改正；我接受這次教訓，也希望白刃同志在接受了這次教訓後，能以很大的勇氣將這本書來一個徹底的改寫。因為，這本書的主題（知識分子改造的過程）是有意義的，值得寫的。

茅盾

在這封「檢討」書裏，他承認自己「作了錯誤的介紹，應該檢討」，但是具體內容，並沒有寫；他檢討這篇序文寫得「空空洞洞」、「敷衍塞責」，如果他早知要「檢討」，會寫得更加認真、有力的；他批評自己「存在著濃厚的小資產階級思想意識」，但這又唯獨是他一人呢！重要的是，他寫在這份「檢討」最後的那幾句話，他表示「接受這次教訓」，他將更有效地給青年作家以幫助；他對白刃的希望，的確使白刃受到鼓舞，克服了沮喪的情緒，振作起改寫的勇氣。1958 年，白刃重寫的這部書出了第二版，十年浩劫中又遭到批判；1982 年出版第三版時，他特地在「前言」中寫進一段：「十分抱歉，當《戰鬥到明天》第一次遭到圍攻之時，茅盾同志也受了連累。（這件事至今想來，心中仍

感到不安。）但是茅盾同志仍以長者之風鼓勵後進的精神，在報上公開指出這個題材有教育意義，要我鼓起百倍勇氣把小說改好。」

今天的讀者或許會猜想，茅盾對《人民日報》讀者來信的答覆，可能表面上是「檢討」自己，實質上是保護作者，這不正是老園丁捨己為人的崇高精神的又一表現嗎？茅盾在「這次教訓」之後，他對青年作家的培養做得更紮實了，而且還擴大到了對初學寫作者的輔導。

1956 年他進入了「花甲老人」的行列，可是他仍然那樣精神抖擻地工作著、寫作著。1 月，他為《文藝學習》第一期寫了評論《沸騰的生活和詩》，副題是《迎接第一次全國青年文學創作者會議》；2 月，他在中國作協第二次理事會上作了《培養新生力量，擴大文藝隊伍》的報告；3 月，他為出席全國青年文學創作者會議的全體代表講了《關於藝術的技巧》。這以後，茅盾收到許多初學寫作者的來信、來稿，有一些還是中學生寄來的。他仔細地閱讀著，讀完了，又熱情地寫回信。在讀了一個學生的詩稿之後，他提出四點具體的意見，然後寫道：「……我這樣說，也許你要灰心吧！不要灰心。文學創作本來是艱辛的精神勞動，不能設想一寫出來就好，而要千錘百鍊，慢慢地寫好起來。」

讀了一個青年農民的來信後，他在回信中說：「你在農村從事生產，愛好文藝但無人指導。你這種苦悶的心情我是體會得到的。自己學習文學，千萬不能性急，要一步一步地來。」

有一個小學教師寫了一篇《蘇小小》奇給他，他讀後誠懇地告訴這個作者：「一、你是完全『創造』了蘇小小的故事——就是說，你只借用了傳說中蘇小小的名兒，而完全照自己的意思編了蘇小小的故事。我們所說的『推陳出新』不是這樣辦的。二、當然，寫歷史小說，可以加上相當成分的想像，但主要情節不能『杜撰』。歷史小說如此，根據傳說來寫的小說亦應當如此。三、從藝術看，你這稿本在結構上缺乏剪裁，在人物描寫上也不深刻。文字清順，但不生動——即，應濃鬱處不濃鬱，應悲壯處不夠悲壯；而對話亦不能做到『如聞其聲』。四、我以為寫歷史小說實在比寫現代生活的小說困難得多。你還是寫現代生活——你最熟悉的小學生生活吧。這也是十分需要而恰恰又是很少人去寫的。」

在跟文學青年的通信中，他還很重視幫助青年人克服不健康的思想感情。有一次，他在一封信裏寫道：「最後，我想提醒你一點：從你的來信中，

我感到你由於對自己缺乏信心，所以有些消極情緒。這種情緒是和生長在毛澤東時代的青年極不相稱的。希望你注意。我們應該看到祖國正在飛躍地前進，青年人要獻身於祖國，機會多得很，只要不是幻想不可能的工作，而是實事求是地積極爭取工作。如果你能實事求是地學習和工作，那就不會有什麼消極情緒。」

這些信從綠色信使的手中飛向東南西北，飛到一個又一個收信人的手上。人人都從茅盾那一絲不苟的回信裏，發現他閃光的「俯首甘為孺子牛」的精神。

茅盾寫的最多的還是評論，尤其是短篇小說評論。他在《談最近的短篇小說》，他評《短篇小說的豐收和創作上的幾個問題》，他寫《在部隊短篇小說創作座談會上的講話》，他對《一九六〇年短篇小說漫評》……

經茅盾親手澆灌的短篇佳作，引人注目地在文壇上閃閃發光。而他的評論在青年作者的心中激起了多大的波瀾，又發生了怎樣深遠的影響呵！

1958 年 6 月的一個傍晚，王願堅正在收拾行裝，準備去十三陵水庫參加勞動時，接到了這個月的《人民文學》。他打開一看，刊物上發表了茅盾的文章《談最近的短篇小說》，發現在這篇闡發短篇小說創作技巧的文章裏，大作家茅盾竟然用了相當多的文字分析了他的短篇小說《七根火柴》。使他驚奇的是，文章分析得那麼仔細，連他在構思時曾經打算用第一人稱的寫法、後來又把「我」改成了另一個人物這樣最初的一點意念都看出來了，給指出來了。他數了一下，茅盾對他那篇不滿二千字的小說竟用了四五百字去談論它，而且給了那麼熱情的稱道和鼓勵！王願堅被深深地激動了。他後來寫道：「借著這親切的激勵，我這支火柴燃燒起來，幾天以後，在十三陵工地勞動的空隙裏，在一棵苦楝的樹蔭下，我寫出了《普通勞動者》的初稿。現在我已不是青年了，可是，當今天的中學生在課本上讀到這兩篇習作的時候，可曾知道，這稚嫩的幼芽曾受到過茅公心血的灌溉？！」

1961 年初春，在中國作協的茶座裏，經楊沫介紹，茅盾和葉聖陶兩位老作家認識了王願堅，親切地和這位青年作家打招呼。王願堅剛想開口向兩位尊敬的長者問好，茅盾卻微笑著對他說：「你寫得好，寫得比我們好！」王願堅聽到這話，頓時愣住了。茅盾看出了他的惶恐，補說了一句：「比我們像你們這個年紀時寫得好。」王願堅被這番話驚呆了，連茅盾、葉聖陶兩位老人跟同桌的其他青年作家說了些什麼也沒聽清。直到兩位老人離開他們的桌

旁，他彷彿才清醒過來。只見茅盾走了兩步，又返回到他身邊，輕聲說道：「多讀點兒書。」

過了些年，王願堅回憶道：「這一夜，我流著淚，反覆地思索著這幾句話。我知道，這話不是對我一個人說的，在這洋溢著暖人的深情的話裏，我又看到了那顆博大而又溫暖的心。這心，向著文學，向著青年人。」

讓我們再看看另一位作家茹志鵑吧。茹志鵑說她寫作《百合花》的時候，「只不過是人海中的一個年青的分子，一個酷愛文學而正向文學這條路上探頭探腦的小卒」。她的《百合花》寫好之後，寄出去就被退了回來。她沒有灰心，又把稿子寄了出去。1958 年 3 月，《百合花》終於在《延河》上發表了。她很感激《延河》的編輯，但又並不很高興。《百合花》的遭遇，使她認定自己的作品「是一個醜小鴨」。她想，這篇小說會「像過去我寫過的那些東西一樣，像是隨潮水湧上灘來的一粒沙子，一會兒，它也將隨著潮水退去，落到誰也不知道的地方去。」而且，就在茹志鵑的這篇《百合花》發表的那個月，她帶著幼女去南京，去她丈夫身邊，使她的丈夫在遭到開除軍籍、黨籍、戴上右派帽子的災難時刻，身邊能有個親人。但她的身份從此之後將是右派家屬。她的生活、創作都面臨喪失信心的深淵。她向友人伸出求援的雙手，得到的也只是默無一語的同情。正是在這個時候，茅盾評論了她的《百合花》。其時，茅盾並不知道她這篇作品的遭遇，更不瞭解她的困境。這位著名的老作家、老園丁，是在閱讀各地的文學刊物時，從《延河》上發現了這朵「百合花」，於是傾灑心血，熱情地澆灌，扶植。他稱讚《百合花》：「可以說是在結構上最細緻嚴密，同時也是最富於節奏感的。它的人物描寫，也有特點」，「有它獨特的風格。……它這風格就是：清新、俊逸。」還寫道：「作者善於用前呼後應的手法布置作品的細節描寫，其效果是通篇一氣貫串，首尾靈活。」甚至動情地說：「我以為這是我最近讀過的幾十個短篇中間最使我滿意，也最使我感動的一篇。」這是何等高度的評價啊！

茅盾這篇評論在《人民文學》1958 年 6 月號發表的同時，《人民文學》也轉載了《百合花》。茹志鵑哭了，臉頰上掛滿了一行行幸福的熱淚。她後來回憶此事時激動地向茅盾寫道：「我得到的是一股什麼力量啊！……醜小鴨原來並不那麼醜，它還有可愛的地方，甚至還有它的風格。先生，這是我第一次聽到『風格』這個詞與我的作品連在一起。已蔫倒頭的百合，重新滋潤生長，一個失去信心的、疲憊的靈魂，又重新獲得了勇氣、希望。……我從丈夫頭

上那頂帽子的陰影下面站立起來，從『危險的邊緣』上站立了起來，我從先生二千餘字的評論上站立起來，勇氣百倍。站起米的還不僅是我一個人，還有我身邊的兒女，我明確意識到，他們的前途也繫在我的肩上。先生，您的力量支持了我的一家，一串人哪！您知道麼，先生……」茹志鵑從茅盾的評論發表之後，又創作了許多優秀的作品，成為一個知名的女作家，而她的女兒王安憶也在新的時期嶄露頭角，成長為當代優秀的青年女作家。這一對母女作家永遠銘記著茅盾的深情，水遠銘記著黨對她們的深情！

青年作家王汶石說得好：茅盾這位大作家和評論家，「他關心的不是某一個認識的青年作家，而是文學創作的下一代；他關注的不是某一篇作品，而是整個新中國的文學事業！」

在中國、在世界上的其他國家，我不知道有哪一位作家協會的主席，像茅盾這樣，既是文學大師，又是文壇園丁，而且幾十年如一日，畢生嘔心瀝血，辛勤耕耘，鞠躬盡瘁，死而後已。「手澆桃李千行綠，點綴春光滿上林。」作家、詩人用這兩句謳歌茅盾這位老園丁，他是當之無愧的。

走向世界

二十世紀五六十年代，中國如火如荼，世界風雷激蕩。

中國人民既要鞏固革命政權，發展國民經濟，保衛國土安全，又要同各國人民一起，反帝反殖，保衛世界和平，爭取人類進步。

茅盾擔任了文化部部長之後，還先後兼任了許多其他的職務：全國文聯副主席，中國作協主席，政協委員，全國人大代表，中國科學院哲學社會科學學部常務委員，《中國文學》（英文版）、《人民文學》、《譯文》主編；中國保衛世界和平大會委員會副主席，中國亞洲團結委員會副主席，中國與亞洲作家常設事務局聯絡委員會主席。1955 年 7 月，他還當選為世界和平理事會常務理事。多少會議要他去參加呵！多少工作要他來完成呵！然而，不論是在家裏，還是在會上，人們看到茅盾面容微黑而紅潤，精力旺盛且充沛，像是年青了十多歲。

「沈先生，看你整天那樣子忙碌，還滿面帶笑，真是樂而不知疲倦呵！」有一次，臧克家見到他說。「做官了，想跟老朋友聊聊的時間也少了！」他的語氣幽默又帶點歉意。是呵，他不僅要忙國內的一件件工作，而且要與外賓打交道，迎來送往，會談宴請，還要出國開會或訪問。他主張，人民中國不

能閉關自守，應該積極開展中外文化交流，使世界走向中國，中國走向世界！

1953 年 11 月，茅盾作為中國人民和平代表團成員，到維也納出席世界人民和平大會。在會上作了《為進一步爭取國際局勢的緩和而努力》的發言。會後，在從維也納到莫斯科的火車上，他和陳冰夷初次談到要創辦一個新的《譯文》月刊，介紹外國文藝的優秀作品。他說：「想起魯迅當年在國民黨反動派殘酷壓迫下創辦《譯文》，慘淡經營，那情景至今歷歷在目。今天的情況大不同了，我們如果辦新的《譯文》，一定能辦得更好！」第二年，茅盾擔任了新的《譯文》月刊的主編。他在和副主編陳冰夷商量工作時，竭力主張《譯文》要以各種方式反映國外文藝界的近況，並且建議在每期刊物的最後部分以一定的篇幅開闢一個專欄，刊登報導近期國外文藝界重要動態的短訊。「這個專欄可以定名為《世界文藝動態》，而不僅是文學動態。我想，這個欄目一定受歡迎，不僅文藝工作者要看，愛好文藝的一般讀者也會感興趣。」茅盾興致勃勃地說。這是他的經驗之談。二十年代他主編《小說月報》，改革的重要內容之一就是開闢《海外文壇消息》專欄，並親自撰寫稿件。從 1921 年至 1024 年夏，他為這個專欄共寫了二百零六條消息，內容包羅萬象，很受讀者歡迎。

《譯文》出版後，以其內容豐富、版式新穎，成了中國讀者欣賞外國優秀文藝的一個窗口，是一本人們喜愛的暢銷雜誌。《譯文》後來改刊名為《世界文學》，卻一直保持了《世界文藝動態》的專欄。

翌年初夏，茅盾飛往端典出席「緩和國際局勢會議」。地點是歐洲美麗城市之一的斯德哥爾摩。「六月的斯德哥爾摩盛開著各種各樣的花。」茅盾寫道，「最惹人注意的是丁香。紫丁香和白丁香，花朵大而且密，可是不香。鬱金香的豔紅的花朵也夠叫人流連。設想您面對著碧綠的海水，水那邊是樹木蒼翠，野草著花的山，山上有些紅瓦的小洋房，而在您身後，則是盛開的丁香，紫的白的丁香，在丁香樹下是兩三簇挺有精神的鬱金香，——您就會想到，住在這個城市的普通人，不能不感到和平對他們的意義了。」

在這之前，周恩來總理已率領代表團飛抵日內瓦，出席關於朝鮮和印度支那問題的國際會議。茅盾發現，從日內瓦來的好消息，在強烈鼓舞著參加「緩和國際局勢會議」的各國代表。刊載著周恩來總理兼外長的公平、合理的建議性發言的報紙，在他們的會場內外，人們搶著閱讀。

當時，恰好報紙刊出了中國公佈憲法草案和全國人口調查結果的新聞。

會議代表和斯德哥爾摩的普通居民，都對中國的巨大變化和人口數字感到興奮、驚訝。一個中東國家的代表在會場外休息室裏看見茅盾，興奮地伸出六個手指，反覆說著一個法國字：「好，好啊！」在旅館裏，女侍者把房間鑰匙遞給他時，瞪大眼睛用英語說：「六百個百萬，啊喲，這樣大的數字，我們瑞典人是有點難以想像的！」一個歐洲朋友讀了中國憲法草案序言，認真地對茅盾說：「具有悠久歷史和文化的六萬萬中國人民親密團結，在廣大的、富饒的國土上建設社會主義，保衛世界和平，呵，這是人類歷史、世界歷史不能不違反了戰爭販子們的願望而前進的一個決定性的因素！」這話說得多好呵！茅盾心想，這位歐洲朋友的話，實在也就是世界上所有善良的男女們心裏的話。晚上，他在記事本裏寫下自己的感受：「六百個百萬，是一個大數目，是全世界各國中獨一無二的。但這個數目之所以在今天震蕩了全世界，是因爲這六百個百萬的人民，在共產黨領導之下，在取得革命勝利以後，現在正以它自己的憲法鞏固這勝利並決心要建設社會主義社會，保衛世界和平。這一偉大的現實，在國內也許是習以爲常而不自覺，但一旦到了國外，你就時時處處感覺著。烏拉！我們偉大的祖國，偉大的共產黨，偉大的毛主席呵！」

不久，他又出席了世界和平理事會在柏林召開的特別會議，以《和平·友好·文化》爲題，對各國人民的文化交流問題作了發言。1955 年 7 月，茅盾在赫爾辛基世界和平大會結束回國後，作了一個題爲《向持久和平和友好合作的道路前進》的報告。第二年歲尾，中國作家代表團在他與周揚、老舍的率領下，來到印度的新德里，出席亞洲作家會議。1957 年 11 月，毛澤東主席率領中國黨政代表團到莫斯科參加十月革命 40 週年慶典，茅盾與宋慶齡、郭沫若隨同前往；然後他率領中國文化代表團到蘇聯其他地方進行了訪問。

在「大躍進」熱潮中的 1958 年 10 月，茅盾又率領中國作家代表團登上飛機，前往蘇聯的烏茲別克加盟共和國，出席在塔什干城召開的亞非作家會議。行前，他夫人有點憂愁地特別叮囑道：「你在外可要小心呵！千萬要乘靠得住的飛機！」妻子的意思他是明白的。因爲就在二十天前的 9 月 17 日，茅盾的老友、文化部副部長鄭振鐸出國訪問，因飛機在蘇聯失事而遇難。在悲傷哀痛中，他作了兩首輓詩，悼念這位從二十年代起就並肩戰鬥至今的老友和同志。其一寫道：「驚聞星隕值高秋，凍雨飄風未解愁。爲有直腸愛臧否，豈無白眼看沉浮。買書貪得常傾篋，下筆渾如不繫舟。天昝留年與補過，九泉料應恨悠悠。」此時，他在妻子的幫助下穿上那件黑色皮大衣，又戴上自

己的土耳其式皮帽，朝妻子望了一眼，點了點頭，溫語安慰道：「我會當心的。你放心吧！」

十月的塔什干秋光明媚，遠山如黛，綠樹成蔭，芭蕉未謝，玫瑰還開放著一季中最後一次的花；各種瓜果琳琅滿目，散發著醉人的芳香。條條街道掛著燈彩和旗幟，飛揚著祝賀亞非作家會議召開的絲綢標語。中國作家代表團下榻在奈瓦依廣場上的塔什干大旅館。茅盾從敞亮的窗戶眺望廣場的景色。他驚喜地發現：白天，陽光穿射廣場上的噴泉，幻出七彩的虹橋；晚上，廣場周圍的無數燈彩造成了夢幻的仙境。這使他想起了烏茲別克著名詩人奈瓦依的詩篇，不禁讚歎道：「現實和詩，溶化而爲一體了。」他和參加會議的其他作家，在廣場上散步時，每每被戴著紅領巾的男女孩子或佩著共青團徽的青年人包圍起來，請他們在小冊子上簽名留念。塔什干城熱鬧的市場，令他遐想不已：「如此洋洋乎壯觀，不知一千多年前，作爲絲綢大道上一個驛站的塔什干定期趕集，是否也就是這樣歡暢而熱鬧？……但是，今天是在完全新的基礎上開始了亞非的交往和集會，開始了亞非作家們的歷史性的第一次『廟會』；今天交流的是亞非作家爲民族獨立，爲反對殖民主義，爲發展各自的民族文化而進行鬥爭的寶貴經驗和互相支持的友誼呵！」

在這次會議上，茅盾作了《爲民族獨立和人類進步事業而鬥爭的中國文學》的發言。各國代表從他的發言裏，進一步瞭解了中國文學和中國人民。這次亞非會議被與會的作家們譽爲「文學的萬隆會議」、「亞非文藝復興會議」，會議的主題思想被稱之爲「塔什干精神」。

10月22日，蘇聯政府在克里姆林宮招待出席塔什干亞菲作家大會的代表們。茅盾和其他的中國作家代表，聽到赫魯曉夫在致詞中提到「塔什干精神」時說：「你們這個術語意味著友好的互相瞭解，和各不同民族的文學大師在爲人類偉大目標鬥爭中的團結、作家和本民族生活牢固的聯繫，文學積極的參加爲你們的國家的自由和獨立而鬥爭，和積極地參加在已獲得自由和獨立的國家的新生活的建設中。」大廳裏響起了熱烈的掌聲，茅盾想，蘇聯部長會議主席這段話對「塔什干精神」的解釋，看來已爲亞非作家們接受了。回國後，茅盾把他那篇《在慶祝亞非作家會議勝利閉幕的群眾大會上的講話》交給《人民日報》，在10月14日發表。

他又爲《世界文學》寫了《崇高的使命和莊嚴的呼聲》。在這篇文章裏，茅盾寫道：「……塔什干會議將在亞非各國文學發展的道路上——還可以毫不

誇張地說，也將在世界文學發展的道路上，投下了不容忽視的影響。亞非作家大會向全世界所發出的呼聲是莊嚴而雄壯的，因為，在這呼聲後面，站著十五億的為民族、自由、獨立，為人類偉大目標而鬥爭的人民！塔什干會議的歷史意義在這裡！塔什干會議的世界意義也在這裡！」

在國內，茅盾經常會見來華訪問的各國文化藝術代表團，和作家、藝術家親切交談。有時觀看外國藝術團體演出，他會詩興勃發，以舊體詩詞誌感詠懷。如1958年12月，在觀看了朝鮮藝術團表演後，就寫下七律二首：《扇舞》和《珍珠舞姬》。1960年2月，又寫下《祝日本前進座建立三十週年》二首絕句，其二是：「和平事業共維護，文化交流通有無。曼舞浩歌張我道，曙光欲透海東隅。」

1960年8月，茅盾率領中國文化代表團出訪波蘭。29日，主人邀請他們一行參觀華沙市的蕭邦的故居──蕭邦之家。其時細雨霏霏，庭院綠草分外精神。「蕭邦彌留之際，留下遺囑，讓親屬在他死後，將他的心臟帶回祖國波蘭。人們將他的心臟珍藏在蕭邦的故居里。希特勒侵略波蘭時，蕭邦的心臟被劫走。波蘭解放後，他的心臟才迎回故居。」陪同參觀的波蘭同志向茅盾這洋介紹。主人安排茅盾等中國客人欣賞蕭邦的作品，演奏者是一位少女，波蘭國立音樂學院的高材生。我國駐波蘭使館文化參贊悄悄對茅盾說：「論演奏技巧，她完全可以參加國際蕭邦鋼琴比賽，可是學院中的保守派認為她資歷淺，不讓參加，真是可惜。」他雖然於音樂尤其鋼琴演奏是外行，但他從直覺上感到，這位少女演奏技藝嫻熟，確屬高超。在當晚吟成一首七律：「銅琵鐵撥譜興替，一曲蕭邦氣如虹。未許朱弦成絕響，爭教翠黛失奇功。丹心應喜歸樂土，黑手安能抗大同。細雨如膏潤幼草，東風正勁壓西風。」9月7日，茅盾再次聽了蕭邦名曲的演奏，又寫下兩首詩，稱讚國際蕭邦鋼琴比賽，認為「無限樂觀弦外趣，波蘭舞曲最風流。」他在參觀凱納爾工藝美術中學時指出：「藝術源泉在民間，吸取精英先著鞭。」凱納爾創辦這所學校，具有遠見卓識，「獨標一幟更無前」。9月19日，茅盾拜訪了曾兩度來華演出的瑪佐夫舍歌舞團。夜晚，思緒聯翩，詩意縈懷，清晨四時，寫成一首長詩，祝賀該團建團十週年。他以激越的詩句，高度讚揚這個歌舞團：「舞姿婀娜兼豪放，歌聲宛轉而慷慨。民間風格民族魂，愛國精神照肝膽。」稱頌他們訪華演出加強了中波兩國人民的友誼和團結。並吟詠道：「我曾忝為東道主，接待嘉賓再進觴。文化交流在互惠，小杜鵑聲鬧洋洋。我有孫女才七歲，解唱此

曲不離口。聞道爺爺聘友邦，牽衣絮語情深厚。昨宵訪問客樂林，重聞此曲心神醉。心醉豈緣一首歌，共同言語感人多。……」

1962 年 2 月，茅盾和郭沫若、夏衍、冰心等組成中國作家代表團去開羅出席了第二次亞非作家會議。他這次的發言從宏觀上考察和評價了亞非各個國家的文學，題目是《為風雲變幻時代的亞非文學燦爛前景而祝福》。1963 年 8 月，在首都各界人民歡迎亞非各國作家的大會上，茅盾作了《維護亞非文學運動的革命路線》的講話。

1964 年，他沒有出國訪問、開會，然而他在國內的外事活動卻很頻繁。從 1 月 15 日以文化部長身份接見法國駐華大使約瑟夫·里根，直到 12 月 18 日以文化部長身份與緬甸新任駐華大使馬·杜瓦·信瓦瑙談話，全年接見並進行談話的外國大使達十二國十二人之多！

那時候，階級鬥爭的火藥味在北京和全國各地已經很濃。毛澤東在 1963 年 12 月 15 日作了批示，說什麼文化藝術的「許多部門至今還是『死人』統治著」；之後又在 1964 年 6 月 27 日作了第二個批示，嚴厲批評全國文聯各個協會和新辦的刊物「十五年來，基本上（不是一切人）不執行黨的政策，做官當老爺，不去反映社會主義的革命和建設。最近幾年，竟然跌到修正主義邊緣。如不認真改造，勢必在將來的某一天，要變成匈牙利裴多菲俱樂部那樣的團體。」

真是「山雨欲來風滿樓」呵！茅盾卻並不著急。幾十年來，他經過的事變多了。既然外交部安排他那些外事活動，他就認認真真地去做，努力按照要求的去做好，盡自己能盡的一切力量，向外國大使介紹中國的經濟建設和文化事業，讓世界正確地瞭解中國，瞭解中國人民，瞭解中國的文學藝術。至於他自己的那些作品，從三十年代起已陸續翻譯成許多國家的文字，介紹到蘇聯、日本、美國、英國、法國、德國、阿拉伯、希臘、蒙古、朝鮮、印度、巴基斯坦、斯里蘭卡、越南、泰國……。1936 年斯諾在《活的中國》編者序言中就稱「茅盾大概是中國當代最傑出的小說家。他的《子夜》已有英、法譯本。」日本文藝理論家藏原惟人說：「茅盾的作品早為我國的讀者所熟悉，評價很高。」……不論是在東方，還是西方，茅盾早已贏得世界性的廣泛聲譽。那麼，他馬不停蹄、風塵僕僕地到各國開會訪問又是為了誰？為了什麼？他是為了中國走向世界，為了中國文學藝術走向世界，他也是為了人類走向和平、進步、自由和幸福！

（原載 1987 年第 8 期《湖州師專學報》人文科學版，總第 27 期）

茅盾：「文革」浩劫中的磨難

《中國共產黨中央委員會關於建國以來黨的若干歷史問題的決議》指出：「『文化大革命』對所謂『反動學術權威』的批判，使許多有才能、有成就的知識分子遭到打擊和迫害，也嚴重混淆了敵我。」「歷史已經判明，『文化大革命』是一場由領導者錯誤發動，被反革命集團利用，給黨、國家和各族人民帶來嚴重災難的內亂。」

茅盾，這位久經考驗的無產階級文化戰士、偉大的革命現實主義作家，在「文革」浩劫中遭到了殘酷的打擊和迫害，身心健康受到了嚴重的摧殘，他的妻子在浩劫中淒慘地去世，弟媳、共產黨員、曾任紡織工業部副部長的張琴秋和侄女瑪婭，也因受到殘酷迫害而含冤身亡。

本文根據近年來的訪問、調查和有關的回憶錄、悼念文章，對茅盾在十年「浩劫」中的思想、感情及活動作一個概述並略加評論，以求得對這位一代文豪的思想、品德、情操、精神有更全面、深刻的瞭解。

一、被免除文化部長職務的前因後果

1963 年 12 月 23 日，茅盾出席林默涵主持的中國文聯各協會負責人會議。會上傳達、學習了毛澤東在 12 月 12 日關於文藝問題的一個批示。毛澤東在中宣部文藝處編印的一份關於上海舉行故事會活動的材料上批示：「各種藝術形式——戲劇、曲藝、音樂、美術、舞蹈、電影、詩和文學等等，問題不少，人數很多。社會主義改適在許多部門中，至今收效甚微。許多部門至今還是『死人』統治著。……許多共產黨人熱心提倡封建主義和資本主義的藝術，卻不熱心提倡社會主義的藝術，豈非咄咄怪事。」緊接著，他又出席了元旦

至 3 日中共中央召開的文藝座談會。這月底，他作了一首《西江月》，題爲《感事》，其上闋爲：「幾度芳菲鶄鵂，一番風雨倉庚。斜陽腐草起流螢，牛火蛇神弄影。」1 月，他參加了中國文聯各協會的文藝整風會。5 月 3 日，他又以《感事》爲題續了一首《西江月》：「螢火迷離引路，蚊雷嘈雜開場。鼓吹兩部鬧池塘，謾罵詭辯撒謊。白骨成精多詐，紅旗之陣堂堂。九天九地掃槍槍，站出來者好樣。」這幾首《西江月》從字面上看，似乎是針對江青的陰謀詭計的，也有人曾這樣認爲，其實是以「反修」爲主題的。在當時，茅盾對於國際國內的「反修」，他和大家一樣是積極投入的。這一年，他幾次出席中國文聯或文化部的整風會，多次聽周揚、林默涵的報告。還主持了京劇現代戲演出觀摩大會閉幕式，出席並主持全國少數民族群眾業餘藝術觀摩演出會開幕式並致詞，又出席了閉幕式。7 月 2 日他在中國文聯各協會負責人會議上，聽到了毛澤東在 6 月 2 了日作的關於文學藝術的第二個批示。毛澤東斥責文聯各個協會的領導人「不執行黨的政策，做官當老爺，不去接近工農兵，不去反映社會主義的革命和建設。最近幾年，竟然跌到修正主義的邊緣。」這個批示是不符合實際情況的，是不公允的。然而在當時誰敢說一個「不」字呢！年底舉行第三屆全國人民代表大會，茅盾作爲山東省選出的代表出席大會，而在 1965 年 1 月 5 日大會結束時，他被免去了文化部部長的職務。

從 1949 年 10 月 20 日茅盾出席中央人民政府委員會第三次會議，正式受任爲文化部部長，到此時被免職，在任時間共 16 年零兩個半月。在擔任文化部長的 16 年中，他在領導崗位上，勤懇工作，殫精竭慮，忠心耿耿，培育文學新人，爲繁榮社會主義文學藝術，發展新中國的社會主義文化事業，作出了重大的貢獻。然而，由於 1963 年以來「毛澤東把社會主義社會中一定範圍內存在的階級鬥爭擴大化和絕對化，發展了他在一九五七年反右派鬥爭以後提出的無產階級同資產階級的矛盾仍然是我國社會的主要矛盾的觀點，進一步斷言在整個社會主義歷史階段資產階級都將存在和企圖復辟，並成爲黨內產生修正主義的根源。……在意識形態領域，也對一些文藝作品，學術觀點和文藝界學術界的一些代表人物進行了錯誤的、過火的政治批判，在對待知識分子問題、教育科學文化問題上發生了愈來愈嚴重的『左』的偏差」〔註 1〕，茅盾終於被調離文化部領導崗位。這一年，他正屆「古稀之年」──70 歲。

雖然我們至今未能讀到茅盾關於他被免去文化部部長一事有何反應的任

〔註 1〕 《中國共產黨中央委員會關於建國以來黨的若干歷史問題的決議》，第 17 頁。

何資料，但是，一個明顯的事實是：毛澤東關於文學藝術問題的第一個批示（1963 年 12 月 12 日）下達之後不久，茅盾就不再寫文章了。他在「文革」前公開發表的最後一篇文章，是作於 1964 年 5 月 25 日的《讀〈冰消雪暖〉》，刊於 7 月號《作品》。內容是評杜埃在《南方日報》副刊上作的一篇村史。就在 5 月 29 日，光明日報發表了《影片〈林家鋪子〉必須批判》的長篇文章。他已被不點名地點了名，還怎麼能繼續寫作呢？從此以後，整整 12 年，人們在國內的各類報刊雜誌上，再也沒有看見過茅盾的一篇文章。這位馳騁文壇數十年的文豪被迫擱筆了。從茅盾在「文革」即將開始時受到的遭遇，人們也可以看出所謂「文化大革命」給社會主義文學事業造成的惡果有多麼嚴重。

二、遭抄家、受保護、被掛起的外像內情

1966 年 2 月，林彪、江青密謀炮製的《部隊文藝工作座談會紀要》出籠，頓時在全國範圍內掀起了批判所謂「三十年代資產階級文藝黑線」的浪潮。一時之間，一大批優秀作家被打成「牛鬼蛇神」、「黑線人物」。茅盾雖然還沒有被公開點名批判，但他實際上已被當作「三十年代文藝黑線的祖師爺」，在內部被點了名，被江青等人劃入了「牛鬼蛇神」之列。北京東總布胡同 22 號中國作協大院內的大字報一片片，批判他的作品「美化資產階級」、「醜化勞動人民」；他為新文學培養了一代又一代新人，卻被誣衊為「和黨爭奪青年作家」。此時，茅盾除了出席半月一次的政協座談會，應邀參加一些外事活動，有時去醫院看病之外，大部分時間閒居在家，看報、聽廣播、讀書，或者依照過去的習慣將舊的德文版《新聞導報》對半裁開，細心裝訂成冊，加上舊彩色畫報紙作為封面，製成一本本日記本。——長期來，他就用這種自製的本子寫日記。對於政治形勢，謹言慎行的茅盾在日記中是避而不談的。但有時也偶而流露出一些情緒。他在 5 月 4 日的日記中寫道：「……七時赴人大三樓看電影《桃花扇》，此乃三、五年前所攝，今則作為壞電影在內部放映矣。……昨晨因抽水馬桶漏水，水流瀉地，蹲身收拾約半小時。當時未覺勞累，昨晚稍覺兩腿酸痛，不料今日卻更感酸痛。老骨頭真不堪使用了！」〔註2〕

「文化大革命」正式開始後，茅盾被通知到統戰部或政協聽報告、學習文件或討論。晚上，他常常躺在床上輾轉反側，想著正在發生的事情。他久

〔註2〕 本書所引茅盾日記均轉引自葉子銘：《十年浩劫中的茅盾》，見《鍾山》1986 年第 2 期。

久不能入睡，便看書催眠，或加服安眠藥。他在 6 月 27 日日記中寫道：「晚閱書至十時，服藥 PH、L1、L、M 各一枚，繼續閱書。但至十一時半尚無睡意，乃加服 S 一枚，仍閱書以催眠，不料一小時後乃入睡。時已為翌晨一時矣！」這一年的夏天，一批批在新中國文化教育事業上做出貢獻的教授、作家、學者被當作「牛鬼蛇神」進行「遊鬥」。大批珍貴文物書籍被當作「四舊」遭到破壞或燒毀。對這些，茅盾時有耳聞，卻未曾目睹。但在 8 月 11 日，他卻在家中樓上見到隔壁社會科學院情報所造反派搞的一次「遊鬥」。在當天的日記裏，他記載道：「今日上午比鄰之科學院情報所有一小隊（大概是該所的幹部）在所內草坪內遊行，其中有戴紙帽者七人，當即右派，但不知其為本單位的，抑有科學院其他單位被揪出的反黨反社會主義右派分子。紙帽甚高，有字。在窗前望去，不辨何字。」

8 月 18 日，茅盾被通知參加毛澤東首次接見紅衛兵大會。昨天晚上，他「入睡後約二小時即醒，加服 S 半枚、M 一枚，旋即入睡。但四時許即醒，聞街上鼓聲咚咚，蓋群眾赴天安門集會，毛主席將在門樓與群眾見面。四時半起身，開爐燒開水及早餐，蓋褓姆例假，而德沚又因腰疼不能工作也。至六時許早餐已畢。六時廿五分機關事務局來電話請到天安門樓主席臺。時司機尚未到來，打電話找司機，六時五十五分來了，即出發。七時五分到天安門樓。七時半大會開始。九時回家。九時半又赴政協參加追悼聶洪鈞追悼會。十一時返家。」（日記）8 月 25 日，即人民藝術家老舍被迫害致死的第二天，他目睹了一場「破四舊」的鬧劇。日記中是這樣寫的：「今日下午有若干小孩，聞係文化部職員之子女，大者十餘歲，小者有十歲左右，先在文化部宿舍之院中將舊放在露天之漢白玉石盆（有桌子大小）一一推翻，不知其何所用意。後來又到我的院子裏，見一個漢白石小盆（此亦房子裏舊有之物，我本不喜此）推翻在地，彼等大概認為此皆代表封建主義者，故要打倒也。」這事後的第五天即 8 月 30 日上午，突然一群人大「三紅」的中學生紅衛兵闖進了茅盾住的小院。那天只有茅盾和老伴在家。只見為首的一個舉著手中抄來的日本指揮刀，氣勢洶洶地嚷道：「我們剛從張治中家來，抄了他的家。對你算是客氣的！你家有四舊，我們要檢查！」面對這些狂妄的紅衛兵，茅盾答道：「這件事，得通過政協，你們無權在這裡亂翻！」然而，這群紅衛兵根本不理睬他的話，紛紛衝進房裏亂翻起來。他急忙給全國政協打電話，而對方的回答只是「向上反映」。這時政協本身已處於半癱瘓狀態。看他討不到「救兵」，

正在抄家的紅衛兵更來勁了。抽屜被拉開了，箱子被打開了，「有一樟木箱久鎖未開，鎖生銹，不能開。乃用槌破鎖。」（日記）「檢查」不出什麼要破的「四舊」。那滿櫥滿架的書，他們看也不看，卻衝著茅盾嚷道：「書太多了沒有用處，都是些封、資、修的東西！只要有部『毛選』就夠用了！」有個紅衛兵發現牆上一個鏡框裏是張軍人的照片，怒問茅盾：「這個國民黨軍官是誰？」他們哪知道，這是茅盾女婿、革命烈士蕭逸的照片，而蕭逸穿的是解放軍的軍裝。「國民黨軍官是什麼樣子的？你知道嗎？！我同你們沒有什麼可說的，你們問統戰部去！」茅盾氣憤地說。又一個紅衛兵嚷起來：「快來看這張照片啊！」原來這是蘇聯電影明星拉迪尼娜送給茅盾的照片。紅衛兵也當作「封、資、修」的「四舊」，動手將照片翻過去，在背面寫上：「不准看！」文化部的一個群眾組織聽說人民大學「三紅」紅衛兵在抄茅盾的家，連忙派了幾個人趕來，對那個紅衛兵頭頭說，「我們來協助你們抄家。」然後，他悄悄對茅盾說：「我們是來監視他們抄家的。」這夥紅衛兵在茅盾家裏亂翻了一個多小時，直到上面派來一個工作人員，才一閧而散。事後，中央統戰部向周總理反映了這件事，提出對茅盾應予保護，立即得到周總理的同意。其實，就在茅盾家被抄的8月30日這天，周總理已親筆寫了一份《應予保護的幹部名單》，其中就有茅盾。隨後，茅盾的家便有了解放軍警衛。雖然他的處境日趨艱難，卻沒有再發生過抄家的事。中國作協裏關於茅盾的大字報，也因周總理的指示，在此之前已被集中到一間屋裏，沒有向社會開放。

茅盾被抄家後的第二天下午又接到通知，要他出席毛澤東第二次接見紅衛兵的大會。那天氣候突然由熱轉涼，而他沒有多穿衣服，站在天安門城樓上，由傍晚五時到七時，「冷不可支，渾身發抖，乃於七時半返家，急服羚翹丸三丸，薑湯一盞，幸未發燒。」（1966年8月31日日記）

對於這場所謂「破舊立新」的紅衛兵運動，茅盾在公開場合始終緘默不語，內心卻持否定態度。他曾對親屬說：「他們那樣搞，天怒人怨！」

1967年1月，姚文元在他炮製的《評反革命兩面派周揚》一文中誣衊茅盾等人是「資產階級權威」。這年5月5日，林彪、江青反革命集團控制下的《文學戰報》發表《茅盾——大連黑會擡出來的一尊兇神》的長文，誣衊茅盾是什麼「反共老手」、「反黨」的「祖師爺」、「老右派」。還誣衊他的報告是「放毒箭，點鬼火」，是「誣衊革命人民」，是「惡毒咒罵我們偉大的領袖」，是什麼「爲被『罷』了『官』的右傾機會主義分子叫屈，支持、策應封建主

義、資本主義勢力的猖狂進攻」，並提出要「砸爛」「這尊兇神惡煞」。《文學戰報》還發表《文藝戰線兩條路線鬥爭大事記》，把茅盾誣衊爲「資產階級反動學術權威」；談到大連會議時又說：「茅盾在會上對黨和社會主義制度破口大罵，誣衊大躍進是『暴發戶心理』。」〔註3〕這些文章完全不顧事實，信口雌黃，混淆黑白，捏造罪名，欲置茅盾於死地。

從 1967 年初到 1969 年 5 月，茅盾僅以全國政協副主席的身份參加元旦國宴、「五一」節和國慶節的活動。1969 年 9 月他到越南大使館參加了胡志明逝世的弔唁之後，就完全被「掛」了起來，報紙上再也見不到他的姓名。《蘇聯大百科全書》中的茅盾條目中對此寫道，他在「文革期間被逐」；美國《二十一世紀文學百科全書》則說：「自從 1967 年以來他的名字就從高層集團中消失了。」「他的命運由於近來的文化革命而無從知道。」

三、孔德沚病亡的經過及其對茅盾的影響

茅盾的夫人孔德沚原來身體很健康，進入六十年代以來卻日見頹敗。「文革」浩劫開始以後，她對茅盾的遭遇憂心忡忡，加上營養不好，公務員、褓姆相繼離去，家務負擔加重，又得不到好的醫生診治，「本來，王歷耕醫師幫他們醫病的，王醫師曾在重慶爲總理割過盲腸，和總理接近。這時候北京醫院被『造反派』搞得不像個醫院，王醫師已被趕出北京醫院，被揪鬥得生病了。」〔註4〕而她用來治療糖尿病的胰島素，原來靠託香港友人買了寄來，「文革」起來後不准再寄，於是病情日益加重。

這期間發生的抄家、「破四舊」、遊鬥和批判會，對孔德沚心理上的壓力，也損害著她的身心健康。據茅盾兒媳陳小曼對葉子銘教授說：「有件事，給我的印象特別深。我們家有一隻銅質的臺燈，燈架是一個裸體女神的塑像，她雙手向左右伸出，手上各拿著一個小燈。這本是一件既有實用性又帶工藝性的臺燈，但抄家時被視爲四舊。有一次，我回到家裏，發現這只臺燈上的裸體女神，忽然穿了一件連衣裙，感到很好笑。我問了媽媽，她說：『這是四舊，不讓用，丟了又可惜。我特地做了這件衣服給穿著，免得麻煩。』」葉子銘教授在轉述此話時，有一段很好的評論：「這件事，今天聽來，人們會覺得更加

〔註3〕轉引自查國華編：《茅盾年譜》，第 462 頁。
〔註4〕陳學昭：《痛悼我的長者茅盾同志》，《憶茅公》第 40 頁，文化藝術出版社 1982 年 12 月第一版。

好笑,然而,在那災難性的年月裏,加上一件連衣裙,無疑給主婦心理上增加一分安全感。這種舉動,雖說有點滑稽,然而對於那個荒謬的時代,倒是極具諷刺意味的。」〔註5〕

孔德沚與茅盾同樣患有多種疾病,除了糖尿病,還有高血壓、心臟病。然而兩人都不能在家靜心養病。「文革」使茅盾夫婦同全國各階層人民一樣天天處於「運動」之中,即使他們的家受到了保護,卻也難以安靜。1967年12月2日茅盾家水管斷水,他說:「後乃知本宅總水管凍了,此管在牆外地穴中,穴上本有木蓋,不知何時被頑童輩取去,昨夜嚴寒,遂有此凍。焚木片燒此凍管,移時遂復有水,已九時許矣。旋以稻草包管,並覓木蓋仍覆穴口,恐頑童又將取去,上鎮以小石獅。此小石獅本爲大院中擺設,去年除四舊,大院中居戶小兒輩掀置草地。」〔註6〕1968年2月21日,竟有人翻入他家院牆,偷走了地下室鍋爐房牆上的電開關;次日,又有人亂撳他家門鈴,使他無法午睡。茅盾在日記中多次記敘了這一類事情,他們的安全已得不到保障;兒子、媳婦等又遠在郊區,對兩位老人也無法幫助。

1969年春,茅盾陪妻子去醫院化驗、檢查。孔德沚的糖尿已得到控制,血壓亦正常,只是冠狀動脈硬化稍有進展。「醫謂此乃高年常態,她七十三歲,不必過慮。」雖然孔德沚比以前瘦,但茅盾以爲「老年人與其肥,不如瘦。她過去太肥胖了,這下瘦了,也許是好兆頭。秋涼後,她更加瘦弱,而且下肢浮腫,然而血糖、尿糖正常。茅盾天天樓上樓下、樓下樓上,服侍她吃藥。「十一月間,突然食欲不好,後服開胃藥,未幾漸好。十二月尾又食欲不好,同時手亦浮腫,服中西藥皆不見效。」〔註7〕1970年,「一月中旬,體力益弱,行步須扶持,且甚慢,已不下樓。此段時間,連進醫院三次門診,醫生只謂老年,積久慢性病,等等。除服常服之四、五種藥外,別無他法」〔註8〕。下旬,孔德沚「日間昏昏欲睡,飲食不進,前半夜則不能睡,後來人家說是酸中毒現象。」這一來,茅盾著急得很,連忙送妻子到醫院急診,「則神智昏昏,驗血,斷爲酸中毒,尿中毒,慢性腎炎並發,搶救十多小時,無效。」〔註9〕孔德沚終於在這一天——1970年1月27日因病不治逝世。

〔註5〕 葉子銘:《十年浩劫中的茅盾》,《鍾山》1986年第2期,第219頁。
〔註6〕 茅盾1970年3月15日致陳瑜清信:《茅盾書簡》第295、296頁。
〔註7〕 同上書。
〔註8〕 同上書。
〔註9〕 同上書。

茅盾說他妻子「七十三歲，未爲短壽；觀其病中痛苦，逝世亦爲解脫，惟孫兒女皆未成立，她死時必耿耿於心也。」〔註10〕

孔德沚是茅盾一生中的賢內助。解放後，她向周總理提出「要求參加革命工作」。周總理認眞考慮後，回答她說：「好，我給您安排一個對您最重要也是最合適的工作，——照顧好茅盾同志。他是我們國家的寶貴財富，今後要他爲新中國描藍圖，爲新中國作出新的貢獻。您要好好照顧他，這是黨交給您的任務，這比您做任何工作都重要！」〔註11〕從此她遵照周總理的安排和囑託，盡心盡力照顧茅盾。而現在，處於浩劫中的茅盾更加需要她照顧之時，她卻含著痛苦與世長辭了。這對茅盾的影響極大。我們從他給親友的一些信中，可以窺見一斑。如在 1970 年 7 月 7 日致陳瑜清信中寫道：「心緒不寧」、「我精力大不如去年，懶動，即作此一書，亦輟筆數次方才寫完。據此可想見其爲殘物矣。」10 月 15 日又作書說：「我自前年下半年就日見衰弱，去年德沚病中，我強打精神，照顧病人，但自她故世，我安定下來，就顯得不濟了。現在上樓下樓（只一層而已）即氣喘不已，平地散步十分鐘也要氣喘，醫生謂是老年自然現象，無藥可醫，但囑多偃臥，少動作。如此已成殘人，想亦不久於世矣。但七十五歲不爲不壽，我始願固不及此也。」精神如此，體力也不支，而且「接連患病」。1971 年 1 月 11 日，他寫信對陳瑜清說，「先患面部神經麻痺，醫治一個多月，方治全痊，委頓不堪，然已不發燒，想無大障也。……」他又說，「多年不見，我在朝不保夕之頹年，亦常思念及親故也。」〔註12〕在這種情況下，茅盾的身心健康可說已瀕臨岌岌可危的境地。回首往事，他感歎不已，說是「年過七十，精力疲憊，說不上再能對祖國有所貢獻了；至於以往言行，錯誤孔多，惟有汗顏，從前我悼鄭振鐸詩，有『天吝留年與補過』一句，振鐸是飛機失事而早亡，我則居然活過七十，天不吝年，奈我未能補過，徒呼負負。」〔註13〕總之，茅盾自妻子去世後已成了一個身心憔悴、形單影隻的鰥夫，在人生旅途的最後一程中頂著風雨掙扎著。

〔註10〕 金韻琴：《記茅盾和孔德沚》，見《中國當代文學研究資料·茅盾專集》。
〔註11〕 《茅盾書簡》，第 298 頁。
〔註12〕 同上書，第 299 頁。
〔註13〕 周而復：《在病危的時候》，《憶茅公》第 62 頁，文化藝術出版社 1982 年 12 月第一版。

四、兩部未刊作品手稿的厄運

　　50 年代初期，全國規模的鎮反運動取得了很大的勝利，破獲了國民黨反動派潛伏下來的主要殘餘勢力。1955 年初，公安部部長羅瑞卿向茅盾建議，請他寫一部有關鎮壓反革命內容的電影劇本，好向全國人民進行教育。茅盾說他不熟悉這方面的生活，誠懇地謙辭。但是羅瑞卿卻說公安部可以向他提供詳細材料，上海破獲的許多重大反革命案件的卷宗，他若需要，都可以閱看，並說他可以找有關人員談話。而且表示，只要他願意寫，公安部門能夠為他提供一切的幫助。茅盾見公安部長如此熱情並大力支持文學創作，答應一試。他來到上海，由周而復幫助安排，與上海市公安局取得了聯繫，開始閱讀卷宗，找人談話，調查、詢問，記錄素材。回到北京，有關部門的領導還派了趙明向他提供材料。趙明是茅盾在新疆學院任教時的學生，愛好戲劇、文學，曾和黨固、喬國仁等人在茅盾指導下，編寫過話劇《新新疆萬歲》。他主編的刊物《新芒》也得到過茅盾的大力支持和指導。1951 年文化部電影局討論他寫的電影劇本《斬斷魔爪》，茅盾又一次給了他熱情的支持。如今領導派他協助茅盾創作，他盡心盡力地幫助「沈老師」。而茅盾則創作熱情高漲，日趕夜趕，不久便寫出了一個電影劇本，交給了電影局的袁牧之。電影局和劇本創作所的幾個負責人讀了茅盾的這個劇本，認為「題材很重要，寫得也好，只是有點小說化，對話多了一些，如果拍製，需要分上、中、下三集。電影局和作者商量，拖了一段時間，不了了之。」〔註 14〕茅盾對這個電影劇本不滿意。孔德沚在和趙明談話時也說，她讀了這部原稿，「感到茅盾對大革命時代的青年較為熟悉，寫出來逼真；對現代青年他不怎麼熟悉，寫出來的還和大革命時代的青年差不多。」在「文革」浩劫中，茅盾終於將這個電影劇本的原稿毀掉了。至於是如何毀掉的，說法不一。周而復說的是，「茅公自己不滿意這個電影劇本，乾脆把原稿撕了，一張張墊在他用的吐痰杯子裏，然後倒掉。」而趙明則說，「沈老師寫就的這部作品，始終沒有拿出來發表。前年（指 1979 年——筆者）我問沈霜同志，他說這部手稿沒有找到，大概『文化大革命』中燒掉了。」一說「撕掉」，一說「大概……燒掉」，以何者為確，目前還未得出結論。然而有一點似乎可以肯定，即這部電影劇本的原稿已經毀掉。對於這件事，周而復的看法是：「這個電影劇本一個字也沒有留下來，

〔註14〕趙明：《「峻阪鹽車我仍奮」——懷念茅盾老師》，《憶茅公》第 361 頁。

十分可惜，是新文學和電影事業的一個重大損失，即使不拍電影，要是茅公改寫小說，至少我們可以讀到另一部《腐蝕》。」〔註15〕趙明認爲「由此可見沈老師對自己作品要求的嚴格，不成熟的東西絕不拿出來。他和魯迅一樣，拿給讀者的東西，一定是最好的。」〔註16〕筆者很同意他們的觀點，雖然他們強調的重點有所不同。要補充的是，茅盾這部原稿的被毀，根本的原因在於對作家勞動成果的不尊重——「文革」中則表現爲任意糟蹋或用來進行政治誣陷，既然人類幾千年積累的文化財富可以被誣爲「封、資、修」的「四舊」而用火焚毀，既然已有定評的茅盾的名著《蝕》、《子夜》、《林家鋪子》等都遭到了「革命大批判」，被判定爲「毒草」，那麼他這部未被拍攝的電影劇本，難道還能逃脫厄運嗎？因此，茅盾自己狠心把它「撕掉」或「燒掉」，既是出於無可奈何，也是一種明智的做法。

茅盾還有一部未寫完的長篇小說手稿，也可能是在「文革」浩劫中燒掉或失落的。1958 年「大躍進」時期，他開始醞釀、構思一部新的長篇。這是一部以黨對資本主義工商業進行社會主義改造爲題材的作品，在題材上和《子夜》有較爲密切的聯繫，也可稱爲《子夜》的續篇。在兩個多月裏，他夜以繼日地寫作，一下子寫出了十萬字。然而繁重的領導工作和外事活動使他擱下了筆。1959 年初，中國青年報社編輯部文藝組給他寫信，詢問小說寫作的情況，希望將稿子儘早交給他們發表。茅盾於 3 月 2 日覆信寫道：「說起來非常慚愧，我的小說稿子還是去年秋和你社一位同志說過的那種情況：擱在那裡，未曾續寫，也沒有加以修改。原因是去年秋天有些事情（例如其中一件是出國），同時身體又不好。這樣就擱筆了。本來，去秋和你社的同志說：我這部東西，即使寫起來，也會使人失望的，而且題材又不適合於青年，所以至多選一點登登，那是希望得到青年讀者提意見，以便修改。但現在，則連一點也拿不出來，真是慚愧而且也十分抱歉。……何時能續寫，以了此文債，自己沒有把握，同時也十分焦灼。不過，始終老想完成這個『計劃』的。」〔註17〕以後階級鬥爭的鑼鼓越敲越緊，「文化大革命」的浩劫徹底窒息了他的這個「計劃」。何況，「四人幫」一夥還無中生有地製造謠言，說他「疏懶，裝病，

〔註15〕周而復：《在病危的時候》，《憶茅公》第 62 頁，文化藝術出版社 1982 年 12 月第一版。

〔註16〕趙明：《「峻阪鹽車我仍奮」——懷念茅盾老師》，《憶茅公》第 361 頁。

〔註17〕《茅盾書簡》，第 232、315 頁。

閉門不出」，最狠毒地是說他「正在寫一部反黨作品，每天寫來丟入保險櫃，要待身後，方肯問世。」這明明是在製造輿論企圖把他打成反革命。既然如此，他還有什麼必要保存那個只寫了十萬字的未完成的長篇原稿呢？據茅盾家屬說，這部原稿至今未找到，很可能是在「文革」中燒掉了。也就是說，茅盾鑒於浩劫的嚴峻形勢被迫毀掉了自己的手稿。因此，現代文學史家只好把《鍛鍊》作為茅盾的最後一部長篇小說創作。不然的話、茅盾小說創作的歷史將延長十年或二十年。對於社會主義文學藝術事業來說，「文革」浩劫之烈莫過於將作家迫害致死和將作品扼殺、毀滅了。

五、「自己站在雪裏，還在給別人送炭」的崇高品質

從茅盾賦閒在家以後，他幾乎與世隔絕了。在那混亂的年代，甘於寂寞，甘於沉默，是一個偉大的革命者的特殊武器，也是對跳梁小丑們最大的輕蔑。幾年來，他家的座上客僅剩下胡愈之、葉聖陶、曹靖華、胡子嬰和光明日報社的黎丁等幾人。

就在身體上疾病叢生、政治上被迫「閉門思過」的艱難歲月裏，縈繞茅盾胸中的卻是國家的命運、人民的安危、友人的冷暖。他在《感事》詩中寫道：「豈客叛賊僭稱雄，社鼠城狐一網空。莫謂工農可高枕，須防鬼蜮暗彎弓。」他為馬寅初「鳴」不平，在致沈楚的信裏仗義直言：「有人說馬寅初解放前不走路，家中雇轎夫，但我親見則完全不是。他解放初期任華東軍政委員會副主任時，不願要政府供給他的別墅與小轎車，住在二十四層樓的第十層，上下不用電梯，喜步行；同出國數次，在國外參觀，健步如飛，少壯者追塵莫及，此非耳聞，皆目睹也。為欲替他辨誣，故寫了那麼多字。」〔註18〕他向人詢問：「《紅岩》的作者到底是否死了？沙汀、艾蕪二人現在怎樣？碧野在湖北近況如何了⋯⋯」他從冒險來看望他的雲南作家李喬口中得知李廣田、劉澍德等同志的噩耗後，半天不語，痛苦地歎了口氣說：「北京的作家老舍已死了，楊朔也死了！楊朔死後，叫他弟弟夾收屍，發現他哥哥身上有傷痕，可見楊朔不是病死的⋯⋯」

茅盾搬到交道口南三條 13 號不久的一天，駱賓基來看望他。茅盾向他問起馮雪峰的情況。聽到馮雪峰的病已確診為肺癌，吃中藥必須用麝香配，而

〔註18〕《茅盾書簡》，第 232、315 頁。

麝香很珍貴，這樣的藥很難買到，家裏人正為此犯愁時，他說：「麝香，我倒是有的，是五幾年尼泊爾王族代表團的貴賓贈送給我的禮物，我留著沒有用。不過，我剛從文化部那邊搬過來，東西還得清理。我今天就找，找出來就給他送去！要他安心養病，不要煩躁！」駱賓基第二天想去告訴馮雪峰，想不到茅盾已連夜找出麝香，託胡愈之送到了馮雪峰的手裏。馮雪峰一再辭謝，要把香麝送還茅盾，流著淚說：「這樣珍貴的禮物，應當留給他自己備用，我怎麼好收下呢？」「雪峰，這藥是珍貴的，但是茅盾先生表示的友誼和關心比藥更珍貴。何況，你現在很需要它。」駱賓基勸說道。馮雪峰終於把茅盾贈送的香麝留下了。危病中的馮雪峰，他的感激是不言而喻的：他此時是一個被開除黨籍的「摘帽右派」，「文革」中更被戴上種種「帽子」，他與茅盾已經多年不能互相往來了。如今茅盾居然聞訊託人送藥，這表明兩人在「左聯」期間建立起來的革命友誼是任何「左」的政治風浪都沖毀不了的。

　　1974 年冬天，處於苦難中的作家姚雪垠想到茅盾當年曾評論他的處女作《差半車麥稭》，使他得以顯露文壇。如今他的《李自成》受到人們那麼多的攻擊，很想聽一聽茅盾的意見。他從朋友處打聽到茅盾的地址，給茅盾寫了一封信，簡要地談了寫作《李自成》的情況，希望得到茅盾的幫助，以便將第二卷修改得較好一些。茅盾接到他的信十分高興，特地用彩色水印寫意畫宣紙信箋給他回信，詳細地為他「貢獻意見」，既謙遜又熱情。從此之後，茅盾和姚雪垠關於《李自成》的通信就頻繁起來。姚雪垠為此寫道：「有的信他寫的很長，長到一千多字，甚至大約兩千字。他先談第一卷，然後對第二卷按單元次序談。他不是僅僅讀一遍，而常常是先讀一遍，記下要點或初步意見，再讀一遍，考慮成熟，然後給我寫信。這種認真、嚴肅和一絲不苟的精神，使我十分感動，可以永遠成為我們光輝的榜樣。……他是我的老師，也是真正知音。」「他不僅是偉大的作家，也一生不放棄對中、青年作家的幫助和指導，所以我將他看成一位特殊的文學教有家，而我也是他的半棵桃李。」〔註 19〕

　　然而茅盾待人卻從不自視高人一等，而是虛懷若谷。臧克家說，「他十分謙虛，對我們這些後輩，呼之以『兄』，待如平輩，幾十年來，始終不渝。我與碧野對他以『師』相稱，他回信說『愧不敢當！』……前幾年，我肺結核病復發，經常低燒。他記掛在心，常來信問，醫生懷疑我肺部有腫瘤嫌疑，

〔註 19〕姚雪垠：《一代大師，安息吧！》，《憶茅公》第 125 頁。

他從北京醫院熟悉我的大夫口中得知這種嫌疑已經排除了後，特別來信表示寬慰和高興。」〔註20〕

賦閒歲月閒不住。茅盾這位已近 80 歲的老人，「真是自己站在雪地裏，卻還在不住地給別人送炭。」這種崇高的品質是十分罕見的。

六、對周總理和革命戰友的深情悼念

七十年代中期，中國處於政局動盪、地震不斷的人禍天災之中。茅盾在給陳瑜清的一封信裏說：「……東北地震，大孫女工作之本溪，有 6.5 級，本未塌屋，但為預防再來，住在帳篷裏，此在嚴寒季節，稍覺不便。」當時，不僅東北地震，西南地區，華北、華東也盛傳將發生地震。而「四人幫」在這天災大作之時，卻在製造政治上的大「地震」，大搞「批大儒」，把矛頭對準已經病重住院的周恩來總理，人心莫不為之震驚。一天，駱賓基前來拜訪。說他受人之託，請求茅盾在見到周總理時，能提出聶紺弩的問題，以解救這位老作家被囚禁已達七年的痛苦。茅盾說：「聶紺弩這個人我是知道的，魯迅先生也很器重他。讓我向周總理講幾句話，也是願意的。可是，總理正在住院，能不能在最近見到還是問題，就是有機會見到了，是不是能說上幾句話，能提出這個問題，也得看機宜。」

1976 年 1 月 8 日，周恩來總理逝世的噩耗突然傳來，茅盾震驚萬分。1 月 11 日向周恩來遺體告別回來，晚上提筆給上海的趙清閣寫信：「周總理終於去世，如晴天霹靂，不勝哀傷！從此中國及世界失一偉大的無產階級革命戰士，……」〔註21〕他懷著極為哀痛的深情參加了 14 日的弔唁儀式。15 日，又送了花圈，前去參加了周恩來總理的追悼會。1 月 23 日他寫信給臧克家談論悼念周總理的詩。他說，趙樸初的悼總理詩曾見到抄件，詩寫得好，五言仄韻，讀時自然有沉痛之感。臧克家的詩用四字句，既典則而沉痛，亦慷慨以激昂，後二節尤佳，「鄙意哀挽總理如從敘述總理豐功偉績、品德風采方面著筆，則萬言亦不能盡，實寫不如虛寫，趙作與尊作都妙在此，然尊作大眾化，則勝於趙也。我也曾搜索枯腸，擬誌哀思，但終於不成，才短思滯，而眼界卻高，真無奈何也。」〔註22〕隨後，他寫下兩首《敬愛的周總理挽詞》：「萬

〔註20〕臧克家：《往事憶來多》，《憶茅公》第 105 頁。
〔註21〕均見《茅盾書簡》，浙江文藝出版社出版。
〔註22〕同上書。

眾號眺哲人萎，競傳舉世頌功勳。靈前慟極神思亂，揮淚難成哀挽文。衣冠劍佩今何在？偉績豐功萬古存。錦繡江山添異彩，骨灰撒處見忠魂。」茅盾在覆信陳瑜清時又寫道：「……總理追悼會前一周的期間，京中工廠、機關、學校等，差不多人人都戴黑紗、白花；天安門廣場上人民英雄紀念碑前，群眾自動送來的花圈總有數千，——這都是不能送進勞動人民文化宮的。四川、上海友人來函也說如此。杭州不知如何？陳曉華的悼詩是好的。京中友人寫的也不少，但聞上面決定，一律不登。」〔註 23〕茅盾寫的悼總理詩，也無處發表，只能抄給友人傳看。

就在周恩來總理逝世的同一個月的 31 日，著名詩人、文藝理論家馮雪峰也含冤病逝於北京。年已八旬的茅盾身體很差，如他所說雖「沒有住院，但氣短，精神倦怠，……手抖加甚，目疾依然，走路不但要用拐棍，還要人扶。不能用腦，用腦稍久，體溫立即超過三十七度；白血球偏高……」〔註 24〕然而，在「不許見報，不許致悼詞」的威脅下，他冒著政治風險，毅然前往八寶山革命公墓，主持了馮雪峰的追悼會。駱賓基認爲：「這是肝膽照人的行動！……茅盾與胡愈之兩同志，無視『四人帮』給戴上的罪名，和同志們一一握手，倍加親切，這親切從彼此相顧的眼光裏如閃閃發光的暖流一般彙集成一個海洋，彼此越加信任。那時，茅盾先生的身體也很虛弱，但在這裡卻顯示了一種多麼無畏的戰士的精神呵！」他又寫道，「我從這次追悼會上，感到自己受了一次大檢閱，……而茅盾先生是這次大檢閱的主帥，無語、沉默，卻充滿了戰鬥精神！在我的印象中，從未有的感到，他是那樣崇高而莊嚴！」〔註 25〕

1976 年 7 月 4 日，是茅盾的 80 大壽。他寫下一首《八十自述》：「忽然已八十，始願所未及。俯仰愧平生，虛名不副實。昔我少也孤，慈母兼父職。管教雖從嚴，母心常戚戚。兒幼偶遊戲，何忍便撲責。旁人冷言語，謂此乃姑息。眾口可鑠金，母心亦稍惑。沉思忽展顏，我自有準則。大節貴不虧；小德許出入。課兒攻詩史，歲終勤考績。」這首詩只寫到這裡，以後再也未續完。不久，特大地震終於在唐山、豐南一帶發生，餘震波及北京。外地親戚聞訊震驚，飛函詢問茅盾一家安危。他覆信說：「地震時，我們未損失一物，

〔註23〕均見《茅盾書簡》，浙江文藝出版社出版。
〔註24〕同上書。
〔註25〕駱賓基：《悼念茅盾先生》，《北京日報》1981 年 4 月 12 日。

房子也完好。但工程房來人儉查三次，謂外表雖好，結構老了，再逢地震不保險，作了改建（上房兩排）方案，有圖，是拆掉重建，因此我們搬到西郊住。」〔註26〕豈知他搬到西郊三里河南沙溝不久，中國又遭到了另一次「特大地震」：毛澤東主席於9月9日逝世了！茅盾再度沉浸在巨大的悲痛、哀悼之中。

十年浩劫，此時已登峰造極。物極必反。茅盾在一首詩中寫道：「寰宇同悲失導師，四兇逆謀急燃眉。烏雲滾滾危疑日，正是中樞決策時。」他和全國人民都在企盼著「雲散日當空，山川一脈紅」的一天早日到來。

（原載1988年第1期《湖州師專學報》，總第31期）

〔註26〕均見《茅盾書簡》，浙江文藝出版社出版。

茅盾：在中國文聯的領導崗位上

　　今年是中國文聯成立 55 週年。在這個日子裏，人們都會想起中國文聯的成立和她歷任的領導人，懷念他們爲文聯所做的許多工作和巨大貢獻。這裡，我想說一說茅盾（沈雁冰）在中國文聯領導崗位上的一些事蹟和奉獻。

　　早在新中國建立前夕，茅盾就參與第一次文代會的籌備，爲成立中國文聯積極工作。1949 年 3 月 22 日，他出席中華全國文藝協會在北平的理事及華北文協理事聯席會議，商討召開全國第一次文代會的籌備工作。會上組成了包括茅盾和郭沫若、周揚、葉聖陶、鄭振鐸等 42 人的籌委會，他被推選爲副主任。5 月 4 日，他在《文藝報》試刊創刊號上發表了一篇《一些零碎的感想》，這是一篇雜感，主要寫了他對有關文代會代表的產生和組織方式等有關問題。5 月 30 日，他出席文代會籌委會第一次臨時常委會會議。會上確定由他負責起草關於國統區文藝工作的報告。6 月 1 日在籌委會歡迎到北平的代表大會上，向與會者報告了文代會的籌備情況。7 月 2 日，全國第一次文代會召開，茅盾爲大會主席團成員、副總主席，並向大會報告大會的籌備經過。7 月 4 日，他向大會作《在反動派壓迫下鬥爭和發展的革命文藝——十年來國統區革命文藝運動報告提綱》的報告。今天的讀者可以從《中華全國文學藝術工作者代表大會紀念文集》和《茅盾全集》中讀到它。就是在這次文代會上，茅盾當選爲全國文聯委員、常委、副主席。並當選當時還是文聯系統內的中華全國文學工作者協會（後來更名爲中國作家協會）主席，出任《人民文學》、《文藝報》、《譯文》主編。其後，他多次代表或以文聯領導的身份參加一些會議。譬如，在全國政協第一屆全體會議上，是他代表中國文聯發言、表態。

　　茅盾作爲中國文聯的一位領導人，以及中國作協的領導人，可以說都是

「兼職」的。因為他在中央政府的職務是文化部長，而文聯和作協的性質都是人民團體。但就是文化部長，他也基本上是「掛名」的。茅盾在 1957 年《在作協整風會上的發言》和在中共中央統戰部座談會上的發言中，說他「又是人民團體的掛名負責人，又是官」，但「我自己也不知道究竟算什麼。在作家協會看來，我是掛名的，成天忙於別事，不務正業（寫作）；在文化部看來，我也只掛個名，成天忙於別事，不務正業。」（《我的看法》，《茅盾全集》第 17 卷）但現在看來，這些「不務正業」的忙，也是他這個「負責人」不能不做的。譬如，出席第一屆戲曲觀摩演出大會並致開幕詞，出席中蘇兩國文藝工作者座談會，並代表中國文聯致歡迎詞，出席並主持戲曲觀摩演出大會閉幕式，出席文化部電影局和全國文聯聯合召開的第一屆全國電影劇本創作會議並作發言，出席首都各界公祭徐悲鴻大會，出席首都文藝界紀念梅蘭芳、周信芳舞臺生活五十週年慶祝會，並代表文化部向他們頒發獎狀，還主持紀念蕭邦、舒曼誕生 150 週年大會，並致開幕詞……

其實，茅盾仍然是在「務正業（寫作）」，而且十分努力和積極地「務正業（寫作）」。且不說他寫了大量的散文、雜感和文學作品評論，即以文學之外的「藝術」而論，茅盾就曾應公安部長羅瑞卿之邀，創作了反映公安戰線鬥爭的一個電影劇本。周而復說，「茅公不滿意這個電影劇本，乾脆把原稿撕了，一張張墊在他用的吐痰杯子裏，然後倒掉。這個電影劇本一個字也沒有留來，十分可惜，是新文學和電影事業的一個重大損失。」茅盾為了不做「掛名」的文聯副主席，他以自己手中的筆，寫下很多的關於「藝術」的評論，譬如《蘇聯的電影事業》、《莫斯科的大戲院、小戲院和藝術劇院》、《蘇維埃的音樂》、《美國電影與蘇聯電影的比較》、《從話劇〈紅旗歌〉說起》、《〈俄羅斯問題〉對於我們的教育意義》、《感謝蘇聯崇高的友誼和親切的合作——在慶祝〈中國人民的勝利〉攝製完成大會上的講話》、《不朽的藝術都是為了和平和人類幸福》等等，還與人合譯《比昂遜戲劇集》。

1953 年 9 月至 10 月，第二次文代會召開，茅盾繼續當選全國文聯副主席。1960 年 7 月，第三次文代會召開。7 月 24 日，他向與會全體代表作了題為《反映社會主義躍進的時代，推動社會主義時代的躍進！》的報告。其中談到文學之外藝術類的作品：歷史劇有郭沫若的《蔡文姬》、田漢的《關漢卿》、《文成公主》等；現代喜劇有老舍的《全家福》；話劇有金山等的《紅色風暴》、集體創作的《火焰千里》、劉雲等的《八一風暴》、趙起揚等的《星火燎原》、

超克圖納仁的《金鷹》等；歌劇有《紅霞》、《洪湖赤衛隊》；電影有《黨的女兒》、《晶耳》、《回民支隊》、《老兵新傳》、《摩雅泰》、《萬紫千紅總是春》、《綠洲凱歌》、《女籃五號》、《南海潮》等。茅盾在報告中還特別指出「曲藝又是語言藝術，又是表演藝術。它有文學藝術的『尖兵』或『輕武器』的光榮稱號」，它能「迅速反映現實」，比「散文、特寫還快」。茅盾列舉了湖北漁鼓、陝北說書、西河大鼓、車燈、快板、快書、相聲等類作品。可是有誰知道：為了向大會提交這個報告，他系統地閱讀了六年來的創作成果和有關文化藝術工作情況的文件、資料，還特地讀了《個性心理學》等參考書。據茅盾日記記載，他為寫此報告「閱讀的作品、論文共計約千萬字，閱時二月餘。」因白天開會，「主要在晚上讀」。而「最費時者，仍是舉例，往往兩例相權，籌思推敲至再三，始能概括成十數三五十字，而耗時則將近半小時。」其工作量之大，寫作之認真，加之他已 65 歲高齡，今日讀之，又有誰能不肅然起敬！

在「三分天災，七分人禍」的三年困難時期，作為文化部長、全國文聯副主席、中國作協主席的茅盾，工作疲累，身體很差，依然為文藝事業堅持閱讀、寫作。1960 年 3 月 17 日，他在日記中寫道：「失眠」，「服藥逾重」，「僅睡了四個小時，而又醒兩次。今晨四時後無論如何不能再睡。乃依枕閱書。脊痛加劇，頭暈，胸口作嘔。」3 月 27 日寫道：「兩眼忽又昏眊起來了，午後寫日記，幾乎是摸著寫的。」當年 9 月，時任中共中央總書記的鄧小平指示：「編一點歷史劇，使群眾多長一些智慧。」茅盾聽到傳達和參加了有關的座談會之後，在每天上班之餘，堅持閱讀了大量的歷史資料和劇本，並進行研究。後來，就精心撰著了那部十多萬字的《關於歷史和歷史劇》。從理論和歷史兩個方面探討歷史劇和歷史題材劇，探討傳統戲曲的「古為今用」作用，以及如何發揮「古為今用」的經驗和規律。這是已出版的著作，他當時還閱讀了幾十部「臥薪嘗膽」的戲劇，它們集中的一個主題就是表現越王句踐「十年生聚，十年教訓」的艱苦奮發精神，顯然是為了體現當時舉國上下艱苦奮鬥、萬眾一心共度難關的時代精神。根據研究結果，茅盾寫成了一份 5500 字的手稿，後來，茅盾的兒子韋韜代加了一個標題：《從歷史到歷史劇——關於「臥薪嘗膽」的雜記》。這兩個研究戲劇的專著，表現了茅盾精深的理論思想和獨到的學術造詣，以及雄厚的治學功力和嚴謹的學術作風。足值後人學習、傚仿、借鑒、發揚！

　　茅盾身為文化部長和全國文聯副主席，經常與周總理發生工作上的關係。這裡轉述一段茅盾關於為什麼以《寶蓮燈》招待西哈努克親王第二次訪問我國的回憶。他說：當時擬了兩份節目單，一份是歌舞，另一份京劇《白蛇傳》。由於一些歌舞已經看過，總理說「這次不看。」對第二份節目單，總理問「為什麼選上《白蛇傳》？茅盾等回答：「這個戲改編後，藝術上更精粹（戲裏有旦有生，有富於抒情的唱詞和精彩的武打），思想內容上更突出婦女解放，婚姻自由。總理笑了笑說：「你們沒有考慮到看這個戲的是怎樣的外賓罷？柬埔寨是佛教國家，西哈努克親王也信佛，不見他常用『合十』表示敬意麼？你們讓他看這個反對和尚的戲，這是跟他講親善友誼的方法麼？這可是侮辱他！政治上是嚴重錯誤！」茅盾寫道：「總理這番話把我們驚得目瞪口呆，同時卻也佩服得五體投地。怎麼我們就沒有想到這一點，真是太沒有政治頭腦了。我們焦急得很，肯定得換新節目，可又想不出拿什麼來換。總理想了想說：換上《寶蓮燈》罷？這一下又把我們點醒了。於是遵照總理指示，安排《寶蓮燈》的演出，突擊排練。演出結果很好，西哈努克親王很欣賞。

　　後來，毛澤東為發動文化大革命，連續作了「第一個文藝批示」和「第二個文藝批示」（即《中宣部關於全國文聯和所屬各協會整風整風報告》上的批語）。文化部長、全國文聯主席和中國作協主席的茅盾首當其衝。何況在京劇現代戲觀摩演出大會期間，以及排演大型音樂舞蹈史詩《東方紅》期間，茅盾與江青都有過矛盾和直接衝突（見《敬愛的周總理給予我的教誨的片斷回憶》。此文生前未發表，後據手稿編入《茅盾全集》第 27 卷）呢！茅盾的遭難也就可想而知了。於是茅盾冷靜下來，著手為自己安排退路，隨後正式向周總理提出辭去文化部長的要求。在三屆人大一次會議期間，周總理找他談話，對他說「准予免職。另安排你在政協工作。」又說，「文化部工作中存在的問題，你的責任比較小，而文化部黨組兩個主要成員的責任大。」這次談話時，茅盾還要求辭去全國文聯副主席、中國作協主席職務。周總理不同意，說：「你不當誰當？」……此後，茅盾就沉默下來，在文化大革命的淒風苦雨中經受磨難。

　　粉碎「四人幫」之後，鄧小平組織文藝界開展對「四人幫」的批判，開始時既沒有文化組織可以依靠——文聯、作協都被「四人幫」砸爛了，也沒有完整的文藝隊伍可調動，主要依靠黨報黨刊組織文藝隊伍。茅盾應邀出席這些報刊組織的座談會、批判會，發表講話，撰寫文章，以 81 歲的高齡投入

對「四人幫」的鬥爭。他在文章中大聲呼籲：必須重新組織文藝隊伍，恢復和健全文藝組織。他說「四人幫」不承認我們，不承認我們的文聯、作協等組織。『我們也不承認他們的反革命決定。」他說：中央從「沒有命令撤銷』文聯和作協。在《人民文學》編輯部召開的在京文學工作者座談會上的講話中，茅盾提出：「現在各方面都在關心：文聯和各協會是不是應該恢復了？就地方而言，各省的做法不同，有的省已經恢復了，有的省沒有。……至於全國文聯，作家協會和其他協會，一共十個協會，大家都盼望能次第恢復。」「看起來中央已經準備恢復了。這是我的猜想，也是許多人的盼望，熱烈的盼望。」他強調指出「這件事不光是恢復一些機構的問題，而是標誌著毛主席的革命文藝路線在黨中央領導下重新向前邁進」。接著，他指出了文聯和作協等組織的恢復對文藝事業發展的幾個有利，比如「輔導廣大文藝工作者是件大事，也是頭緒紛亂的一件事；這個工作由文化部來擔任也困難，不如由文藝界的群眾團體即文聯和各個協會來擔任，比較方便一點。」（《茅盾全集》第 27 卷）雖然這時全國文聯和作協都還沒有恢復，但他還是把自己當成文聯副主席和作協主席，在大聲疾呼的！

1978 年 5 月 27 日至 6 月 5 日，中國文聯第三屆全國委員會第三次擴大會議在北京召開。5 月 27 日，茅盾致開幕詞時莊嚴宣佈：「中國文學藝術界聯合會、中國作家協會和《文藝報》，即日起正式恢復工作。」1979 年 2 月，他參加中長篇小說座談會並發表講話，許多作者都為他思想解放、對青年人熱情誠摯而感動。當時還是年輕作者的現任全國文聯副主席馮驥才說：「當時『左』的思潮仍在禁錮某些人的大腦、束縛著人們的手腳時，這位風燭殘年、體弱神衰的老人的思想鋒芒仍然是犀利的；他像懷著一顆童心那樣，直截了當，無所顧忌地打開自己的心扉。青年們勇敢的嘗試多麼希望老一輩這樣鮮明有力的支持呀！」（《緬懷茅盾老人》）。

第四次全國文代會籌備工作由 1978 年 1 月經黨中央批准成立的恢覆文聯和各協會工作籌備小組負責。小組工作的主持人是林默涵。但茅盾卻為文代會的籌備做了許多工作。陽翰笙在四次文代會上作《中國文聯會務工作報告》中指出：「今年三月份，中國文聯與中宣部、中組部、文化部聯合召開了『全國文藝界落實知識分子政策座談會』。這次會議的起因是茅盾副主席給林默涵同志寫了一封信」提出建議。「耀邦同志非常重視這個建議，批示召開這個會議，把省、市、自治區主管這方面工作的同志都找來開會。要求各地迅速把

全國知名作家、藝術家，特別是歷屆文聯全委和各協會理事的政策落實好。會議產生了《聯合通知》，在會後下達各地，大大促進了文藝界的政策落實工作。」而他這次還承擔了爲文代會寫歌詞、作報告與開幕詞的任務。尤其是起草大會報告《解放思想，發揚文藝民主》（原題爲《解放思想，繁榮文藝創作》），他經歷了 22 天精打細磨的艱辛寫作。

1979 年 10 月 30 日，第四次文代會開幕那天，茅盾在日記中寫道：「昨夜醒四次，今晨七時半起身，九時半赴人大會堂，會見瑞典文化代表團，在江蘇廳，一時半來賓告辭。旋即在原處討論第四次文代大會提出之主席團名單（三百多人），然後又到大會堂大廳，則三千多代表已經在那裡等候了。我將主席團名單及大會日程提請代表通過。無異議，一致。回家時已十一時許。飯後，不能小睡，因下午三時要開文代大會開幕式，周揚主持會議，我致開幕詞」。（《茅盾全集第 40 卷》）下午 3 時，第四次全國文代會正式開幕。茅盾拿著開幕詞，那是他在日記中說的「已由文聯籌備組請人用毛筆楷書寫的大字稿，但臨時又加進幾個外國人名（來賓），一爲日本之評論家宮川寅雄，一爲電影藝術家伊文思，一爲作家格林」的稿子致開幕詞。鄧小平代表黨中央致賀詞。

11 月 3 日，茅盾在日記中說他「昨夜大咳，終宵未能入睡，但起坐時則咳少。今晨九時還洗澡，也不見咳甚。中午自然不能入睡了，因爲睡下即咳。下午二時半赴大會堂」，向與會代表作《解放思想，發揮文藝民主》的報告；因他是抱病來開會的，報告的首尾由他自己念，他說「開頭時我加了幾句，末尾又加了幾句」（日記）。在主席臺上，坐在茅盾右邊的鄧小平徵求他的意見說：「這次文代會將選舉文聯及各協會新一屆的領導，考慮你年事已高，作協主席又非你繼續擔任不可，我們建議讓周揚同志擔任文聯主席，請您擔任名譽主席，您看是否可以？」茅盾當即表示：「聽從組織安排。」他作報告後，「即退席赴北京醫院急診室」（日記）經醫生檢查，拍胸片，遵醫囑住院治療。但 11 月 16 日，文代會結束時，他仍然違背醫囑，奔往會場，出席閉幕式。

在第四次文代會上，德高望重的茅盾當選爲全國文聯首位名譽主席，並繼續當選爲中國作協主席。以後，又繼續抱病參加會議、閱讀、寫作，臨終前還留下兩封遺書，一是提出恢復黨籍的要求，二是捐出稿費設立長篇小說文藝獎金的基金。

茅盾在全國文聯和作協的領導崗位上，眞可以稱得上是宵旰操勞，嘔心瀝血，鞠躬盡瘁，死而後已！

2004 年 7 月 1 日作

（原刊《茅盾研究》第九輯，文化藝術出版社 2005 年 6 月出版）

茅盾：人生頂峰夕照明

　　1976 年 10 月 6 日，中共中央採取果斷措施，一舉粉碎「四人幫」反革命集團。茅盾和廣大作家重獲解放。他激情噴湧，寫下多首舊體詩詞。如「驀地春雷震八方，兆民歌頌黨中央，長安街上喧鑼鼓，歡呼日月又重光。」(《粉碎反革命集團「四人幫」》四首之二)「十月春雷布昭蘇，剝落畫皮驗眞身；萬眾歡呼天又晴，徹夜鑼鼓慶新生。」(《十月春雷》) 10 月 24 日，他出席了首都百萬軍民慶祝粉碎「四人幫」大會；兩天後，又出席首都各界愛國人士慶祝粉碎「四人幫」座談會，並在會上發言。發言摘要發表於 10 月 27 日《人民日報》。他所寫的《魯迅說：輕傷不下火線》發表於《人民文學》第六期和《人民中國》第十號，另一文《我和魯迅的接觸》在《魯迅研究資料》第一輯發表。

　　11 月上旬，茅盾從郊區搬回交道口南三條十三號家中。12 日，他出席並主持北京各界舉行的孫中山誕辰 110 週年紀念會，代表全國政協敬獻了花圈。19 日，在致胡錫培的信中說明他寫《魯迅說：輕傷不下火線》的緣由。對於這篇他被迫擱筆十二年後公開發表的文章，茅盾寫道：「《人民文學》上回憶魯迅一文，本爲《人民中國》日文版魯迅專號寫的。《人民文學》要了去轉載；周建老的文章也是專爲日文版寫的，日本人今年大事紀念魯迅逝世四十年及誕生九十五週年，故我國外文出版社之《人民中國》日文版配合出了個專號。」〔註 1〕24 日，他去參加了毛主席紀念堂的奠基儀式。

　　12 月，茅盾整個月處於欣喜興備的心境之中。他接待來訪的作家，給友

〔註 1〕　《茅簡書簡（初編）》，第 378 頁，浙江文藝出版社 1984 年 10 月第 1 版。

人回信，論文藝，談創作。29 日在致姚雪垠的信中對《李自成》擬改編爲電影劇本搬上銀幕發表了中肯的意見，又針對文藝創作上的弊病指出：「在這方面肅清『四人幫』的流毒，還有許多工作要做，得慢慢來。」對於江青歪曲毛澤東關於《紅樓夢》的談話，他寫道：「把曹雪芹當初腦子裏一點影子也沒有的資產階級上昇期的意識形態和封建地主階級滅亡期的意識，兩者之間的鬥爭，硬套上大觀園的癡嗔愛憎，眞是集公式化、概念化之大成，非形而上學何？」〔註2〕可以說，這是茅盾對「四人幫」文藝觀的第一次批判，雖然還未公開發表。

1977 年 1 月 20 日，《人民文學》一月號出版。茅盾作於去年初的《周總理輓詩二首》在上面發表。他在「附記」中寫道：這二首詩今天才得以發表，「既以悼念敬愛的周總理，亦以慶祝粉碎『四人幫』的天大喜事。」從本月起，他與葉子銘恢復通信。2 月 23 日，寫成《過河卒》一詩，詩前小序爲：「江青自稱過河卒子，打油一首，揭其陰私。」18 日，他出席並主持政協全國委員會春節聯歡會，在會上致詞。寫有《聞歌而作——爲王昆、郭蘭英重登舞臺》，詩的結尾寫道：「若非粉碎奸幫四，安得餘韻又繞梁。」3 月 1 日，他出席了首都紀念臺灣「二‧二八」起義三十週年文藝晚會。12 日又出席孫中山逝世五十二週年紀念會。14 日作《奉和雪垠兄》一首，小序爲：「雪垠兄以春節感懷見示，步韻奉和，並請指正。」詩中有句：「壯志豪情未易摧，文壇飛將又來回。……錦繡羅胸仍待織，無情歲月莫相催。」寫姚雪垠，亦抒寫他自己心情。在夫人病逝後，他曾有幾年感到沮喪，處在「朝不保夕之頹年」，曾對陳瑜清說他「已成廢人，想亦不久於世矣」〔註3〕。而現在則又對人生充滿希望。4 月 20 目致陳瑜清信中還談到養生長壽之道：「人之長壽與否，有各種客觀主觀原因，具體人與事不同，壽夭各別。以我之經驗則絕嗜欲，樂觀，不自討煩惱，亦長壽之道也。我一生碰到事變不少，但從不著急，一般人所謂『急得睡不著』，我從未有過。只是青年時代埋頭寫作，少運動，得了失眠病，至今離不開安眠藥，但此亦非病也。」〔註4〕八旬老人在新的春天裏，胸中燃燒著熊熊的生命之火。他在四月號《詩刊》上發表新詩《迅雷十月布昭蘇》。這是茅盾僅有的少數自由體詩中篇幅最長的一首，有一百二十句。全詩

〔註2〕 《茅簡書簡（初編）》，第 381 頁，浙江文藝出版社 1984 年 10 月第 1 版。
〔註3〕 《茅簡書簡（初編）》，第 297 頁，浙江文藝出版社 1984 年 10 月第 1 版。
〔註4〕 《茅簡書簡（初編）》，第 388 頁，浙江文藝出版社 1984 年 10 月第 1 版。

充滿了對於「四人幫」的憎恨和對黨中央的熱愛，流露出在黨的領導下實現「四化」使祖國走向更光明前程的美好願望與堅定的信念。四月號《革命文物》發表了《新發現的魯迅致茅盾書信手稿》，共有書信九封，是魯迅於 1936 年 1 月至 4 月寫給茅盾的。這件事引起更多人向他詢問有關魯迅的情況。連孔羅蓀也致信問他關於電賀長征勝利的事。他於 4 月 8 日覆信對此事作了五點說明，其中第四點為：「進入一九三六年，當前要做的事更多了，我把電賀事完全忘了，魯迅似乎也忘了，都沒有再提。」第五點是：「解放後，成立魯迅博物館，預展時我看到有一幅畫是我與魯迅在擬電文（賀長征勝利），大為驚異，當即告訴他們，事實不是兩人合擬而是魯迅一人擬的，且我那時未見電文原稿，也不知有哪些人（除魯迅外）在電尾署名。」〔註5〕對此事，他在以後又多次表明了同樣的看法和態度。其他人來信詢問魯迅的事情，他都據實相告。但這對他卻是一大負擔。1977 年 5 月 8 日在給臧克家的信裏說：「有些中學教師鑽研魯迅著作，熱情可嘉，但他們誤以為我有不少關於魯迅的秘聞，時常來信詢問，或在魯迅作品中不得解時又來信詢問，其實我也不能解答，凡此種種，都不能不寫回信，特別是來信一定很長（雖說問題少而小），字寫得小又難認，頗費精力。……我近年來親為這些事忙，實在啼笑皆非。」而對一些友人和學者來信詢問魯迅的情形，茅盾則不視為負擔，而有問必答，如對葉子銘、陳瑜清、魯歌、王德厚、趙清閣、袁良駿、鮑祖宣、徐重慶等，均是如此。在覆信中，他流露出對於魯迅研究中某些不良現象的反感，如他對臧克家說：「最近有兩個青年教師極力想證明魯迅的某幾首舊體詩是悼念楊開慧烈士的，屢次來信，希望我支持他們的論點，但我卻以為他們的論點不免穿鑿。」又如他對陳瑜清說：「自題小像一詩現亦有人提出新的解釋，蓋咬住一、二字，刻舟求劍以駁難，似已成風氣。真令人啼笑皆非也。」再如他對趙清閣說：「來函提及魯迅書簡中提及的一個女人（請她吃飯），於是訪問者紛紛向此人提各種問題，請其回憶。這樣的研究魯迅作品，類於漢儒考經。但是我在別處看到一段考證，則對此曾受魯迅招待吃飯的女性，大有微詞，謂魯迅所以如此殷勤，乃是『敬鬼神而遠之』。這真妙絕了。如此考證，無奈浪費筆墨。」一年後又在覆趙清閣的信中批評所謂關於回憶魯迅的文章說：「近來看到一些圍繞著魯迅寫的回憶，有些魯迅在北京教書時的青年作者（現在也都七十左右了）寫的回憶，真好玩。而一些解釋魯迅舊體詩的文章則形而

〔註5〕《茅簡書簡（初編）》，第 390 頁，浙江文藝出版社 1984 年 10 月第 1 版。

上學泛濫，大概您是不會看到這些東西的。我是被迫看它們，因爲都把刊物寄來，請發表意見。我只好不一一作覆。說話困難。說實話呢，將以爲我潑冷水。叫好呢？那不是說謊麼？」〔註6〕由此我們可以看出茅盾的思想和心情。

　　同年5月1日，他出席了首都人民歡慶「五一」國際勞動節大會，4日又出席了全國工業學大慶會議。十天後，同黨和國家領導人一起接見全國工業學大慶會議的代表。在20日出版的《人民文學》第五期上發表了《滿江紅·祝〈毛澤東選集〉第五卷出版》。6月22日作長篇舊體詞《桂枝香·詠時事》。6月25日，他的《關於長篇小說〈李自成〉的通信》在《光明日報》刊出。本月將初稿於1975年10月的《清谷行》定稿。這是一首詠贊趙清閣兼憶「三十年前山城月，文壇對壘旗高揭」直至「大地春回正氣張」、「神州八億奮宏圖」的長詩。全詩感情豐富，結尾纏綿徘惻，對「黃歇浦邊」的女作家趙清閣，表達了眞摯懇切的深情：「故舊幾人今健在，願君如菊經霜更鮮妍。」〔註7〕7月4日，是茅盾誕辰，臧克家提議並邀請葉聖陶、張光年、馮至、唐強、何其芳、李何林、嚴文井、姚雪垠、葛一虹等人，在豐澤園設宴，爲曹靖華七十壽辰作壽、茅盾八十壽辰補壽。8日寫成《向魯迅學習》。24日，他出席並主持在京愛國人士座談會，慶祝黨的十屆三中全會勝利召開；28日馮至來訪，茅盾與他商量了爲何其芳逝世開追悼會的事宜。8月中共十一大召開，茅盾作題爲《滿江紅·歡呼十一大勝利召開》詞一首，在21日《光明日報》發表。9月9日，他出席了紀念毛澤東逝世一週年及毛澤東紀念堂落成典禮。次日的《人民日報》刊出他的詞：《沁園春·毛主席逝世週年獻詞》。所作評論《毛主席的文藝路線萬古長青》及《毛主席的文藝路線永放光芒》，分別發表於九月號的《人民文學》與第九期《人民戲劇》上。10月1日參加國慶大典。在19日《人民日報》發表《魯迅研究淺見》。前此所作的《向魯迅學習》在《世界文學》第一期發表（收入《茅盾文藝評論集》時改題爲《學習魯迅翻譯介紹外國文學的精神》）。這篇論文對魯迅介紹、翻譯外國文學的活動，作了全面而卓有見地的評論。10月下旬，他接待了遠道來訪的茹志鵑、趙燕翼，在談話中提到徐光耀的《望日蓮》和其他一些中青年作家的新作，認爲寫的都很有特色。11月初，他出席《人民文學》編輯部召開的短篇小說座談會，會見了與會的作家，並作了題爲《老兵的希望》的發言。他說：「多年沒有開

〔註6〕《茅簡書簡（初編）》，第431頁，浙江文藝出版社1984年10月第1版。
〔註7〕《茅盾詩詞集》，第151頁。

這樣的會了，只有在打倒『四人幫』之後，才有可能開這樣的會。……我以文壇一退伍老兵的身份，躬與其盛，能向各位學習，不但興奮，並且感到榮幸。」並以鮮明的愛憎憤怒批判「四人幫」的幫文藝，充分肯定幾十年來新文學的「主流是好的」，「毛主席的《講話》開創了中國文學史的新紀元。」從《講話》發表以來，「新人新作品，陸續出現，風起雲湧，蔚為巨觀，是中國文學史上從來沒有過的。」他相信今後在文藝方面一定會貫徹「雙百方針」，改變「文化大革命」期間在創作方面「一花」獨放，在評論方面「一言堂」的局面；希望有不同意見的同志發表文章，「一定要扭轉這種不利於百家爭鳴的現象。」〔註8〕在會上，當馬烽提問：「十七年文藝界究竟是紅線占統治地位，還是黑線占統治地位？」茅盾毫不猶豫地說：「十七年文藝創作成績是巨大的，當然是紅線占統治地位了。」〔註9〕當時就作出這樣回答的，茅盾還是第一人。他的性格是以冷靜、睿智而著名的，然而有些作家發現，年逾八旬的這位老人，在原有的冷峻的理性中增添了熾熱的感情。近年來，他開朗多了，尤其是談到「四人幫」禍國殃民的罪行時，不是氣憤地怒叱，便是冷嘲熱諷，縱聲笑罵，表現出一種嫉惡如仇、正氣軒昂的風貌。在 11 月 20 日《人民日報》編輯部召開的文化界人士座談會上，他作了《貫徹「雙百」方針，砸碎精神枷鎖》的發言，發表於 11 月 25 日的《人民日報》上。在這篇發言中，他憤怒地批判了「四人幫」炮製「文藝黑線專政」論的罪惡陰謀和罪行，認為「盛世出奇才。在粉碎『四人幫』強加的精神枷鎖以後，我們的百花園必將出現萬紫千紅的景象，而這正是『雙百』方針得以貫徹的必然結果。」指出「評論家的任務是為香花鳴鑼喝道，當然也要對它們加以分析。評論家們的百家爭鳴，必將有助於作家們提高思想和藝術水平，百尺竿頭更進一步，力攀高峰。」〔註10〕秋去冬來。12 月 1 日他吟寫出一首七絕：《題高莽為我畫像》。詩寫他的心懷：「風雷歲月催人老，峻阪鹽車亦自憐。多謝高郎妙花筆，一泓水墨破衰顏。」興奮、喜悅之情溢於言表。這月中旬，他被山東省第五屆人民代表大會第一次會議選為出席全國人民代表大會的代表。中共中央宣傳部舉行文化界黨外人士座談會，他應邀出席並發言。26 日，他去出席了毛澤東誕辰 84 週年紀念文藝晚會。次日起參加政協四屆七次擴大會議並作發

〔註 8〕 1977 年 11 月 12 日《人民日報》。
〔註 9〕 馬烽：《懷念茅盾同志》，見《憶茅公》，文化藝術出版社 1983 年出版。
〔註10〕《茅盾近作》，第 42 頁，四川人民出版社 1980 年 5 月出版。

言。又從會議中間抽身去參加了《人民文學》召開的座談會，並講了話。這一年，茅盾確實是在興奮、喜悅中度過的，也是在戰鬥、工作和寫作中度過的。

1978 年，各條戰線進行撥亂反正。茅盾作爲社會活動家，他於 2 月 16 日至 18 日出席了政協四屆八次會議，在 29 日至 3 月 5 日又出席了人大五屆一次會議和政協五屆一次會議，被選爲政協副主席。其間於 2 月 28 日還出席了首都紀念臺灣「二‧二八」起義座談會。4 月 30 日出席政協舉行的歡迎南斯拉夫代表團宴會；6 月，會見了法國和瑞典兩個友好代表團；9 月 1 日晚，他以政協副主席身份出席了我國十一個人民團體慶祝中日和平友好條約簽訂的招待會。除了這些政治、社會活動，他的工作主要是恢復全國文聯及作協的活動，領導文藝界拔亂反正和落實對文化工作者的政策。其一是出席會議，計有：（1）6 月的中國文聯三屆三次擴大會議，致開幕詞，並作《關於培養新生力量》的發言。（2）10 月的中國作協和《人民日報》社聯合召開的大會，歡送作家艾蕪、徐遲等深入生活，到「四化」建設第一線，並在會上致歡送詞。（3）12 月的兒童文學創作學習會，接見參加會議的兒童文學作家。（4）1 月王葆眞追悼會，5 月張志讓追悼會、歐陽欽追悼會，6 月老舍骨灰安放儀式，向郭沫若遺體告別及郭沫若追悼會等。其二是撰寫、發表文章，有：《紅旗》五月號發表的《漫談文藝創作》、《文藝報》第一期上的《在中國文聯第三屆全國委員會第三次（擴大）會議上的開幕詞》、《文藝報》第二期上的《關於培養新生力量》、《十月》第一期刊出的《駁斥「四人幫」在文藝創作上的謬論並揭露其罪惡陰謀》、《文藝報》第五期上的《作家如何理解實踐是檢驗眞理的唯一標準》。在這些文章中，茅盾以其深厚的馬克思主義文藝理論修養及豐富的創作實踐的經驗，論述了「砸爛精神枷鎖，解放思想」、「世界觀的決定作用」、「生活的深度與廣度」、「創作方法」、「關於技巧問題」、「百花齊放，百家爭鳴」、「借鑒與創新」、「肅清『四人幫』流毒」等重要的問題。在《作家如何理解實踐是檢驗眞理的唯一標準》一文中，他指出：「在實踐是檢驗眞理的唯一標準面前，不存在什麼『禁區』，不存在什麼『金科玉律』。這就爲文藝事業開闢了廣大法門，爲作家創造新體裁新風格乃至新的文學語言，提供了無限有利的條件。也只有這樣，『百花齊放，百家爭鳴，才不是一句空話。而要達到這境界，不能靠豪情壯志，要靠實踐，再實踐。」在 1978 年一年裏，他還發表了其它的詩文多篇。而最重要的，是他開始了一項巨大的工程：寫

作回憶錄。他在給周而復的信中說：「動手寫《回憶錄》（我平生經過的事，多方面而又複雜），感到如果不是浮光掠影而是具體且正確，必須查閱大量舊報刊，以資確定事件發生的年月日，參與其事的人的姓名（這些人的姓名我現在都記不真了）。工作量很大，而且我精力日衰，左目失明，右目僅 0.3 視力，閱、寫都極慢，用腦也不能持久，用腦半小時必須休息一段時間，需要有人幫助搜集材料，筆錄我的口授。……我覺得要助手，只有他合適。他現名韋韜，在解放軍政治學院校刊當編譯。我想借調到身邊工作一、二年。為此，我已寫信給中央軍委羅瑞卿秘書長，希望他能同意借調。為了儘快辦成此事，希望您能從中大力促進。」並且告訴周而復，他在 7 日半夜起床小解時跌了一跤，「雖未傷筋骨，至今腰部仍然酸痛，因而更感到家中沒有親人（男的）之不便（白天除我之外，家中沒有旁人），如能借調他（韋韜）來，既便於我寫《回憶錄》，也對我的生活起居有便宜。」〔註11〕後來，韋韜即調到他身邊，協助他寫作回憶錄。《新文學史料》從 1978 年 11 月起開始連載這部回憶錄作品。對於這部作品的寫作，茅盾極為認真，不僅仔細查閱報刊資料，而且寫信給各地友人請求協助他回憶、核實資料。當一些友人來訪時，他就抓住機會詢問、核對人名、事件。有朋友勸他到外地找個幽靜的地方寫作，以擺脫不必要的約請和過多的來訪。對於朋友的好意，他很感謝，卻說：「不行呵，我身邊有帶不走的大堆大堆資料，而且還得隨時搜集、尋覓、補充，去外地太不方便了。」無奈只好仍住在北京，在各種干擾和繁忙的活動中擠時間進行回憶錄的寫作。這年 12 月 18 日至 22 日在北京舉行的中共十一屆三中全會，使黨在思想上、政治上、組織上全面地恢復和確立了馬克思主義的正確路線，實現了建國以來黨的歷史上具有深遠意義的偉大轉折。這給了茅盾以新的鼓舞力量，在他的晚年生活中產生了巨大的影響。

　　1979 年 2 月上旬，人民文學出版社在京召開長篇小說創作座談會。茅盾應邀到會講話。在講話中，他對中長篇小說的題材、人物及創作方法，都發表了很好的看法。與會作家看到他依然頭腦清晰，思維敏銳，發現問題後直言不諱。如有的作家問：「現在是否還能寫抗美援朝的東西」？他答道：「為什麼不能夠寫呢！這是歷史的事實，不能迴避歷史，也不能修改歷史。外交官在公開場合講話，是一回事，作家寫作品是另一回事。外交官要迴避的，作家沒有必要也去迴避。臺灣現在還沒有回歸祖國，也許有一天，蔣經國願

〔註11〕《茅盾書簡（初編）》，第 399 頁。

意接受我們的條件回歸祖國，這當然很好，但不能說我們因此就不能寫蔣家王朝對人民欠下的血債，重要的是不要歪曲歷史。」〔註12〕他對會上發的涉及「文化大革命」評價問題的三篇小說梗概，表示了看法，熱情和直率地肯定了這三部中篇的創作傾向和立意。馮驥才是《鋪花的歧路》的作者。當時他這部作品的結尾部分還未定稿。在會上，他向茅盾談了自己的設想。他說，待他講完，茅盾「即刻肯定了我的創作意圖，並即刻給了我小說的結尾一個藝術上頗有見地的修改意見。就這樣我改好了小說。小說出版後，在我收到許許多多讀者來信時，就想起了茅公。在當時『左』的思想仍在禁錮某些人的大腦、束縛著人們的手腳時，這位風燭殘年、體弱多病的老人的思想鋒芒仍然是犀利的；他像懷著一顆童心那樣，直截了當、無所顧忌地打開自己的心扉。青年們勇敢的嘗試多麼希望老一輩這樣鮮明有力的支持呀！」〔註13〕在 3 月下旬舉行的全國短篇小說優秀作品評選發獎大會上，茅盾主持會議並講了話。他說，得獎的二十五位作家，有老年的、中年的，而絕大部分是年青人，是在「文化大革命」以後開始寫作的，是新生力量，是我們文學事業將來的接班人。當他講到「我相信，在這些人中間，會產生未來的魯迅、未來的郭沫若」時，詩人李季插話說：「也產生未來的茅盾。」此時，茅盾接著說：「李季同志把我拉上去，實際上我是不足道的，沒有寫出什麼好的作品。我們應該向魯迅、郭沫若學習。」他這話是真誠的，也是他一貫的態度。過去，當郭沫若說魯迅是「牛」、自己是牛尾巴時，他就說過他只是牛尾巴上的「一根毛」。在這篇講話的最後，他說：「我祝諸位在創作方面取得更大的成就。在你們中間，我相信，肯定有未來的魯迅和郭若沫的。」5 月初，他與周揚聯合發起成立魯迅研究學會；不久，又擔任了《紅樓夢學刊》編委會顧問。《答〈魯迅研究年刊〉記者的訪問》刊於陝西人民出版社出版的《魯迅研究年刊》，後轉載於 10 月 17 日《人民日報》，這是他一生中關於魯迅的最後一篇文章。10 月 30 日，茅盾出席第四次全國文代會開幕式，並致開幕詞。10月 31 日，他填詞、煥之譜曲的《沁園春·祝文藝春天》刊於《人民日報》。這首詞集中體現出他的思想和心情：「代表三千，各行各業，濟濟一堂。老中青團結，交流經驗，意氣風發，鬥志昂揚。傾訴血淚，餘悸猶在，痛恨殃民禍國幫。英明黨，奮雷霆一擊，大地重光。編排隊伍輕裝，待開赴長征新戰

〔註12〕《茅盾近作》，第 92 頁，四川人民出版社 1980 年 5 月出版。
〔註13〕《憶茅公》，第 419、417、482 頁。

場。有雙百方針，指引正軌，極左思想，清算加強。歷盡艱辛，未銷壯志，抖數精神再站崗。爲四化，看香花燦爛，久遠流芳。」會議期間，他向代表們作了《解放思想，發揚文藝民主》的長篇講話。此文有 7600 多字，文末注明「1979 年 10 月 23 日寫完。」究竟從何時開始寫？一共花了多少時間才寫完？人們很難猜測。然而，正如趙燕翼所說：「我們完全可以想像出的是：一位年愈八旬的老人，佝僂著他瘦弱的身體，伏案寫作。臺燈的光焰，映照著鋪在面前的稿紙。老人在一手執筆，一手拿有柄放大鏡，睜著那隻視線迷蒙的病眼，將浮游腦海的思緒，發自心底的聲音，吃力地刻畫在紙面上。這不是在寫字，這是傾注他殘存生命的最後幾滴心血啊！」〔註 14〕在這次全國文代會上，他當選爲中國文聯名譽主席、中國作家協會主席。這一年，他出席了 4 月的田漢追悼會；9 月邵荃麟追悼會在八寶山公墓舉行，他送了花圈致哀，11 月 17 日、18 日先後參加了馮雪峰追悼會、周立波追悼會。本年度寫成並發表的重要詩文還有：《白居易及其時代的詩人——爲路易·艾黎英譯〈白居易詩選〉而作》、《爲介紹及研究外國文學進一解》、《茅盾論創作序》、《關於『重評《多餘的話》』的兩封信》、《外國戲劇在中國》、《溫故以知新》、《祝文藝之春》、《對於兒童詩的期望》等。這一年，他很少接見外賓，法國作家蘇珊納·貝爾納是僅有的一位。在和這位外國作家的談話中，茅盾說：「因爲我沒有成爲一個職業革命家，所以就當了作家……重要的是，一個作家要有馬克思主義的世界觀……要工作、學習、改造世界觀，直到最後一息！」〔註 15〕

多去春來，1980 年間，茅盾以主要精力繼續從事《回憶錄》寫作。但因病幾次住院，寫作時續時輟。春節期間，周而復去看他。兩人有一段對話：「老了，身體不行了，走動一下就會氣喘，寫作久了也不行……」「現在你一天平均能寫多少字呢？」「不過幾百字。」「是不是等身體好一些再寫？」「不，趁我現在能寫的時候快一點寫出來……」「可是身體健康也要好好注意啊，」「我休息一下就好了，不要緊……」可見他是怎樣抱病寫作晚年這部力作的。9 月17 日他將自己的回憶錄題名爲《我走過的道路》並作了一篇序，說他「欲寫回憶錄，一因幼年享承慈訓而養成之謹言愼行，至今未敢忘忽。二則我之一生，雖不足法，尙可爲戒。此在讀者自己領會，不待繁言。」又說明：「所記事物，唯求眞實。言語對答，或偶添藻飾，但切不因華失眞。凡有書刊可查

〔註 14〕 《憶茅公》，第 419、417、482 頁。
〔註 15〕 同上書。

核者，必求得而心安。凡有朋友可咨詢者，亦必虛心求教。他人之回憶可供參考者，亦多方搜求，務求無有遺珠。已發表之稿，或有誤記者，承讀者指出，將據以改正。其有兩說不同者，存疑而已。」〔註16〕他的確是本著這樣的態度寫作和修改的。如關於他的第一篇文學論文，原來寫的是《小說新潮欄宣言》，後經讀者指出，就作了修改，說明「另外一篇更早一些發表在《東方雜誌》第十七卷第一號上的署名佩韋的文章《現在文學家的責任是什麼？》也闡述了同樣的觀點，這是我最早的一篇文學論文。」在1980年一年裏，他以頑強的毅力寫下的回憶錄有10多萬字。但是直到病逝，他終於未能親筆完成全書。這確是件無可奈何的憾事。

1980年夏，韋韜和陳小曼與他談起一些青年中的思潮說：有一部分青年在十年浩劫中長大，他們看到的更多的是黨的黑暗面——「四人幫」的猖獗，極左路線的流毒……加上思想方法的片面，他們對黨不那麼信任了，甚至不願意入黨了。茅盾聽到這些極為痛心。他自從失去黨的關係後，曾三次提出要求恢復組織關係，但因種種原因未能如願。解放後，知識界一批多年追隨革命的作家、藝術家、科學家入了黨，楊之華（瞿秋白夫人）等同志勸他重新申請入黨。那時他已年過半白，回憶了自己走過的大半生道路，慎重考慮了再三，覺得在那最艱苦的年代裏，自己雖然一直和黨同一步調，但畢竟不在黨內；現在黨執政了，黨的威信空前提高了，自己不應該去分享黨的榮譽。他決定仍然留在黨外，追隨於黨的左右。當毛主席、周總理找他談話，告訴他在安排各部部長中遇到了困難，於是他犧牲了自己的創作，服從黨的調遣，出任文化部部長多年。此時他覺得，在今天的形勢下，他應該站在黨的行列裏。他要以自己的行動表明對於共產主義理想的堅定信念。於是他對兒子、兒媳說：「我要考慮我的黨籍問題。」〔註17〕秋天，一個關於設立魯迅文學獎金的擬議草案送給他徵求意見。他很贊成，並對韋韜、陳小曼說：「我也可以獻出稿費來作為一個單項文藝獎金的基金。這幾年，短篇小說和中篇小說有了長足的進展，長篇小說還不夠繁榮，我自己是以寫長篇為主的，就捐款設立一個長篇獎吧。」他兒子、兒媳都熱烈贊成。〔註18〕茅盾在1980年還寫有：

〔註16〕茅盾：《我走過的道路（上）》，第134頁。
〔註17〕轉引自徐民和、胡穎：《巨匠的遺願——茅盾在最後的日子裏》，《憶茅公》第476頁，第477頁。
〔註18〕同上書。

《我所知道的張聞天同志早年的學習與活動》、《張聞天早期文學作品選序》、《北京舊話》（散文）、《半夜偶記》（雜論）、《歡迎中國通俗文藝》、《追憶吳恩裕同志》、《回憶秋白烈士》、《關於〈彩毫記〉及其他》、《〈中國當代文學研究資料〉序》、《可愛的故鄉》（散文）、《在紀念「左聯」成立五十週年大會上的書面發言》、《蝕‧補充幾句》、《談生活、創作和藝術規律》（評論）、《〈柳亞子詩選〉序》、《〈小說選刊〉發刊詞》、《世界文學名著雜談‧序》、《寫在前面的話》、《魔術萬歲》（評論）、《夢回瑣記》（評論）、《關於〈草鞋腳〉》（評論）、《〈鍛鍊〉小序》等，以及詩詞多首。

1981 年 1 月，茅盾仍抱病寫作回憶錄；又覆信湖州中學：「母校建校八十週年擬成立校慶委員會並推薦我為名譽主席一事，在情誼為難推辭，惟在理則居之有愧耳。敢不拜嘉寵命。昔日校友，不知尚有健在者否？現在黨中央提倡凡事節約，母校校慶似不宜鋪張浪費。想早在諸位考慮之中。」又寫下《歡迎〈文學報〉創刊》、《重印〈小說月報〉序》。2 月 1 日寫成外文版《茅盾選集‧序》。這是他一生中最後的一篇文章。2 月 15 日致臧克家一信，又致王亞平一信，是他最後給友人寫信。17 日病重入院。3 月 4 日，日本松井博光教授由林煥平陪同到北京醫院看望他。這是茅盾最後一次會見外國友人。3 月 14 日，許多醫生來到茅盾住的 119 病房，為他會診。經過會診，發現他心肺功能也已衰竭，並有胸水、腹水。茅盾知道自己病勢沉重了，即向韋韜交代了《回憶錄》整理、出版的事，然後提出他入黨和捐款設立文學獎金這兩件事。他叫兒子拿來紙、筆，先口述給胡耀邦同志及黨中央的信，再口述給中國作家協會的信，讓韋韜筆錄。他看了後，在前一信署上「沈雁冰」，又在後一信上簽了「茅盾」。這是兩份沉重而不同尋常的遺囑，一份是「政治遺囑」，另一份是「文學遺囑」。這位馳騁文壇六十多年的一代文豪，在他這兩篇最後的「作品」裏，迸射出一生思想和才華的最後光輝。

3 月 27 日清晨 5 時 55 分，茅盾在北京醫院病逝，終年 85 歲。31 日，中共中央決定恢復他的黨籍，黨齡從 1921 年算起。4 月 9 日，黨和國家領導人鄧小平等和首都各界代表向茅盾遺體告別。11 日，首都北京隆重舉行了茅盾追悼會。追悼會由鄧小平主特，胡耀邦致悼詞，他稱茅盾為「我國現代進步文化的先驅者、偉大的革命文學家和中國共產黨最早的黨員之一」，「為中國革命事業、中國新興的革命文學事業奮鬥了一生的卓越的無產階級文化戰士」，「在國內外享有崇高聲望的革命作家、文化活動家和社會活動家」，號召

全國人民學習他「一生堅持眞理和進步，追求共產主義，刻苦致力於文學藝術的鑽研和創造，密切聯繫群眾和愛護青年，堅決擁護黨的領導的高貴品質。……使魯迅、郭沫若、沈雁冰等同志用畢生心血培育的偉大革命文化事業，永遠在祖國的大地上繁榮昌盛！」

（原刊於 1988 年第 3 期《湖州師專學報》）

茅盾夫人孔德沚的研究

　　自古至今，世界上的每一位偉大的男性幾乎都離不開女人的輔佐、支持和幫助，她們是母親、妻子、情人、朋友、同志、同事、學生……。在茅盾的一生中，對她一生命運起重大作用的女人主要是兩位，一位是陳愛珠，她是生育茅盾的母親和茅盾的「第一個啓蒙老師」；另一個就是孔德沚，她是茅盾的賢妻、保鏢、福將、後勤部長。關於茅盾的母親，我在拙作長篇傳記《一代文豪：茅盾的一生》中幾次寫到她，但是還沒有寫過專文，也沒有看到其他人寫有專門的長文。而茅盾的夫人孔德沚，筆者曾在《一代文豪：茅盾的一生》（上海文藝出版社 1988 年 10 月第一版）和論文《茅盾與孔德沚、秦德君關係初探》、傳記《部長夫人》中寫到，對她與茅盾的關係進行過論述。《茅盾與孔德沚、秦德君關係初探》發表於《湖州師專學報》1989 年第 3 期「茅盾研究專號」，後收入《茅盾學論稿》；《部長夫人——紀念茅盾夫人孔德沚》是一篇專門寫茅盾夫人的比較長的文章，刊於《嘉興日報》1991 年 3 月 2 日第 3 版。韋韜同志看到後致信給我說：「這是寫我母親的第一篇文章」。後來，丁爾綱、沈衛威等在研究茅盾與秦德君的文章和著作中也有關於孔德沚的論述；而邵伯周、李標晶、沈衛威、鍾桂松等的茅盾評傳或茅盾傳中也寫到過孔德沚。2004 年 10 月，韋韜先生寄給我一本他與陳小曼合著的《我的父親茅盾》（遼寧人民出版社 20904 年 2 月第一版），在《父親的親情》中有一節《風雨同舟的伴侶》，集中寫了她們的母親孔德沚。但是，至今還未見到一篇專門研究孔德沚的文章。有鑒於此，本書試就孔德沚的生平、性格及其人生價值進行一次探討。

一、孔德沚的生平概述

首先要說明，筆者沒有能夠在孔德沚在世時對她進行採訪，而且也沒有看到她的檔案，只能根據有關的著作和很少的文章和材料，對她的生平進行歸納、介紹。

孔德沚，1897 年 9 月某日出生於浙江桐鄉縣烏鎮，1970 年 1 月 29 日逝世於北京。孔家原為農民，後成為小商，在烏鎮開有紙馬店、蠟燭坊。父親孔祥生，有七個子女，孔德沚在七兄妹中排行第三，小名「阿三」，家人稱她「三小姐」。她祖父孔繁林與茅盾祖父沈恩培有世交之誼。她四歲時，即由祖父包辦與長她一歲的茅盾（沈德鴻──沈雁冰）定親。孔家深受「女子無才便是德」的傳統思想影響，使她少女時未能受到良好的文化教育。

1918 年 2 月，她 20 歲與茅盾結婚。其時僅認識「孔」字和 10 個數目字，而且沒有正式的名字，「孔德沚」三字，係由婆母陳愛珠，命她新婚的丈夫茅盾，按孔氏家家譜，再參照沈家子女取名的方法所取。新婚後，即跟婆母學習識字寫字。不久即進桐鄉縣石門鎮振華女子學校讀小學，同學有張琴秋、譚琴仙，後來都參加革命。一年半後，回家跟婆婆學做文言文。隨後到湖州入教會辦的湖郡女塾求學，約半年。

1921 年，孔德沚隨茅盾母親移家上海。4 月，女兒沈霞出世〔註1〕。次年，在茅盾安排下進入愛國女校文科學習。她學習刻苦認真、勤奮努力，文化程度很快由小學畢業提高到初中。

1924 年，兒子沈霜（韋韜）誕生。同年，與茅盾一起出席瞿秋白與楊之華的婚禮。後與楊之華成為好友，協助楊辦女工夜校和識字班，並深入楊樹浦等地的紗廠、絲廠、煙廠，在女工進行革命宣傳，動員女工學文化。並得到瞿秋白的指導。

1925 年春，由楊之華介紹加入中國共產黨。經常參加各種女工活動。5 月 30 日，「五卅慘案」發生，與茅盾並上海大學同學到南京路一帶進行反帝愛國宣傳活動。5 月 31 日，根據黨組織要求，與茅盾、楊之華等再次到南京路遊行示威。

1927 年 1 月，與茅盾一起赴武漢。先在武漢市黨部婦女部，後調到農政

〔註1〕 沈霞的出生時間，據《我的父親茅盾》第 208 頁為「1940 年 4 月」，而《茅盾全集》第 39 卷第 34 頁「十二月」、「本月」、「女兒沈霞（小名亞男）出生」。均沒有說明生日是那一天。

部，每天都處於緊張的工作和鬥爭中。曾是《漢口民國日報》編輯的作家宋雲彬寫道：「雁冰的太太孔德沚女士，是富有男子氣概的。」「她在漢口時，最忌人家稱她沈太太，她認爲女子應有其獨立的人格，稱其爲某太太，實在是不敬。雁冰呢，身材短小而極喜修飾，尤其對於頭髮，每天必灑生髮水，香噴噴的。所以孫伏園就常開玩笑，稱德沚爲『孔先生』，而稱雁冰爲『孔太太』。」6 月底，由於時局緊張，加之即將臨產，武漢不安全，由茅盾託人照顧，乘船返回上海。後小產。繼續在黨組織領導下從事革命工作。

大革命失敗後，茅盾受國民黨政府通緝流亡日本，曾與秦德君同居。孔德沚當時在一所地下黨辦的女子職業學校任教導主任，聞訊後一度十分氣憤和傷心。後得到葉聖陶、何墨林、鄭振鐸等朋友和婆母勸導，能以大度、寬厚、以家庭爲重處置。1930 年 4 月茅盾回國後不久，即與秦分手。搬家後，茅盾母親宣佈決定回烏鎮老家。婆母極認眞地對她說：「我決定回烏鎮的一個重要原因，就是爲了讓你回到家中，一心一意把家管好，這是對德鴻的最大支持。你明白我的意思嗎？」於是第二天，她即向黨組織提出不再工作，回家專心相夫教子。雖然受到黨組織嚴厲批評，茅盾也不同意，仍然棄政治前途於不顧，於 1930 年 7 月自行脫黨，成爲專職的家庭主婦，一心照顧茅盾和撫育兒女，有時則幫助茅盾抄寫文稿，爲暫住在他們家的瞿秋白和楊之華做飯，與魯迅等作家和友人來往。如《子夜》出版後，1933 年 2 月 4 日，她陪茅盾去送書給魯迅。如《魯迅日記》記載：「茅盾及其夫人攜孩子來，並見贈《子夜》一本，橙子一筐，報以積木一盒，兒童繪本二本，餅及糖各一包。」1933 年 5 月，孔德沚曾以家鄉之「野火飯」招待魯迅。如《魯迅日記》記載：「六日晴。午保宗來並贈《茅盾自選集》一本，飯後同至其寓，食野火飯而歸。」保宗爲茅盾化名。

1936 年 10 月 19 日魯迅在上海病逝，孔德沚電告在浙江桐鄉烏鎮的茅盾並催他速歸。如茅盾所寫：「十九日下午三時接到我妻由上海拍給我的急電，報告魯迅先生逝世，促我速回上海，眞如晴天一霹靂！我不能相信！雙十節下午，我到上海大戲院去看蘇聯名片《杜勃洛斯基》，恰好遇著魯迅先生和他夫人和孩子，我們坐在一處，談了好多話。雙十節離十九不過八天，我怎麼能夠相信會出了這樣大的亂子！然而電文上明明寫著『周已故』，這『周』不是『大先生』還有哪個？不是他還有哪一個『周』能使我妻發急電來促我速歸？」（《寫於悲痛中》）

1937 年抗日戰爭爆發。除夕，孔德沚隨同茅盾乘船離開上海至香港。茅盾主編《文藝陣地》。她帶孩子、做家務的同時，支持和協助茅盾幫助青年作家。如與茅盾一起幫助李南桌。在李病逝後前往李家向其妻子表示哀悼和慰問。

1938 年底，隨茅盾攜子女飛赴新疆。2 月 20 日抵哈密，她因患肺炎，致全家於此地滯留半月。3 月 11 日抵迪化。與茅盾一起設法對付「花花太歲」盛世驤、邱毓熊，以保護女兒不受騷擾。4 月 20 日，獲婆母病故於烏鎮消息，極其哀慟。與茅盾一起開喪遙祭，並借機使全家離開新疆，逃出盛世才的牢籠。途經蘭州停留，與茅盾商量決定去延安。1940 年 5 月 26 日，抵延安。按毛澤東建議安家在「魯藝」。當周恩來邀茅盾至重慶工作時，堅持與丈夫「一起行動」。贈送自己手工做的涼鞋給警衛員。安頓好一雙兒女後，於 10 月 10 日與茅盾離開延安。

1940 年 11 月抵重慶。次年 2 月，皖南事變發生，時局重大變化，在黨的安排下，隨茅盾至香港。爲找房子安家而奔波。12 月 18 日日機開始轟炸香港，與茅盾分工，負責採購生活用品，並照顧文化界朋友和家屬的生活，使茅盾及這些文化人的生活有了保障。在經東江游擊區脫險的文化人中，孔德沚爲唯一的隨行家屬，被譽爲茅盾的「保鏢」。期間，茅盾嚴重便秘，痛苦至極。孔德沚以手摳其乾硬的糞便，把茅盾從痛苦中解救出來，由此而「立功」，從「保鏢」升級爲「護士」。路途中，爲茅盾熱水燙腳、挑水泡，精心照顧，體貼入微。一次夜行軍，孔德沚掉到橋下，幸而未傷筋骨。同行之友人大爲欽佩，茅盾則稱其爲「福將」，說與她這位「福將」同行便能「逢凶化吉」。到達桂林後，一時之間生活困難，她精打細算，節儉度日，確保了茅盾安心寫作。還在前往重慶的路途上與茅盾一起對付中統特務的監視。

1943 年，她與茅盾回到重慶後，其節儉持家的名聲在文化界家屬更廣爲傳揚。

1945 年 6 月，重慶文化界慶祝茅盾五十壽辰。孔德沚被于立群、白楊、白薇、胡子嬰等擁上主席臺，眾女賓說：「今天沈先生是壽翁，孔大姐就是壽婆了。」白薇代表女賓向她鞠躬致意，稱讚她是茅盾得力的「內務部長」。

1945 年茅盾創作了話劇《清明前後》。9 月 23 日晚，她與茅盾一起進城，觀看趙丹等人的彩排。

1945 年 10 月，兒子沈霜從延安至重慶與她們團聚。當她聽說女兒沈霞於

1945 年 8 月 20 日不幸死於醫療事故的噩耗，悲痛欲絕。但她居然支持兒子回解放區工作，認為「兒子大了，應該有自己的事業，不可能永久留在身邊。只要他健康、平安，我就滿足了。要說安全，還是解放區呀！」

1946 年，孔德沚與茅盾經香港回到上海。8 月，接受蘇聯對外文化協會（VOKS）的邀請。12 月 5 日，與茅盾一起乘船赴蘇聯參觀訪問。期間，見到了茅盾胞弟沈澤民的女兒、侄女瑪婭。1947 年 4 月 25 日返回上海。

1947 年 12 月 14 日，茅盾按黨組織「陸續轉移到解放區」的通知，由葉以群陪同去香港。孔德沚留在上海，放言「茅盾回烏鎮」為其掩護。半個月後，她與于立群結伴同船到香港，照顧茅盾日常生活起居，支持丈夫創作小說、編輯報刊、參加政治活動、出席文藝集會。

1948 年除夕，與茅盾等乘蘇聯郵船秘密直航大連，然後轉瀋陽。於 1949 年 2 月下旬到北京。

1949 年 10 月 20 日，茅盾被正式任命為新中國的首任文化部長。於是孔德沚也就成為部長夫人。她曾在建國初期向周總理提出要求，希望也給她分配一個工作，並承認自己 20 年前為了照顧茅盾生活而自行脫黨的錯誤。周總理說：「孔大姐，你那個決心下得對，中國能有茅盾這樣的大作家，你孔大姐功不可沒呀！現在我分配給你一個工作，還是那句話：繼續努力照顧好沈部長！」這個「部長夫人」的稱呼直至 1963 年 12 月周總理同意茅盾辭去文化部長為止，前後 15 年時間。此後就轉而成為全國政協副主席夫人。一直未改的是她始終為茅盾的「後勤部長」。她每天親自上菜場買菜，又下廚掌勺，管家理財，精明強悍。

此後 30 年間，孔德沚在盡心盡力照顧茅盾的同時，也為茅盾經常處於政治運動之中而擔驚受怕。1957 年「反右」時，茅盾因參加統戰部一次會議時對黨內某些不良作風提出善意批評，而受到內部警告。她對兒子說：「我總勸你爸爸說話要謹慎、要小心，到頭來仍舊闖了禍。幸虧沒有戴帽子。」孔德沚堅決主張茅盾辭去文化部長，她認為茅盾是個書生，只會寫文章，不會做官。文革中更是擔心弔膽。終於在緊張和沉重的精神壓力下，她被疾病擊倒，一病不起。

1970 年 1 月 29 日，孔德沚逝世。茅盾在她的骨灰盒裏放進一張紙條，上書：「亡妻孔德沚之骨灰　生：一九八七年九月浙江桐鄉縣烏鎮　歿：一九七〇年一月廿九日淩晨二時四十七分於北京　沈雁冰謹記」。

二、孔德沚的性格認知

性格是個人對現實的穩定的態度和習慣化了的行為方式。每個人都有特定的性格特徵，這些特徵都不是短時間形成的。人們在成長的過程中通過對社會生活的體驗，形成了一套自以為合適的模式。孔德沚的性格是怎樣的呢？首先是她對茅盾充滿了愛心。茅盾在回憶錄《我走過的道路》中對此有多次記敘。讓我們再從其他人的文章中看一下。其一是陳學昭在《意外波折》中所寫：秦德君與茅盾「回國後，侵佔了他們的家，德沚姐只好走了。這位第三者和沈先生的母親和兩個孩子的關係也不好，並要虐待她們。由於沈先生從小孝順母親，是在母親的撫養、教育下長大的，他也憐惜這兩個孩子，於是請這位第三者離開。」，「終於，走了……沈先生希望德沚姐回來，那時德沚姐在工人夜校上課，同時擔任著一個中學的教導主任。從這時起，德沚姐全心幫助沈先生寫作。」〔註2〕其二是孔另境在《茅盾出國記》中寫的：「茅盾夫人是非常敬愛茅盾的，我和他們倆一別十年重逢之後，我感覺她更愛他了，而他對她也比起十年前更覺愛得多了。這也許是經過了太長久的時間磨煉，漸漸沖淡了相異而生長了調和，也恰恰證明了感情這東西確實是時刻在動的過程中，需要培植，也需要磨煉的。實在說，茅盾夫人也並非是一位不能幹的女性，可是她的才能只不過及于忠實的執行，她只有在茅盾這樣的愛護之下，才可以發揮她的才能。過去她是落過多次辛酸淚的，而現在，我想她該笑一笑了吧。」〔註3〕其三是秦德君在《火鳳凰》中所寫：當茅盾與她從日本回上海之後，暫寓楊賢江家時，「孔德沚三天兩頭往我們家跑，給他送吃的，穿的，茅盾還去接她。」〔註4〕從這裡的記敘可以看出，即使如情敵的秦德君也不得不承認孔德沚對自己丈夫茅盾的愛比她更深。

其次，可能是由於幼年時缺乏家教，後來又學習和修養不夠，孔德沚的性格中表現出倔強、急躁、固執的個性特徵。秦德君在其回憶錄《我和茅盾的一段情》及《火鳳凰》中曾寫道，茅盾曾告訴她孔德沚「脾氣不好」，秦因之稱孔德沚為「野貓」。宋雲彬在《沈雁冰（茅盾）》中也說「孔德沚女士是富有男子氣概的」，「她認為女子應有其獨立的人格。」於是孫伏園開玩笑地稱她為「孔先生」。

〔註2〕《隨筆》1986 年第 3 期。

〔註3〕莊鍾慶編：《茅盾紀實》，四川文藝出版社 1986 年 1 月第 1 版，第 119 頁。

〔註4〕秦德君：《火鳳凰》，中央編譯出版社 1999 年 2 月第 1 版，第 76 頁。

　　韋韜、陳小曼在《我的父親茅盾》中也寫到他們母親的脾氣和性情，說是許多女傭都受不了，「只有幾個年齡比較大的女傭因爲摸透了母親的脾氣，又有耐性，所以幹的時間比較長。」〔註5〕

　　然而對於孔德沚性格最爲瞭解的當是她的丈夫茅盾。茅盾十分愛自己的夫人孔德沚，但對於她的固執、暴躁脾氣也常流露出不耐煩，不滿意，有時則到了不能忍受的程度。這在《茅盾全集》第39卷日記一集、第40卷日記二集中多有記敘。如1960年2月27日的日記寫道：「隱隱聞隔房德沚起來斥女傭之聲——那時大約五時罷。」〔註6〕同年5月30日記有：「六時許又醒，此後矇矓，覺甚倦，尚能睡，然而隔房德沚作申申詈，無論如何不能再睡矣。每晨對女傭必有一番吵鬧，已成『規律』。這個女傭無戶口，又懶，雇用將半年，因找不到人，只好將就，女傭曾對德沚說：你再找不到好些的了，只有我這樣的人才肯在你這裡。你何時找到人，我何時走，這話妙極，既爲她自己寫照，也爲德沚寫照；蓋德沚之喜怒無常，乃是用不到好人之根本原因也。」1961年6月22日寫道：「昨天找來了一個女僕，於是每日清晨就『熱鬧』了，今晨四時醒後之不能再睡，與此有關。主婦教女僕、呵女僕之聲，樓上樓下，時時傳來，於是不能再睡。」1963年6月23日記有「今晨五時許醒來，再進 M.一枚，然已不能入睡，因昨日找到一個女工，德沚清早督工，語刺刺不休也。」

　　不僅如此，孔德沚在孫兒眼裏也是個很嚴厲的老人。如茅盾在1960年2月27日的日記中寫道：「中午小睡二三十分鐘，聞樓上小兒哭聲，初以爲此乃別處兒啼，後知爲小寧，上去一看，小鋼也醒了，時爲二時許，我輕拍小寧使其睡，但他忽說尿了床了。原來半小時前他第一次哭時即已尿床，祖母來呵其速睡，他就不敢說出尿床之事，恐遭責罵。因爲德沚成天說這不行，那不行，孩子們印象中祖母可怕故也。」

　　而且，茅盾也認爲孔德沚對於家庭生活作息時間的一些規定既死板又無理。如1960年3月9日寫道：「昨眞正入睡時間實爲今晨二時左右，但今晨六時許即醒，不能再睡。此因德沚規定早餐在七時，至時我若仍睡，她將嘮叨半天，彼蓋不知失眠症者之難。」當天日記中還記有：「中午小睡一小時許。覺衣單，不得不從箱中取出一星期前收好之棉衣，此又沚之經驗主義，每年

〔註5〕　韋韜、陳小曼：《我的父親茅盾》，遼寧人民出版社2004年2月第1版，第188、189、191、196頁。
〔註6〕　《茅盾全集》第39卷，第62頁。

過五一，必收棉衣，但今年五月內將有多次寒流接踵而至，雖經預告，而我亦提起她注意，她還是毫不在意。」1961 年 7 月 12 日記：「五時許有倦意，但又不能不起來了。因爲此時若不起來，則可睡一、二小時，那就打亂了德沚所自定的刻板的時間表，又將有一場口舌。」1962 年 3 月 12 日寫道：「五時又醒，許久方入睡，但爲德沚所叫醒，要我即燒牛奶，因小鋼於七時十分要上學也，其實她弄錯了，小鋼是七時半上學，而德沚的鐘又快了半小時。」

待到後來患病，孔德沚的心情不好，性情、脾氣有時很壞，而且多疑，有時更爲固執。如 1968 年 1 月患感冒、腰痛等，她即疑爲患癌。當月 7 日，茅盾記道：「沚自言一宵未睡，咳甚。其實咳已漸差，彼自性急，又因腰酸痛，遂疑是癌，心神不定，煩躁異常耳。」12 日記曰：「德沚昨方急於住醫院，今日又出去買菜了，她之感冒之不能全愈，都由其任性，不信託人，事事要躬親或監督，故少差又重感冒也。屢勸無效，唯有聽任之。」2 月 5 日，茅盾在日記中說孔德沚糖尿病增劇，要去醫院就診，謂「她本人平日不聽勸告，不節制飲食，而稍見不正常（驗尿時出現的紅黃色），即又驚惶萬狀，將來更形發展，至於不可理喻。」

對於孔德沚的脾性，茅盾在日記中經常於記敘之中發出議論，予以分析。如 1968 年 12 月 31 日的日記寫道：「今晨四時許醒來（前此約於二時許醒過一次，加服 N.一枚），到廚下看爐子，水尚未沸，乃稍開爐門。後又睡至五時半始醒，即起身，頭暈脹，步履不穩，故在捧盤到樓上時（盤中有熱水瓶二，茶壺一），因盤滑，將盤中物掉在地下，毀熱水瓶一個。做清潔工作如例。雇女工甚爲困難。主婦性躁，多挑剔，是其最大原因。」

其後幾年，孔德沚的病情日益加重，心情也十分不好，且固執更爲嚴重，尤其表現在不聽醫生和茅盾的勸告仍然不斷抽煙，有一次把煙頭扔到內褲上幾乎釀成火災。茅盾說「事發生後，她尙囑阿姨守秘密，恐我知道埋怨，但阿姨因她抽煙燒及棉被、床褥已有兩次，幸均在白天。此次在夜間，事尤嚴重。而睡後尙抽煙，迷蒙中亂扔未熄之煙頭，又是她的習慣，後患堪慮，故終於告訴我。我問她，她堅不承認扔煙頭後睡著，而謂該褲布料甚易著火，且謂此時在清晨四時，無人可叫；我謂我即睡在隔房，叫應可聞，何不叫我？她支吾不答，其意蓋即叮囑阿姨守密之同一目的，恐我說話。我當時勸她戒煙，且萬一火災，我無路可出也。不料她竟發怒，謂燒就燒了算，戒煙絕對不行。上午爲此煩惱，心悸不已。服藥後稍可。」（1969 年 12 月 3 日日記）

今天的我們也許可以看出孔德沚有些話是一時賭氣之語，但其多年養成的脾性卻表現為「江山易改本性難移」。

對於孔德沚之一生之功過得失和性格脾氣，茅盾在她逝世的 1970 年 1 月 29 日的日記中是這樣說的：「……此時我不禁放聲痛哭，蓋想及她的一生，確是辛辛苦苦，節約勤儉，但由於主觀太強，不能隨形勢而改變思想、生活方式，故使百不如意而人亦對她責言甚多。其最為女工們所嫉惡，乃其時時處處防人揩油，其實，以我們之收入而言，人即揩點油，也不傷我脾胃，何必斤斤計較，招人怨詈，我及阿桑曾多次規勸，她都不聽，反以為我們不知節儉。」幾天後的 2 月 2 日，茅盾說他下午與孫女小剛談奶奶之為人，「過後思，我倒很對不起她；因為我不善於教育她，使她思想能隨時代變化，因而晚年愈見主觀，急躁，且多疑也。」茅盾於此處把妻子性格中的不好部分歸之於自己教育不善，雖然這種責己成「馬後炮」，卻也是真心之流露。

三、孔德沚的人生價值

孔德沚作為茅盾的夫人，多年來就是一位名人的妻子。然而，她又是一個與其他高級幹部夫人和許多名人妻子不同的女性。首先，許多高級幹部夫人與許多名人妻子大都是職業女性，即有著自己的職業，或者是某一級別的幹部。而孔德沚雖然在 1927 至 1930 年初做過一些婦女工作還擔任過女子職業學校的教導主任，但是她的一生基本上是一個家庭婦女，也就是說一生是專職的家庭主婦，其社會人生角色是妻子和母親。其次，她在自己一生的妻子和母親的角色中，表現得極其忠誠、優秀、傑出，成績和貢獻卓越超群。綜觀她的一生，我們應該給予她這樣的評價：孔德沚是一位典型的中國式的賢妻良母，是二十世紀中國文化名人妻子中的模範女性之一，是新中國首任部長中最為稱職的部長夫人之一。

之所以作出如此的評價，是基於她一生中做為賢妻良母、模範女性和部長夫人的種種事實：

孔德沚嫁給茅盾時，她不可能想到自己在幾十年後會成為部長夫人、名人之妻，但她卻必定知道沈家兒媳應盡的「婦道」——做一個賢妻良母。因為當時的她所受的傳統影響和人生教育只能是封建的，哪怕是結婚之後，跟著婆母識字學文化，一時間也不可能接受多少先進的民主的婦女觀。不可否認，在茅盾的影響下，在兩所學校的學習中，以後在黨組織的教育下，在同

志和朋友的幫助下，在革命工作的實踐中，她會逐漸認識社會主義的女性觀，知道並爭取現代婦女與男子享有平等和其他的人權及其他權利。而她思想中根深柢固的則仍然是四個字「賢妻良母」。她是賢妻，對茅盾充滿了一個妻子以愛為主的多種感情。而這種感情的表現不同於本身就是文人乃至作家詩人的知識女性，不同於茅盾筆下的那些時代女性，更多地表現在無言的日常行動中，即對茅盾的各種關懷、照顧、體貼和同甘共苦、分憂解難之中。

韋韜作為兒子認為她母親孔德沚的一生是「為了報答『再生』之恩而奮鬥，她把一切放在對父親事業的支持上，對父親生活的照顧上，以及對兩個孩子的撫育上，使父親得以從事文學創作，沒有後顧之憂。」她在「1930 年以前」的生活屬於「培養獨立人格」的階段。當她「參加了革命活動，成為早期的共產黨員之一，在實際工作中接受了鍛練，展現了自己的才幹。那時候，父親和母親也由相敬轉為相愛，成為一對名副其實的恩愛夫妻，而且有了兩個孩子。『五卅』運動中，她和父親並肩參加了工人學生的示威遊行，其後又同赴武漢經歷了大革命的洗禮。」〔註7〕我們知道，按照中國人傳統的思想觀點，由於孔德沚先後給沈家生下了女兒和兒子，她是很有「本領」的，對沈家的「傳宗接代」是立有大功的。

尤其是在孔德沚知道茅盾在流亡日本期間與秦德君同居之事以後，她雖然傷心過，但是她能夠相信葉聖陶和鄭振鐸等老友的分析、勸告和建議，即：茅盾一直對她隻字不提此事，就說明他已經知道這事做錯了，她應該只當沒有發生過這件事一樣，要大度、寬厚，不要爭吵，要繼續關心和照顧茅盾。這就自然地受到婆母的高度評價和喜愛，贏得了婆母對她的高度信任。在她把此事告訴婆母以後，陳愛珠厲聲地說：「德鴻要是帶那個女人回來，就不要進這個家門！這個家是我們千辛萬苦築起來的，你就像我親生女兒一樣，怎麼可以打散！」毅然決定回烏鎮去，把家交給兒媳孔德沚，由她全權管理。婆母對她說：「自從你生下兩個孩子之後，就一直忙著革命，忙著工作，這個家你就沒有管過。但是做女人一定要學會管家，管好家，不能只顧自己工作，而把家庭丟在一邊。現在德鴻回來了，今後恐怕主要是躲在家中寫小說，那就更需要你在事業上支持他，在生活上照顧好他。」〔註8〕

〔註 7〕韋韜、陳小曼：《我的父親茅盾》，遼寧人民出版社 2004 年 2 月第 1 版，第 188、189、191、196 頁。

〔註 8〕同上書。

此後，孔德沚對婆母的這個決定、委託和授權，不僅完全接受而且一生忠誠執著地執行。如韋韜所說：「從 1930 年 7 月起，母親就完全成了個家庭主婦，把祖母教她的那些治家的本領全部施展了出來，」「父親在她打造出來的這片安寧的天地裏寫出了《子夜》，治癒了困擾他多年的胃病和眼疾，神經衰弱症也有了好轉。而且在父親的文學事業中，也做了一些力所能及的工作，如為父親謄抄稿件等。三十萬字的《子夜》手稿所以能完美整潔地保存下來，就因為當年母親另抄了一份副本之故。」〔註9〕

據韋韜說，當孔德沚獲悉沈澤民犧牲的消息後「淚似泉湧」，而聽說張琴秋不在沈澤民身邊而是隨主力部隊去了路西時，她叫道：「這怎麼可以呢！為什麼她不在身邊照顧澤民？」這件事給了孔德沚很深的刺激，她記起婆母叮囑的：「做妻子的不能只顧自己工作而把丈夫丟在一邊不顧。」因此在以後的歲月中，不論發生什麼變故，她都要想方設法伴隨在茅盾左右，以盡其「保鏢」的責任。1939 年去新疆路經蘭州時，對於是否她和孩子留下，以便留個後路。她堅決主張禍福與共，對茅盾說：「我們都去，即便出了什麼事，也有個商量。」於是他們全去了新疆。以後，她與茅盾一起到延安，去重慶，去香港，到桂林，回重慶，到上海，訪蘇聯，再到香港，最後定居北京。在國內，她有時也與茅盾一起出行。如茅盾到大連開會，她也隨行。孔德沚所考慮的是：「孩子已經長大了，又有組織照管，我放心。我放心不下的是雁冰，他體弱多病，身邊沒有照顧是不行的！」而茅盾也不願意與她分開，曾說過：「我們倆比翼雙飛慣了，還是一起行動罷。」這種禍福與共、比翼雙飛的特點，在古今文化人中雖不是絕無僅有，但也是極其罕見的。

孔德沚一心為家，照顧茅盾和孩子甚於自己。例如 1944 年 11 月 6 日，茅盾夫婦給沈霞的信中說：「我們身體也還好。媽媽雖然為了家中什務而很辛苦，但尚能支持」。1945 年 6 月 30 日茅盾致沈霞信中又說：「又帶上法幣一萬元，你和霜各人分五千，以備不時之需。媽媽常說，要是你一旦生了孩子，那就要用錢了，所以乘有便先帶給你一些錢，你媽不用女工是因為不喜歡本地女工，非為錢也。」同日給沈霜的信中也寫道：「媽媽老憂慮你那件大衣破得不成樣子，你來信始終沒有提起，此次該有便人來重慶，望你詳細寫一封信，把這些事情都說說，以免媽媽掛念。」

〔註 9〕 韋韜、陳小曼：《我的父親茅盾》，遼寧人民出版社 2004 年 2 月第 1 版，第 188、
189、191、196 頁。

　　孔德沚在日常持家中一向勤儉節約。孔海珠在《姑夫茅盾的節儉生活》中寫道：1966 年，她去訪問茅盾時見到孔德沚「在昏暗的光線下，她正倚窗在小桌子邊縫補一條短褲。蒼白的頭髮在腦後打了一個髮髻，老花眼鏡夾在鼻子上顯然已落到了鼻尖。她的手有些顫抖，使縫補的針腳很粗。看到這樣的情景，我的心一陣發緊，趕忙對姑媽說，讓我來吧。她不讓，說馬上做完了。姑父聽見我來了也走過來說，她要自己縫。」她還說孔德沚早些年做旗袍時曾請裁縫多做一些領子，以備衣服領子穿壞了可以換上去。

　　即使在陪茅盾外出時，孔德沚也非常照顧茅盾的日常生活起居。如 1962 年茅盾到大連出席創作會議期間的 8 月 2 日，茅盾在日記中寫道：「二時許德沚起來，我驚覺；德沚發現臥室外間（作為客室）天花板上有水下滴，地毯已濕一半。而水猶滴答有加無已。疑為屋漏，但此時及以前並無雨，乃斷為水箱出了毛病，於是喚起女服務員。她又出去找人，約半小時，人來，關閉水管總門。」

　　但孔德沚最為擔心的還不在於茅盾和孩子的衣食起居，更為重要的她心繫茅盾和孩子的政治前途和命運安危。韋韜說，她「原先根本不擔心父親會在某一次政治運動中遇上什麼麻煩。但是在一次次的政治運動中看到好些熟悉的朋友竟都被鬥成了壞人，於是對父親也擔心起來。而這種擔心又愈來愈甚，因為萬一遇到這種事，她這個『保鏢』是完全無能為力的。她心裏擔驚受怕，卻又不能讓父親知道。」〔註 10〕然而政治打擊終於降臨到茅盾身上。其一是 1957 年「反右」時，茅盾在統戰部開會時的一次發言受到「內部警告」。孔德沚憂心忡忡地對韋韜說「我總勸你爸爸說話要謹慎、要小心，到頭來仍舊闖了禍。幸虧沒有戴帽子。」其二是毛澤東關於文藝的兩個批示、批「中間人物論」、批電影《林家鋪子》，矛頭都指向茅盾。到了 1969 年，茅盾終於被剝奪了政治權利而「靠邊站」。孔德沚又天天擔心丈夫被揪鬥，對兒子兒媳說：「你們爸爸那麼單薄的身子骨怎麼吃得消揪鬥？一天都吃不消的！」

　　孔德沚對茅盾的愛始終是深沉的，執著的，也可以說是無私的。韋韜在《我的父親茅盾》說：「在病中她曾喃喃自語道：『總理交給的任務是完不成了，沒有力氣去完成了！現在一切都倒過來了，誰又能想得到啊！』」

　　韋韜先生在上書中指出，他母親孔德沚的一生是「由祖母、父親培育、

〔註10〕韋韜、陳小曼：《我的父親茅盾》，遼寧人民出版社 2004 年 2 月第 1 版，第 188、189、191、196 頁。

再造而成長，又爲報答他們的恩情和厚愛而碌碌一生。她和父親的愛情是罕見的，也是幸福的；她的『再生』也是成功的，可敬的。」

綜上所述，孔德沚對於茅盾來說，堪稱賢妻、保鏢、福將、後勤部長；而對於沈霞、沈霜來說，她的確是一位慈母良母。

今年是茅盾先生誕生 110 週年，明年才是她夫人孔德沚誕生 110 週年。但是我認爲，從上世紀 30 年代就一直在一起而從未分開過的這對賢伉儷和偉人夫婦，我們應該在紀念茅盾先生 110 週年的時候也提前紀念她的夫人孔德沚。讓我們在緬懷、歌頌茅盾的同時也緬懷、歌頌這位偉大、賢能、勤勞、善良的中國現代女性！

（原載中國茅盾研究會主編《茅盾研究》第 10 輯，《文化藝術出版社版社》2006 年 12 月第一版）

二、茅盾思想論

論茅盾的政治觀

　　政治是上層建築中的一個主要和重要的組成部門，屬於制度文化的範疇。人類之所以需要並產生制度文化，乃是因為物質文化不能自行地組織自己，精神文化也不能自行更好地組織自己和發展自己，只有制度文化才使人類組織成社會，並以社會上層建築各個部門職能的發揮來維繫社會正常活動的進行。馬克思主義認為，政治是經濟的集中表現，它由經濟決定又反作用於經濟，予經濟以巨大的影響，是實現經濟目的的手段。政治的表現形式為代表一定階級的政黨、社會集團、社會勢力在國家生活和國際關係方面的政策和活動。在階級社會裏，經濟利益對立的基本階級進行著激烈的階級鬥爭，因而階級鬥爭就成為階級社會中的政治的最基本的內容。各個不同階級的政治就是各個不同階級的根本利益的集中表現。

　　政治觀是由一個人對政治的方方面面所形成的基本的思想意識和理論觀點。每個人的政治觀都會有一個形成的過程、發展的過程，而且在定型之後也不是不會發生變化的。對於茅盾來說，他的一生是政治——文學的一生，在他的身上體現著「文學家與革命家的完美結合」（張光年語）。研究茅盾的政治觀，若概而言之，可以說他的政治觀是馬克思主義的政治觀、無產階級的政治觀。但是必須說明，茅盾並非自始就有這種馬克思主義政治觀、無產階級政治觀的，而是經歷了一個「從非到是」、「從無到有」的歷時性過程。正如他在回憶錄中所說，他在 1917 年 12 月和次年 1 月發表的第一篇和第二篇文章所主張的「新思想只是『個性之解放』、『人格之獨立』等等資產階級民主主義的東西，還不是馬克思主義，因為那時『十月革命』的炮聲剛剛響

過，馬克思主義還沒有傳播到中國。」〔註1〕此後，他於 1920 年 10 月參加上海共產主義小組和 1921 年 7 月成為共產黨員之後，經過翻譯《美國共產黨宣言》等著作，為黨刊《共產黨》寫文章，參加黨的會議，以及實際的革命鬥爭，他才真正確立起馬克思主義的政治觀。

1919 年 3 月 2 日，列寧主持的國際共產主義第一次代表大會在莫斯科舉行，並宣佈成立第三國際；同月，世界各國共產黨第一次代表大會也在莫斯科召開。4 月 5 日，茅盾的論文《托爾斯泰和今日之俄羅斯》在《學生雜誌》第六卷第四、五號發表。他說，「當時正是十月社會主義革命傳到中國，震撼中國社會各階層的時刻」，此文是「我關心俄國文學後寫的一篇評論文章」〔註2〕。在這篇文章裏，他富於預見性地指出：「俄人思想一躍而出……二十世紀後半期之局面，決將受其影響，聽其支配。今俄之 Bolshevism（布爾什維主義），已彌漫於東歐，且將及於西歐，世界潮流，澎湃動蕩，正不知其伊何底也。」這說明他此時已受到馬克思主義的影響。接著，《新青年》開始公開宣傳馬克思主義，李大釗發表《我的馬克思主義觀》，「五四」運動爆發。茅盾受《新青年》與「五四」運動之雙重影响，開始接觸馬克思主義。他又寫道：「當時『拿來主義』十分盛行。拿來的東西基本上分為兩大類，一類是民主主義的，一類是社會主義的。馬克思王義作為社會主義的一個學派被介紹進來，但十分吸引人，因為那時已經知道，俄國革命是在馬克思主義的指導下取得勝利的。」〔註3〕而與此同時，他還接觸到了許多其他的政治主張，如基爾特社會主義、無政府主義、工團主義、尼采哲學等。而茅盾正式接觸馬克思主義是在 1920 年 10 月加入上海共產主義小組，受陳獨秀之託翻譯英文的《美國共產黨宣言》和為黨刊《共產黨》撰稿之時。此後，在他一生所寫的文章中都體現出了馬克思主義的政治觀。這種政治觀的內容涉及馬克思主義認識論、馬克思主義辯證法、馬克思主義政治經濟學、科學社會主義等學科領城。茅盾政治觀的組成內容主要體現在以下五個方面：

〔註 1〕 茅盾：《我走過的道路》（上），人民文學出版社 1981 年 10 月第 1 版，第 128、
　　　　 131、133、176、286 頁。
〔註 2〕 同上書。
〔註 3〕 同上書。

一、社會主義──共產主義的政治信仰

茅盾著作中最早提到「社會主義」一詞的是《羅塞爾〈到自由的幾條擬徑〉》。這篇文章主要是以提要的形式介紹英國哲學家羅素的《到自由的幾條擬徑》，小標題是「無政府主義，社會主義，工團主義」。羅素贊成的是基爾特社會主義，不是馬克思的社會主義。所謂「基爾特社會主義」，另一譯名為行會社會主義，它在工人中散佈有可能不經過階級鬥爭而擺脫剝削的幻想，是 20 世紀初英國工人運動中的資產階級改良主義思潮。茅盾說，他當時已開始接觸馬克思主義，「覺得看看這些書也好，知道社會主義還有些什麼學派。那個時候是一個學術思想非常活躍的時代，受新思潮影響的知識分子如饑似渴地吞咽外國傳來的各種新東西，紛紛介紹外國的各種主義、思想和學說。大家的想法是：中國的封建主義是徹底要打倒了，替代的東西只有到外國找，『向西方國家尋找真理』。」〔註 4〕他之所以寫這篇文章的本意也是如此。而此文中關於社會主義的論述也是羅素的而非茅盾的。因此，茅盾這時還只是接觸而不是接受馬克思主義，也還未確立社會主義──共產主義理想。然而在隨後的二三年間，他就開始接受了馬克思的社會主義。

茅盾首次公開表示自己贊成社會主義，是他提出的要以社會主義來改造中國家庭的觀點。1921 年 1 月，在《家庭改制的研究》一文中，他在論述「中國家庭改制當取的途徑」時寫道：「我欲聲明一句話，我是相信社會主義的；社會主義者對於家庭的話，遠之如恩格斯的《家庭的起源》中所論，近之如伯伯爾的《社會主義下的婦女》所論，我覺得他不論在理想方面在事實方面多是極不錯的（尤佩服他們考史的精深）。所以我是主張照社會主義者提出的辦法去解決中國的家庭問題。我這話，一定有人以為在中國提倡這個，去實際太遠的；我卻以為不然。我以為正惟中國的家庭制度是大異於西洋的，所以可以直截了當採取社會主義者的主張，不必躊躇。」他在此文最後說：「我國家庭制度生活與西洋各國大不相同，所以女子主義者的主張是不能採用，惟有用社會主義者的主張。但這是先肯定了現家庭制之必須改，並先肯定了社會主義世界之必為將來的世界，方才如此說的」〔註5〕。

〔註 4〕茅盾：《我走過的道路》（上），人民文學出版社 1981 年 10 月第 1 版，第 128、131、133、133、176、286 頁。
〔註 5〕《茅盾全集》第 14 卷，人民文學出版社 1987 年第 1 版，第 194、224、344、204、279、245、76、357、256 頁。

在關於「人格」問題的討論中，茅盾同樣表現出了對馬克思的社會主義的信仰。他在《「人格」雜淡》中說，考察一個人的人格時，「聽他底話，是談馬克思主義的，看他底行事，曾有違背馬克思主義的處所否，（馬克思主義最重要的『戒條』：在我看來，一是不與現勢力妥協，二是確信唯物史觀）。如果沒有，則此人談馬克思主義的人格是具備了。捨此以外，更所謂人格不人格，配不配。」〔註6〕他強調說明，一個信仰馬克思社會主義的人，其言與行必須是統一的、一致的。

茅盾對社會主義——共產主義的信仰是對各種外來「主義」進行選擇後的結果。1922 年 5 月 4 日，他在交通大學上海學校學生會「五四」紀念講演會上作了一次演講，其內容就是《五四運動與青年們底思想》，發表於 1922 年 5 月 11 日《民國日報·覺悟》。在這篇演講稿裏，茅盾對「五四」以後青年思想變動的情形進行了描述，對新村運動、人道主義和無政府主義一度發達和得勢作出了具體的分析，然後現身說法地講道：「我也是混在思想變動這個漩渦裏的一分子，起先因找不到一個歸宿，可以拿來安慰我心靈，所以也同樣感到了很深的煩悶。」接著他宣告：「但我近來已找到了一個路子，把我底終極希望，都放在彼上面，所以一切的煩悶，都煙消雲滅了。這是什麼路子呢？就是我確信了一個『馬克思底社會主義』。」茅盾又以上一年的諾貝爾文學獎得主佛朗士爲例，說他由「最初的對一切政治思想都抱著懷疑態度，不滿於過去現在和將來一切的社會」，到「不得不去研究社會問題，信仰社會主義了。照他現在所有言論中的思想看來，他已是一個共產主義者了。」〔註7〕從而啓示青年學生走向進步，也確立「馬克思底社會主義」的信仰。這次演講的意義在於：茅盾對於「馬克思底社會主義」不僅開始有了理性的認識，而且已經將實現社會主義——共產主義確定爲自己終生奮鬥的理想和目標。茅盾爲了介紹、宣傳和論述社會主義——共產主義，表明自己對社會主義——共產主義的認識，翻譯和寫作了大量的文章。早期的有《共產主義是什麼意思》（副題爲「美國共產黨中央執行委員會宣佈」）、《美國共產黨黨綱》、《共產黨國際聯盟對美國 IWW（世界工業勞動者同盟的簡稱）的懇請》、《美國共產黨宣言》、《自治運動與社會革命》等。1927 年出任《漢口民國日報》總主

〔註6〕《茅盾全集》第 14 卷，人民文學出版社 1987 年第 1 版，第 194、224、344、
204、279、245、76、357、256 頁。
〔註7〕同上書。

筆期間，所作的有《最近蘇聯的工業與農業》、《怎樣紀念今年的五一節》、《「五四」與李大釗同志》和《「五四」紀念中我們應有的認識》等。後來又有《蘇聯的科學研究院》、《紀念高爾基雜感》，特別是 1946 年訪問蘇聯後所寫的《雜談蘇聯》中的 58 篇文章。他在這些文章中，以科學的觀點闡釋社會主義——共產主義的學說，又以「十月革命」後蘇俄的事實說明什麼是社會主義——共產主義。與此同時，他還寫了多篇批判無政府主義、國家主義、帝國主義、封建主義、官僚資本主義和其他形形色色反動的主義的文章。這些文章對於處在半封建半殖民地社會中進行新民主主義革命鬥爭的中國人民，無疑是明燈和火炬，在中國人民的解放事業中產生了重要的作用。

學術界經過多年來的研究，人們已經清楚地認識到：茅盾一生矢志不渝地堅持社會主義——共產主義信仰，正如他自己所說：「為了共產主義的理想我追求奮鬥了一生」；並且，無淪遇到什麼艱難曲折和政治風浪，他都沒有動搖過，總是將自己對於社會主義——共產主義的堅定信念化為實際行動，真正做到了「鞠躬盡瘁，死而後已」。所以，中共中央在關於恢復他的黨籍的決定中對他作出的結論是：沈雁冰（茅盾）同志「為中國人民的解放和社會主義建設事業奮鬥一生，在中國現代文學運動中作出了卓越貢獻」。這裡想要強調的一點是，茅盾關於政治信仰的論述對於後人具有深刻的啟示性。信仰和理想都屬於世界觀的範疇，而世界觀如茅盾所說「是人們對於周圍世界、對於自然現象和社會現象的一切觀點的總和，即哲學的、社會政治的、倫理學的、美學的、自然科學的及其它等等的觀點的總和。它取決於人們在一定歷史時期所處的階級地位和所達到的知識水平。人們的世界觀隨著社會發展而改變。在階級對抗的社會裏不可能有統一的世界觀。有剝削階級的世界觀，還有被壓迫的勞動人民的世界觀。而且同一時代，同一階級出身的人，其世界觀也不完全一致，這和他們的親身經歷有關。」〔註8〕他認為，時代雖然已與過去大不相同，但是「今天我們仍然要十分重視世界觀的改造」，而「世界觀的改造決非一蹴可就」，必須「下定決心，做到老，學到老，改造到老」。因而他滿懷期望地「祝願我們的文藝新軍有堅定正確的政治方向，胸懷共產主義的遠大理想，堅持實踐是檢驗真理的唯一標準這個馬克思主義的基本原則，發揚革命的英雄主義和革命的樂觀主義，學會用馬克思主義的立場、觀點和方法分析當前新長征中出現的新情況、新問題，以全新的文藝體裁和風

〔註 8〕《茅盾全集》第 27 卷，人民文學出版社 1996 年第 1 版，第 253、300 頁。

格反映我們這偉大的時代，不但『各領風騷數百年』而且長垂久遠。」〔註9〕

二、無產階級革命的政權理論

　　茅盾少年時就受其父沈永錫的維新派思想浸潤，從小接受「大丈夫要以天下爲己任」的家訓。中學時正值辛亥革命爆發，受到進步教師的影響，他說：「雖然我們那時糊塗得可笑，只知有『革命』二字，連得中國革命運動史的最起碼的常識也沒有，然而武昌起義的消息把我們興奮得不得了。我們無條件的擁護革命，毫無猶豫地相信革命一定會馬上成功。革命軍勝利的消息，我們無條件相信；革命軍挫敗的消息我們說一定是造謠。爲什麼我們會那樣盲目深信？我們並不是依據了什麼理論，更不是根據什麼精密研究過的革命勢力與反革命勢力的對比；我們所以如此深信，乃是因爲我們目擊身受滿清政府政治的腐敗，民眾生活的痛苦，使我們深信這樣貪污腐化專橫的政府，一定不能抵抗順應民眾要求的革命軍。這一個眞理，我將永遠深信！」〔註10〕所以，茅盾從小就有革命的思想，當然是很幼稚的。但是這種思想也是他青年時接受無產階級革命理論的基礎。

　　馬克思主義者主張改造世界必須進行無產階級革命，實行無產階級專政。茅盾在參加了共產黨之後，一直積極宣傳和實踐無產階級革命的學說。他在 1919 年指出俄國「十月革命」成功之後，其思想將影響整個人類，布爾什維主義將成爲世界潮流。1921 年又強調說明「社會主義世界必爲將來的世界」，明確表示中國的社會改造不能走改良主義道路，而要走社會革命的道路，即無產階級革命——無產階級專政的道路。1921 年 4 月 7 日出版的《共產黨》第三號發表了茅盾以「P 生」署名的《自治運動與社會革命》。這是一篇很有份量的政治論文，筆鋒直指當時國內「省」自治運動鼓吹者借「人民政治」之名行「縉紳運動」——資產階級政治之實，痛駁資產階級政治運動「是社會進化必經的階段，只可利用，不宜攻擊」的謬論，指出「縉紳運動」實際上是爲軍閥、帝國主義服務的，中國的前途只有無產階級革命。在第一層，他指出：以爲有了西洋的議會政治就心滿意足，「睜大眼睛等待縉紳階級把萬惡的軍閥腐敗的官僚趕走，來做資本主義中產階級政府下的一個順民」，這只是夢想，「決沒有達到的一天！」因爲「軍閥和縉紳階級比起來，

〔註 9〕《茅盾全集》第 27 卷，人民文學出版社 1996 年第 1 版，第 253、300 頁。
〔註 10〕同上書。

簡直就是前山老虎和後山老虎」，是都要吃人的；「那些以爲縉紳運動可以利用的人們不是盲了眼在那裡作夢，便是他自己是這一類人，想巧言闖騙平民！」在第二層指出：「第三階級的政治不是自然的趨勢，不是一定不可逃避的！」我們必須吸取法國革命歷史的經驗教訓，再也不要受人闖騙，「現在我們已經看破了這個把戲，想出一個抵制的好法子來了，我們可以立刻應用這個好法子，何必再跟著錯路走，這法子便是第四階級（無產階級）的專擅政治了。」在第三層，茅盾在「一方面斷定縉紳運動趕去軍閥之必不能成功，一方面又確信縉紳運動之結果是使平民背上的壓力更大，更難翻身」之後，以決斷無疑的口氣指出：中國的唯一前途「就是無產階級革命！」他論述道：

> 無產階級的革命便是要把一切生產工具歸勞動者所有，一切權力都歸勞工們執掌，直到滅盡一分一毫的掠奪制度，資本主義決不能復活爲止。這個制度，現在俄國已經確定了，並且已經有三年的經驗，排除了不少的困難，降服了不少的反對者；英、法、德、美、意各國的勞工都曾幾次想試驗這個新制度，可是他們國內的資本家出死力反對，以致一時不能實現。但是我們要明白：這是資本家的迴光返照罷哩！勞工階級（無產階級）的人數是一天多似一天，資本階級的人數一天少似一天，馬克思預言的斷定，現在一一應驗了──最終的勝利一定在勞工者，而且這勝利即在最近的將來，只要我們現在充分預備著！〔註11〕

這一大段論述對於我們認識茅盾政治觀的特徵是十分重要的。它表明：早在加入上海共產主義小組之後、在籌備創建中國共產黨之時，茅盾不僅已對無產階級革命充滿信心，而且能用馬克思主義學說對無產階級革命進行正確的表述。

茅盾對無產階級革命的思想，還突出體現在他對蘇俄十月社會主義革命的論述裏。他有多篇文章論述「十月革命」，這裡擇出《蘇俄「十月革命」紀念日》一文，且讓我們看看他是如何評論的。他稱頌「俄羅斯的革命的群眾，在偉大的列寧指導下推翻了帝國主義者與資產階級的工具克倫斯基政府建立了兵工農的蘇維埃」的「十月革命」，是「震動全世界」、「劃分人類政治史新

〔註11〕《茅盾全集》第14卷，人民文學出版社1987年第1版，第194、224、344、204、279、245、76、357、256頁。

紀元」的大事件。他認爲，「十月革命」對於俄羅斯廣大群眾的意義在於：「消滅俄羅斯的一切壓迫階級，解放俄羅斯的一切被壓迫階級，將這一切的被壓迫階級團結在社會主義蘇維埃聯邦的赤幟下面，共享人類眞正自由平等的幸福，並且努力援助世界上大多數尚受壓迫的階級脫離他們的鎖鏈」；而對於全世界民眾來說，其重要意義在於：「一是被壓迫的無產階級推翻了他們的統治者壓迫者，奪過政權來，建設了無產階級的國家，做世界無產階級的榜樣；二是被壓迫的弱小民族，解放出來，享各民族應有的自由平等，做世界資本主義國家統治被壓迫民族的民族革命的榜樣。」而「從第一個意義，就有了西方資本主義國家中的被壓迫階級的資產階級革命運動，從第二個意義，就有了東方許多大的小的被壓迫民族革命運動。」並從而滙成了「現世界的兩大革命潮流」。而且，茅盾並不停留在正確而高度評價「十月革命」的意義上，他還結合論述「十月革命」與東方民族革命運動——孫中山領導的國共合作的中國革命的關係，強調指出：「民族革命的實現必須外聯合世界的革命無產階級，內扶植工農階級的勢力」，「領導中國的革命群眾造成我們自己的『十月革命』」〔註12〕！。顯而易見，這對廣大讀者和人民群眾的思想、行動是有指導意義的。

將無產階級革命作爲爭取人類解放事業的政治道路，這不是什麼人主觀意願的決策，自然也不是茅盾憑空想像出來的，而是歷史發展的客觀規律所決定的。所以茅盾在《少年國際運動》中對讀者說：「資本主義順經濟的法則而產生，也是順經濟的法則而毀滅，代之以起的，將是那實現人類眞正的社會的生活的共產主義世界，這是人類的大導師卡爾·馬克思早已明白指示過的了。他同樣的指示無產階級將被資本制度結合成一個革命的軍隊，起來推翻這資本制度。」他又依據《共產黨宣言》的精神，寫道：「根據於社會經濟發展的必然的結果，就是世界無產階級必須聯合，世界青年必須聯合，以打倒國際帝國資本主義，實現人類社會的最高發展：無國家無階級的共產時代」。〔註13〕

至於無產階級革命——無產階級專政如何在中國實現，茅盾在早期還沒有從理論上作出科學的論述。而當時中國共產黨處於初建階段，黨的整

〔註12〕《茅盾全集》第14卷，人民文學出版社1987年第1版，第194、224、344、204、279、245、76、357、256頁。
〔註13〕同上書。

個理論水平也是不高的，我們對茅盾自然不能苛求。但是，隨著黨的理論建設不斷加強，黨的政治路線的馬克思主義化，以及馬克思主義與中國革命實際結合的逐漸深化，茅盾的思想認識也隨著加深，並對中國的革命實踐產生作用。如 1921 年 4 月，他回答「我們當前的事體該怎麼辦」時，主張「立刻舉行無產階級的革命」；而在 1923 年黨的「三大」和 1925 年黨的「四大」之後，他一方面根據黨的關於國民運動和國民黨問題的決議，在所寫的許多文章中論述國共合作的重要性，讚揚孫中山先生爲「東方民族革命運動的唯一偉大的導師」，歌頌國共兩黨合作的國民政府軍的北伐，一方面又根據黨的「和國民黨合作，同時保持共產黨在組織上和政治上的獨立性」的決定及關於勞動運動、農民問題等決議，大力張揚工人階級的政治鬥爭、「工農聯合對於革命的偉大貢獻」；在《論無產階級藝術》一文中，他指出：「無產階級所反對的，是居於此世界中治者地位並且成爲世界戰爭的主動人的資產階級，並不是資產階級中的任何個人……無產階級爲求自由，爲求發展，爲求達到自己歷史的使命，爲求永久和平，便不得不訴諸武力，很勇敢的戰爭，但是非爲復仇，並且是堅決的反對那些可避免的殺戮的。」又指出：「無產階級必須力戰而後能達到他們的理想，但這理想並不是破壞，卻是建設——要建設全新的人類生活。這新生活不但是『全』新的，並且要是無量的複雜，異常的和諧。像這樣的理想大概不是單純作戰的勇敢所可達到的。社會主義的建設的理論是必要的。無產階級藝術也應當向此方面努力，以助成無產階級達到終極的理想。」〔註 14〕黨的「五大」之後，茅盾在他主編的《漢口民國日報》上繼續表示「擁護代表民主政權的國民政府」，又將該報的多數版面用於報導工農運動，「集中反映共產黨的主張和政策」，揭露「反革命派——土豪劣紳買辦階級以至新軍閥蔣介石——正聯合戰線向革命勢力進攻」的罪行，號召「工農商學兵革命民眾聯合起來！制裁反革命的恐怖！」這期間他提出的「武裝革命的民眾」，「鞏固農工群眾與工商業者的革命同盟」，「在鄉村中掃除封建勢力」、「確定鄉村的民主政權」，都是很有政治眼光的主張。1928 年之後，他發表的「純政治」長篇論文不多，但是關涉政治的時評和雜文很多，其中有些也談到了無產階級革命及其實現的問題。

〔註14〕《茅盾全集》第 18 卷，人民文學出版社 1989 年第 1 版，第 509、512、135、506、513、532、541 頁。

三、無產階級先鋒隊——共產黨的政黨組織

在 20 世紀，各種階級有許多黨派及其政治組織。作為 20 世紀最先進階級的無產階級，其政治組織雖曾有過多種形式，但是馬克思、恩格斯創建和相繼在多國建立的共產黨則是無產階級的先鋒隊。

對於茅盾與中國共產黨的關係，多數人是從 1981 年 3 月他逝世之後、中共中央「決定恢復他的中國共產黨的黨籍，黨齡從一九二一年算起」時才有所瞭解，才知道他「青年時代就接受馬克思主義，一九二於一年就在上海先後參加共產主義小組和中國共產黨，是黨的最早的一批黨員之一。一九二八年以後，他同黨雖失去了組織上的關係，仍然一直在黨的領導下從事革命的文化工作」。而對他在建黨初期和其後曾擔任過多種黨內職務、做過多項黨所委派的工作並完成過多次重要的革命任務，多數人還是不大清楚的。尤其是他對共產黨的有關論述，更是知之甚少。

據研究，從 1921 至 1927 年 7 月，茅盾曾擔任過：中共中央聯絡員，中共上海地方兼區執委會執行委員、秘書兼會計，中共商務印書館支部書記，國共合作的國民黨上海特別市黨部執行委員兼宣傳部長，國民黨「二大」代表（以「跨黨」身份出席大會），國民黨中央宣傳部秘書、代理部務（部長為汪精衛、代理部長為毛澤東），《政治周報》編輯（接替毛澤東），國民黨中宣部在上海的秘密機關——上海交通局（工作人員全是共產黨員）代理主任、主任，中央軍事政治學校武漢分校政治教官，中國共產黨主辦的第一張大報《漢口民國日報》總主筆（社長董必武、經理毛澤民）。1928 年後至建國前，在黨的領導下，主要從事革命和抗戰文藝刊物的編輯，以及進步和抗日文藝團體的組織與領導工作。建國後，根據黨中央的安排，他先後但任了中央文化部部長、全國文聯主席、全國作協主席、全國政協副主席等職務。

那麼，茅盾在病逝時為什麼還不是共產黨員呢？這中間有許多曲折的歷史原因。1927 年 7 月大革命失敗，茅盾經牯嶺、九江至上海後，失去與黨組織的聯繫。1928 年 7 月，茅盾離開上海亡命日本後，曾與在東京的中共黨員有過接觸。該年 10 月 9 日，中共中央曾致東京市委一信，內稱：「沈雁冰過去是一同志，但脫離黨的生活一年餘，如他現在表現的好，要求恢復黨的生活時，你們可斟酌情況，經過重新介紹的手續，允其恢復黨籍。」〔註15〕可

〔註15〕《中共中央致東京市委信》，原件藏中央檔案館，見唐天然：〈1928 年中共中央曾考慮恢復茅盾黨籍〉，《江海學刊》1991 年第 4 期。

是，中共「東京市委成員五人，其中因中國留學生受日本當局迫害，他們從1928 年夏天起，陸續回國。」東京市委書記「李德馨等七、八月份就已經在國內，因此，中共中央 1928 年 10 月 9 日給東京市委的信，市委成員未曾接到。」「這不僅可以解釋茅盾未恢復組織關係的原因，也可解釋其脫離組織關係的部分原因。」〔註16〕1930 年 4 月，茅盾回國以後即參加「左聯」，與魯迅並肩戰鬥。當時曾任「左聯」黨團書記的陽翰笙回憶道：「我印象最深的是他在政治上對黨的忠誠和尊重，他把黨的事業當作自己的事業，不僅滿腔熱情，而且認真負責。那時，他雖然失去了黨的組織上的關係，但總是以黨員的標準要求自己。」〔註17〕當時瞿秋白在上海曾幾次到他家中避難，茅盾曾向他提出要求恢復黨的組織關係。瞿秋白回答說：自己正受王明路線排擠，因而無能為力，希望他像魯迅那樣安心從事創作。茅盾接受了他的意見，不久就創作出了《子夜》。1936 年春，他與魯迅聯名給中共中央拍發電報祝賀紅軍長征勝利，顯示了和魯迅一樣的對中國共產黨的深厚感情。1940 年 5月，他由新疆到了延安之後，本想留在延安工作，但不久周恩來副主席從重慶來電，請他去重慶擔任新成立的文化工作委員會的常務委員。他表示自己服從分配。離開延安前，他向黨中央正式提出了要求恢復黨籍的申請。中央書記處認真研究後作了答覆，認為他目前留在黨外，對今後的工作，對人民的事業，更為有利。茅盾表示理解中央的意圖，同年 10 月便將兩個子女留在延安，與妻子前往重慶。50 年代，我國知識界一批多年追隨革命的知識分子入了黨。他已年過半百，同樣想入黨，但他考慮再三，覺得在過去最艱苦的年代裏，自己雖然一直和黨同一步調，但畢竟不在黨內；現在黨執政了，威信空前提高了，自己不應該去分享黨的榮譽，因此他決定仍然留在黨外，作為愛國民主人士繼續為黨做好工作。茅盾晚年為何還要入黨呢？據新華社記者徐民和、胡穎介紹：1980 年夏天，茅盾聽兒子、兒媳談起現在有一部分青年人，他們在十年「文革」期間長大，所看到的多是黨的陰暗面，因而對黨失去信任，甚至不願意入黨，他對此極為痛心，便對兒子、兒媳說，自己青年時代為了共產主義的理想，為了黨的事業，那是不惜一切的。他覺得在今天的形勢下，應該站在黨的行列裏，並以自己的行動表明，偉大的共產主義理想，在他這位飽經滄桑的老戰士看來，不但沒有黯然失色，相反應該更

〔註16〕《茅盾研究》第 6 輯，北京師範大學出版社 1995 年 2 月出版，第 296 頁。
〔註17〕陽翰笙：《時過子夜燈猶明——憶茅盾同志》，1981 年 6 月 13 日《人民日報》。

加追求〔註18〕。當 1981 年 3 月他寫遺囑時，第三次向黨中央提出恢復黨籍的問題，要求在死後對他一生進行審查，希望追認為中國共產黨黨員，終於獲得批准。雖說人已逝去，但鮮紅的黨旗則覆蓋到了遺體上，他是可以瞑目了。

茅盾認為，一個人（如魯迅）對中國無產階級革命先鋒隊——中國共產黨的忠誠和擁戴，是「由於認識到中國革命不能離開中國無產階級的領導」。〔註19〕茅盾本人也是這樣的。從他 1919 年 12 月 1 日發表的《羅塞爾（到自由的幾條擬徑）》一文中，讀者第一次見到「共產黨」三個字，他寫的是：「《共產黨宣言》說：『一切勞工皆平等。設立工軍、農軍更要。』這是顯然和無強權主義相反了。」〔註20〕而茅盾自己說他對於共產黨的認識經過則是：他在《共產黨》「第二號（1920 年 12 月 7 日出版）上翻譯了《共產主義是什麼意思》（副題為「美國共產黨中央執行委員會宣佈」）、《美國共產黨黨綱》、《共產黨國際聯盟對美國 IWW（世界工業勞動者同盟的簡稱）的懇請》、（美國共產黨宣言》，共四篇譯文。通過這些翻譯活動，我算是初步懂得了共產主義是什麼，共產黨的黨綱和內部組織是怎樣的；尤其《美國共產黨宣言》是一篇馬克思主義理論及其應用於無產階級革命實踐的簡要論文，它論述了資本主義的破裂，帝國主義，戰爭與革命，階級鬥爭，選舉鬥爭，群眾工作，無產階級專政，共產主義社會的改造等等。由於從譯文中學得了這些共產主義的初步知識，我在一九二年五月出版的《共產黨》第三號上，寫了一篇《自治運動與社會革命》，批判當時的省自治運動者鼓吹的資產階級民主，指出這實際上是為軍閥、帝國主義服務的，中國的前途只有無產階級革命。同期的《共產黨》上又有我翻譯的《共產黨的出發點》。」〔註21〕。建黨後，他定期前往陳獨秀的住處參加支部會和每周的學習會，不斷拓深對黨的認識，提高自己關於黨的理論水平。

茅盾重視在文章中介紹各國共產黨的活動和鬥爭。如在《遠東與近東的婦女運動》中，他在介紹「高麗」（朝鮮）的婦女運動時寫道：「一九二二年，

〔註18〕 徐民和、胡穎：《巨匠的心願》，《憶茅公》第 478 頁，文化藝術出版社 1982 年 12 月。

〔註19〕 茅盾：《向魯迅學習》，《世界文學》1977 年 10 月第 1 期。

〔註20〕 《茅盾全集）第 27 卷，人民文學出版社 1996 年第 1 版，第 253、300 頁。

〔註21〕 茅盾：《我走過的道路》（上），人民文學出版社 1981 年 10 月第 1 版，第 128、131、133、133、176、286 頁。

普泛的國民運動又分化成勞動階級的階級運動；由是遂成立了高麗共產黨。高麗的日益困苦的農民與工人視蘇俄及共產黨是他們惟一的救星。革命和共產黨活動的中心，都在上海。高麗婦女對於這些新思想正在熱心的接收。」「一九二一年末，高麗共產黨內已有三十五個階級覺悟的女黨員，一九二二年正月東方勞工大會在莫斯科開會的時候，出席代表中有五個高麗的革命婦女。」〔註22〕在介紹日本婦女運動時又寫道：『日本共產黨的婦女部至最近方始成立。共產黨的候補黨員裏有好些女子醫學校的學生，她們因為職務上的緣故，常常能夠和女勞工及女農民親密地接觸。」「日本共產黨的婦女部都叫 Yoko-Kai（八日黨），是從赤瀾會改組成的。這一個團體專在無產階級婦女方面活動。最近有一個女工工會成立，並發行一種機關報叫做《婦女運動》。」「去年四月，日本女共產黨曾在 Ashio 銅礦的女工內活動宣傳，共產黨的婦女部又在東京組織紡織女工。」〔註23〕在介紹土耳其時，也是同樣寫道：「土耳其共產黨乃一九二〇年成立於安戈拉。一九二一年，共產黨開始在婦女方面活動。土耳其共產黨的婦女部參加機關報 Iment 和 Ikaz 的編輯。但是因為安戈拉的共產黨能力還是薄弱，所以不能作大規模的活動。一九二一年，土耳其共產黨中只有女黨員三個，候補十個。這些女共產主義者大都是女教員，也有一個農民和兩三個女工。」「一九二二年土耳其共產黨全國大會裏，還不見有女子出席。」〔註24〕。

對於各種攻擊共產黨的謬論，茅盾經常撰文予以駁斥。早在 1922 年 8 月，他就在《「個人自由」的解釋》中，針對枕薪的《布爾什維雪姆與個人主義》中的謬論進行了有力的批駁。他在分析了個人自由與個人主義的區別並指出兩種不同的自由的實質之後，著重批駁了所謂的俄國共產黨政權「侵犯了個人的自由權」、「十月革命之後，個人非但得不到自由，並且連固有的自由也失掉了」等觀點。他要求讀者提高警覺：「現在世界的小資產階級吸吸然說共產黨奪了他們的自由——注意！」〔註25〕1926 年在廣州編《政治周報》和 1927年 4 月至 7 月任《漢口民國日報》總主筆期間，以及抗日戰爭和解放戰爭期

〔註22〕《茅盾全集》第 15 卷，人民文學出版社 1987 年第 1 版，第 209、212、217、310、404 頁。
〔註23〕同上書。
〔註24〕同上書。
〔註25〕《茅盾全集》第 14 卷，人民文學出版社 1987 年第 1 版，第 194、224、344、204、279、245、76、357、357、256 頁。

間，茅盾都寫過許多文章，批駁各種敵人對共產黨的造謠、誣衊和攻擊。建國以後，他的身份雖不是共產黨員，但他仍然真誠地、自覺地捍衛共產黨.不受人的攻擊。如1957年7月，他針對有些人提出的「黨委退出高等學校」和反對黨對文藝進行領導的謬論，特地作了《必須加強文藝工作中的共產黨的領導！》一文。他在文中寫道:「中國的出路只有走社會主義的路線，這是中國百年來的歷史經驗所證明了的。也是八年的社會主義建設的光輝成績所證明了的。走社會主義的路就必須有共產黨的領導，必須在各方面加強共產黨的領導。」「共產黨站在工人階級的立場上，代表人民的利益，在學校內設黨委制，目的是保證貫徹社會主義的教育方針」。〔註26〕「我們從前反對蔣介石在學校的黨團，因為我們和蔣介石立場不同，我們現在如果站在工人階級的立場，站在社會主義的立場，就一定要擁護共產黨在學校的黨委制。」對於「不是說共產黨領導文藝是思想領導麼？為什麼文藝團體內一定要有個黨組織呢？」這個問題，他說:「我所理解是這樣:對於主要是個體活動的文藝家的創造性工作，即文藝家的文藝思想和文藝實踐來說，共產黨是通過文藝理論批評、政策方針來領導的;『五四』以來，我國的進步的文藝家們都可以用自己的經驗來說明這一點。其次，對於文藝運動的方向，文藝工作的計劃、步驟，也可以主要通過理論批評、政策方針來領導;但是，在展開文藝運動以及執行文藝工作的計劃或進行文藝實踐的團體或機關中（例如刊物編輯部、出版社、劇院、劇團等各種文藝機構;例如作協等協會;例如政府的文化行政部門），卻必須有黨組織來具體實現黨的領導。沒有這個黨的領導，就不能保證貫徹社會主義文化的方向。」〔註27〕歷史證明，茅盾的這些觀點是正確的;而且用於今天也沒有過時。

四、階級論——無產階級政治鬥爭的理論武器

階級論即以馬克思主義的階級分析方法對社會政治問題進行科學的觀察、分析和研究並作出結論的理論，是無產階級進行政治鬥爭的理論武器。從馬克思到列寧到毛澤東，都是以階級鬥爭的學說和階級分析的方法來研究社會政治問題，並領導無產階級進行政治鬥爭和革命鬥爭的。階級論也是茅盾政治觀中的一個組成部份。

〔註26〕《茅盾全集）第25卷，人民文學出版社1996年第1版，第99、100頁。
〔註27〕同上書。

　　茅盾早年曾信奉過進化論和人道主義，這是無庸諱言的。但是應該說，他在成爲一個共產黨員之後已經是一個階級論者，從他最早的那些文學評論來看，其中就有很強的階級意識，是注意於階級分析的。如在《評四、五、六月的創作》裏，他說在過去三個月中的創作裏他「最佩服的是魯迅的《故鄉》」：「我覺得這篇《故鄉》的中心思想是悲哀那人與人中間的不瞭解、隔膜。造成這不瞭解的原因是歷史遺傳的階級觀念。《故鄉》中的『豆腐西施』對於迅哥兒的態度，似乎與『閏土』一定要稱『老爺』的態度，相差很遠；而實則同有那一樣的階級觀念在腦子裏。」〔註 28〕然而，他早期對階級論的認識還是比較膚淺、幼稚的，其運用也較爲呆板、機械。如他早期曾有所謂「知識階級」的提法；又如他曾將小資產階級和資產階級放在一起加以無情的批判和鬥爭。在分析「個人自由與個人主義」這一問題時，他說「小資產階級的自由是兩方面的，一面是自由朝大資本家大軍閥叩頭，一面是自由壓制欺侮無產階級」，所以，「社會革命是無產階級的革命，是小資產階級大資產階級同歸於盡的日子」〔註 29〕！這種對小資產階級和大資產階級不加區別和分析的做法，顯然是不正確的。

　　隨著茅盾對階級論的認識不斷加深，他對階級分析方法的運用也隨之正確，他提出的觀點也更加符合馬克思主義和中國社會政治的實際。如他 1925 年寫的《論無產階級藝術》就是一篇以蘇聯文學爲借鑒的論述無產階級革命文學的文章，其寫作目的是：「一則想對無產階級藝術的各個方面試作一番探討，二則也有清理一番自己過去的文學藝術觀點的意思，以便用『爲無產階級的藝術』來充實和修正『爲人生的藝術』。」〔註 30〕在這篇文章中，茅盾以其較爲成熟的馬克思主義理論，運用階級分析的方法，逐節深入探討了無產階級藝術的歷史形成、產生條件、範疇、內容和形式。以「什麼是無產階級的藝術」這一問題來說，茅盾指出像左拉的《勞動者》那樣寫無產階級生活的作品並不等於無產階級的藝術，羅曼・羅蘭提倡的「民眾藝術」也只是一種烏托邦思想，因爲在階級社會裏是不存在不分階級的「全民眾」的；他又

〔註28〕《茅盾全集》第 18 卷，人民文學出版社 1989 年第 1 版，第 509、512、135、
　　　　506、513、532、541 頁。
〔註29〕《茅盾全集》第 14 卷，人民文學出版社 1987 年第 1 版，第 194、224、344、
　　　　204、279、245、76、357、357、256 頁。
〔註30〕茅盾：《我走過的道路》（上），人民文學出版社 1981 年 10 月第 1 版，第 128、
　　　　131、133、133、176、286 頁。

指出農民藝術也不是無產階級的藝術，而僅僅表現無產階級反抗、破壞的藝術，也「未必準是無產階級的藝術」；那種表同情於社會主義的所謂「社會主義文學」，實質上以個人主義思想為核心，比如把領袖描寫成為「一個特出的超人，他是牧者，而群眾是羊」，這樣的作品，也不是無產階級的藝術。他認為，只有像高爾基的小說那樣，「把無產階級所受的痛苦真切地寫出來」，「把無產階級靈魂的偉大無偽飾無誇張的表現出來」，「把無產階級所負的巨大的使命明白地指出來給全世界人看！」才算是無產階級的藝術。他強調指出，無產階級的藝術「應以無產階級精神為中心而創造一種適應於新世界（就是無產階級居於治者地位的世界）的藝術」，而「無產階級的精神是集體主義的、反家族主義的、非宗教的」。至於文藝批評，他認為：所有的「批評論是站在一階級的立點上為本階級的利益而立論的。雖然自來的文藝批評家常常發『藝術超然獨立』的高論，其實何嘗辦到真正的超然獨立？這種高調，不過是間接的防止有什麼利於被支配階級的藝術之發生罷了。我們如果不願意被甜蜜好聽的高調所麻醉，如果不願意被巧妙的遮眼法所迷惑；我們應該承認文藝批評論確是站在一階級的立點上為本階級的利益而立論的；所以無產階級藝術的批評論將自居於擁護無產階級利益的地位而儘其批評的職能，是當然無疑的。」〔註31〕從這樣的批評論出發，他批評那種「以刺激和煽動作為藝術的全目的」的錯誤觀點。他指出：「刺激和煽動只是藝術所有目的之一，不是全體；我們不可把部分認作全體。在作者和讀者兩方，自然覺得富有刺激煽動性的作品方能快意；但我們也不可不知過分的刺激常能麻痺讀者的同情心，並且能夠損害作品藝術上的美麗。有許多富於刺激性的詩歌和小說，往往把資本家或資產階級知識者描寫成天生的壞人，殘忍，不忠實。這是不對的，因為階級鬥爭的利刃所指向的，不是資產階級的個人，而是資產階級所造成的社會制度；不是對於個人品性的問題，而是他在階級的地位的問題。無產階級所要努力剷除的，是資產階級社會制度，及其相關連的並且出死力擁護的集體」〔註32〕。他在這篇論文之後所作的《告有志研究文學者》中，他已從早年的僅要求文學青年「注意社會問題，同情於第四階級」、愛「被迫害與被侮辱者」的人道主義者轉變為階級論者，其立場也由人道主義轉變為

〔註31〕《茅盾全集）第18卷，人民文學出版社1989年第1版，第509、512、135、
506、513、532、541頁。
〔註32〕同上書。

馬克思主義。他這樣說明人類文明社會中的階級對立：「人類自草昧的猿人時代逐漸發展而至於今日的資本主義時代，由本無階級而逐漸分化成，以至今日的勞資兩大階級對抗時代，其間統治階級屢有變換，都無非盡了他的歷史的使命」。〔註33〕在這裡，茅盾把握住了社會發展的規律，即由本無階級而分化成階級，由原始社會發展到資本主義社會，並且準確地揭示了資本主義社會深刻的社會矛盾即勞資兩大階級的對立。他接著又以這種階級論的觀點作了《文學者的新使命》，此文表明他已深深地懂得：「被壓迫民族與被壓迫階級的解放就是現代人類的需要。」〔註34〕正是這種明確、自覺而堅定此階級意識，使他把自己的命運同無產階級的命運緊緊地聯繫在一起，直至走完人生的整個旅程。

五、社會主義民主──適合中國國情的政治制度

在茅盾一生所作的各類文章中，多次談論到民主和民主政治。民主是五四精神的主要內容之一，民主政治是當代進步的政治家所致力追求的政治制度。但是，要實行真正的民主和真正的民主政治，卻是 20 世紀全部政治歷程中革命者一直為之奮鬥而尚未完全實現的偉大目標，人們在 21 世紀必將繼續為之努力奮鬥。

那麼，茅盾是怎樣說明民主和民主政治的呢？

首先，茅盾認為中國人民不是從根本上不要政治。他寫道：「曾有人以為中國人民一向不加入政治活動便是不要政府，故要提倡『中國的無政府主義』……；我對此說久有些懷疑。……我覺得中國人民不是本性的不要政府或不喜政治。他們所以一向有不要政治的類似狀態，大半是因為知識缺乏的緣故，小半也是中國前此兒千年來的社會背景造成的。這社會背景中最大的動因，一是交通的不便，二是工業的不發達，三是閉門自治，沒有世界的觀念。」〔註35〕。

其次，茅盾在他的多篇文章中論到民主和民主政治的問題。如他認為，「五四」時期提出的「德先生」即「德漠克拉西」──民主，其階級屬性是

〔註33〕《茅盾全集》第 18 卷，人民文學出版社 1989 年第 1 版，第 509、512、135、
　　　　506、513、532、541 頁。
〔註34〕同上書。
〔註35〕《茅盾全集》第 14 卷，人民文學出版社 1987 年第 1 版，第 194、224、344、
　　　　204、279、245、76、357、357、256 頁。

資產階級性質的：「封建貴族政治既倒，德漠克拉西政治代之而興，資產階級代替了封建貴族而爲社會的主人翁」〔註36〕；「『德漠克拉西』（民主）和『賽因斯』（科學）兩位先生曾經被擡出來用爲『新』思想的具體的說明，……而所謂新思想實即資產階級的意識形態。」〔註37〕「『五四』的幾個鮮明口號，特別是『民主』與『科學』，是反映著中國那時新興資產階級的要求的。」〔註38〕然而，就是這樣的資產階級性質的民主，在國民黨政府統治下的人民也是享受不到的，而必須不斷地進行鬥爭，以爭取民主和民主政治的實現。在抗日戰爭期間，茅盾如此論述爭取民主和民主政治的重要意義：「大家都知道『五四』當時兩面大旗是『賽先生』和『德先生』——科學和民主。這是中國人希望能過人的生活的最根本的要求，也是最起碼的要求；也是中國能立國於世界所不可缺的最根本的與最起碼的要求。」「過了20多年，這最恨本的最起碼的要求，也還沒有達到。科學與民主之切要，在此抗戰時期，最能明白看出；而且科學與民主之欠缺，也在此一時期最能明白看出」。〔註39〕「……民主政治必須實現。歷史告訴我們凡是民主被摧殘的時候，就是團結無法實現且即團結了而亦不能鞏固的時期。今天中國雖說『向民主之途邁進』，似可欣慰，然而反面亦只說明中國的民主政治還不是已成的事實。」「……民主政治不是在政府機關中容納各黨各派的人士，……必先使人民有權。而且，起碼條件是在抗戰建國綱領範圍內的言論出版集會的自由，人權的保障，……在現實政治上，必先從下層行政機構中把封建勢力清除出去。事實早已證明，封建勢力是漢奸的預備隊，是貪官污吏的大本營！」〔註40〕這裡已明確地提出了民主政治「必先使人民有權」，這其實就是「人民民主專政」，而非「五四」時期的那種屬於資產階級思想意識的民主和民主政治了。

　　進入解放戰爭時期，茅盾對爭取民主與民主政治的實現問題作出了進一步的論述。他在談論民主與文藝的關係時寫道：「現在，是人民的世紀，也就

〔註36〕《茅盾全集》第15卷，人民文學出版社1987年第1版，第209、212、217、310、404頁。

〔註37〕同上書。

〔註38〕《茅盾全集》第16卷，人民文學出版社1988年第1版，第428、308、431頁。

〔註39〕同上書。

〔註40〕同上書。

是人民爭取民主的時代。同時，大家都知道，文化是反映人類精神的物質的諸方面的東西。所以，文化也應該配合這政治的要求——民主——努力。但文藝是文化的一部分，所以文藝也應該以民主爲主題，而促使民主的早日實現。這便是現時代所要求的民主文藝。」「必須要有民主的政治、民主的社會、民主的國家才能有代表全人民的民主文藝。否則，沒有民主的政治爲基礎，民主文藝是決不會從天上掉下來的。而且，僅有強姦民意或名不符實的民主政治，也決不會產生眞正的人民文藝——即民的文藝。」〔註41〕此文從時代的性質上指明現時代的民主和民主政治應是人民的民主和人民的民主政治；當然，「中國的民主運動還有一段艱苦曲折的路必須通過」〔註42〕因此在以後的一段時間時，茅盾又多次撰文揭露國民黨反動統治者及其政客和御用文人的「掛羊頭賣狗肉」的假民主和「滿口民主而所作所爲則無一不是反民主」。他強調指出：「要眞正民主才能解決問題」。〔註43〕

在新中國誕生時，茅盾寫道：「這是民主力量必然戰勝反民主力量的有力證據。」他歡呼：「獨立、民主、和平、統一的新民主主義的，實行人民民主專政的新中國，像初升的太陽照耀著亞洲，照耀著世界！」〔註44〕眾所周知，人民民主專政就是社會主義民主政治制度。他認爲，人民文藝工作者必須運用各自熟悉的文藝武器，通過生動而具體的形象來「號召全國人民繼續努力鞏固人民民主專政（這是我們國家的發展、我人民的自由幸福最大的保證）」〔註45〕。以後，他又多次寫到要發揚社會主義民主，要加強和鞏固人民民主專政。這是他一生執著追求並被證實爲最適合中國國情的政治制度。

江澤民不久前也指出：「民主是個政治概念，屬於上層建築範疇。世界上從來就沒有什麼抽象的超階級的民主，也沒有什麼絕對的民主。民主的發展總是同一定的階級利益、經濟基礎和社會歷史條件相聯繫的。每個國家都有自己的歷史傳統和經濟發展的實際情況，民主應該適合自己的國情。我們是共產黨領導的社會主義國家。共產黨執政的實質是人民當家作主。我們的社會主義民主制度，體現了最廣泛的人民民主，最適合我國的國情，因而是最好的民主制度。」「當然，我們的社會主義民主也還要隨著經濟、文化和社會

〔註41〕《茅盾全集》第23卷，第268、275、375、1頁。
〔註42〕同上書。
〔註43〕同上書。
〔註44〕《茅盾全集》第17卷，人民文學出版社1989年第1版，第84、395、454頁。
〔註45〕同上書。

的進步在實踐中不斷地發展和完善。」〔註 46〕所以，學習茅盾有關民主的論述，有助於我們分清社會主義民主同西方議會民主的界限，永遠保持清醒的頭腦。

以上五個部分所論述的社會主義——共產主義的政治信仰、無產階級革命的政權理論、無產階級先鋒隊——共產黨的政黨組織、階級論——無產階級政治鬥爭的理論武器、社會主義民主——適合中國國情的政治制度，是茅盾政治觀的主要內容；還有一些問題如「自由」、「人權」等同樣屬於政治範疇，他也有許多真知卓識和獨到見地，我們也應給予重視。

（原刊《茅盾研究》第 7 輯，文化藝術出版社 1999 年 6 月，北京第一版。）

〔註 46〕江澤民：《講政治》，《求是》1996 年第 13 期。

論茅盾的道德觀

　　一般來說，道德即倫理，是一定社會爲了調整人們之間以及個人和社會之間的關係所提倡的行爲規範的總和。它通過各種形式的教育和社會輿論的力量，使人們具有善和惡、榮譽和恥辱、正義和非正義等概念，並逐漸形成一定的習慣和傳統，以指導或控制自己的行爲。道德在社會文化現象中，同政治、法律以及哲學、文藝、宗教等等社會意識形態一樣，都是社會物質生活的生產方式和人們的社會存在的反映。道德由一定社會的經濟基礎所決定，並爲一定社會的經濟基礎服務。在人類社會生活中，人們之間發生的多種多樣社會現象之一就是道德現象。所以，作爲人類社會文化現象之一的道德現象，只能是人類社會或社會化了的人類所特有的現象。一定社會的道德規範，必定是確實反映了一定社會的經濟基礎和時代特徵，體現了一定的階級、一定的民族或一定的社會集團的實際利益和本質要求，確實是從這些實際利益和本質要求所引伸出來並且爲這一定階級、一定民族和一定社會集團的人們所眞實奉行，而在實踐行動中得到了證實的行爲準則。

　　道德觀亦即倫理觀，是人們對人類的道德問題進行認識、研究所形成並主張的基本思想觀念。不同時代、不同民族、不同階級、不同社會集團和作爲其代表的政治家及其他代表人物，會有不同質的道德觀；同一時代、同一民族、同一階級、同一社會集團、同一群體的人們，也會有不同的道德觀。研究文化問題，不能不研究道德問題。研究作家，也有必要研究他們直接或間接（通過作品）對於社會道德現象所作的闡釋和道德評價。這樣，我們在 20 世紀的末葉來考察茅盾的道德觀，對於認識 20 世紀的中國文化及創建 21 世紀的具有中國特色的社會主義新文化，顯然有著極爲重要的意義。茅盾所

寫作的有關道德問題的大量文章和文學作品表明，道德問題在這位偉大的文學家和革命家的思想意識中佔有重要的位置。通過研究他的論文、雜文和文學作品，我們今天已有可能對他的道德觀的內涵進行論述。

茅盾關於道德的觀點及論述主要有以下六個方面：

一、道德作爲文化之一歷來被人們重視

我們知道，道德作爲一定社會爲了調整人們之間及個人與社會之間的關係並要求人們遵循的行爲規範，是有著鮮明的時代性的，那種永恒的適用於一切時代、一切社會的道德是沒有的。在有階級的社會裏，道德具有強烈的階級性，統治階級的道德是佔有統治地位的道德。而被壓迫、統治的階級要想推翻統治階級，就要提倡和奉行與自己的政治主張相一致的道德哲學和道德規範。在「五四」時期，進步的新文化戰士和早期的共產黨人對此有著自覺的意識，他們都在自己的文章中強烈批判封建文化（含封建道德），提出要重視建設包括新道德在內的反帝反封建的新文化。茅盾就是其中一員饒勇的戰將。

1917 年 12 月 5 日出版的《學生雜誌》上，茅盾發表了他的第一篇社會論文（學生與社會）。在這篇文章中，他在考察學生與社會的關係時，就已注意到道德對青少年的影響。他說：「語云：白沙入泥，與之俱黑；蓬生麻中，不扶自直。蓋外界之風氣，最足以變易人之氣質，而在意志薄弱，立腳未穩之人，當之爲尤甚。學生方求學時代，經驗缺乏，血氣未定，其易爲外界所誘惑可知。」又說：「大凡中材之人，初見不道德之行爲，必愕然駭怪。追目染耳濡之既久，遂不覺相習相安，終且與之同化。」他認爲：「凡惡勢力之存在者，亦惡足以避法網而奪道德心也。」所以他說，「是故學生在社會中也，必求自主」，應該努力做個「自主者」，「不可因外界而轉移」〔註 1〕。緊接著，他又在（一九一八年之學生）中提出，對於傳統的道德要進行批判地繼承或揚棄。他指出：「吾國社會之心理，素以退讓爲美德，守拙爲知命。此以防止野心家之爭名攘權，鄙陋者之營求鑽謀，原不可厚非。而其弊則使中庸之人，皆奄奄無生氣；而泉雄特拔之人，反足藉以縱橫一世，莫敢誰何。今日欲救

〔註 1〕《茅盾全集》第 14 卷，人民文學出版社 1987 年第 1 版，第 3～7、12、244、113、136～137、137、138、5、218～219、225、226、273、123～124、144、121、250、251、252、128、327、328、329、329、331 頁。

此弊，惟有剔除此種思想，而別謀涵養之方。」〔註2〕

此後，茅盾以其對於社會問題的深刻洞察力，時時關注著中國和世界的政治、經濟和文化的態勢及發展。1933年初，日本革命作家小林多喜二被法西斯殘酷殺害，國民黨反動派在對蘇區紅軍加緊軍事圍剿的同時，對進步文化、革命文化也加緊了文化圍剿。而一些青年人卻對此認識不清，以爲國民黨當局不重視文化。爲此，茅盾寫了多篇文章。在《槍刺尖上的文化》一文中，他首先指出「我們是在一個血腥的時代」，「文化」、「智慧」、「人類的前途」，「是在刺刀尖上宛轉呻吟著」，「東方的野蠻主義和西方的組織權威手挽著手，來蹂躪人類未來文化的萌芽」。但是，對於包括道德在內的一切能爲反動統治者所利用的文化，茅盾認爲「東西的統治者，並不是不要文化的」。他在舉出許多事實之後反詰道：「誰說文化是沒有被人們看重呢，！」他進一步寫道：「是的。宗教，神學，權威，道德和一切在百年前早已埋葬了的東西，現在都從地層中掘起來，受著人們的頂禮膜拜。而對於一切附有生命的文化，正在萌芽生長的東西，卻非燒成了灰燼不可。」那麼統治者爲什麼要如此呢？他指出，包括舊道德在內的「陳死的文化所以被看重的緣故，是因爲已陳死的了，不會有什麼礙手礙腳而且還可以作煙幕彈。但是創造的文化卻是有生命的，有力量的，所以成了一切現存勢力的眼中釘，非盡力剷除不可，非盡力屠殺不可。同時也因爲一切現存勢力正在動搖，所以不得不用槍刺來維持陳死的文化，消滅新生的文化。」「但是」，茅盾筆鋒一轉，鄭重地指出：「眞正深的文化到底不能用槍刺來消滅的。對於我們眼前的血腥的事實，我們用不著悲觀。文化既是活的，人性的，人類一定會向摧殘文化的槍刺提出嚴重的抗議，這抗議當然不是口頭上的，紙上的，而是事實的。」〔註3〕他就是這樣以其對於美好未來的堅信激勵讀者，使讀者明白爲什麼革命者、進步文化人和反動統治者都重視包括道德在內的文化，從而認明方向，更勇敢地進行戰鬥。

二、道德信條必以生活條件做爲後盾

在人類社會發展的各個階段，都產生過適應各個時期社會發展的道德規

〔註2〕 《茅盾全集》第14卷，人民文學出版社1987年第1版，第3～7、12、244、
　　　113、136～137、137、138、5、218～219、225、226、273、123～124、144、
　　　121、250、251、252、128、327、328、329、329、331頁。
〔註3〕 《茅盾雜文集》，三聯書店1965年5月第1版，第238頁。

範，也即道德標準、道德信條。它的產生絕不是自然而然的，也不是無緣無故的。一定社會的經濟基礎、生活條件是一定道德規範、道德標準或道德信條產生的依據。1921 年 7 月，茅盾在分析「人格」問題時說：「論到道德底標準可就話多了，中國前數十年，蓄妾不爲不道德，再前，叫人殉葬不爲不道德，……道德標準是隨時無形中遷移的。」〔註 4〕在 1924 年底，他以人類學、社會學和歷史唯物主義的觀點對此進行了科學分析後提出：「凡是一種道德信條，必有生活條件作後盾，方才可以確立起來，決不是人類主觀的好惡可以自由取去的」〔註 5〕。這是一個十分重要的觀點。

他以自己對人類社會男女關係的性道德研究爲例說明這個觀點。他寫道：「人類自有生活以至現代，兩性中間的關係，顯然經過了多次的變遷。」〔註 6〕「原始人民實行『濫交』的時候，是因爲他們那時候的生活條件——茹毛飲血，穴居野處，完全沒有群的觀念，也沒有家庭的觀念——使他們承認『濫交』是兩性間的正常關係；他們把『濫交』當作道德——性道德，是擁護的。後來他們的生活條件改變了，覺得『濫交』於他們的生活改善很有不便，於是『濫交』就失去了它的道德性質，歸於淘汰。而『群婚』乃代起爲公認的性道德，遂得流行。其後『群婚』復歸淘汰，也是生活條件已經變了的緣故。又其後，農業社會的基礎既經穩固，家庭制度成立，男權漸盛，一家的經濟權在男子的手裏，女子實做了家庭的奴隸，乃得由男性片面的方便而確定了我們祖宗守之三千餘年的性道德，直到現在還有很大的勢力。」他接著說，雖然不能確指古代的「濫交」、「群婚」曾實行多少年，「然而後來也就一一淘汰了，可知一種道德信條無論怎樣歷史久遠，到了人類生活條件既變遷後，便不得不歸於淘汰。從前的已得我們人類承認過的性道德既然如此下臺，則現在雖尙有勢力而日在崩壞的性道德也必然要跟著人類生活條件之變遷而同受淘汰，當然是極明顯的。」〔註 7〕

這些歷史事實使我們不得不信服，道德信條和生活條件之間的關係是相

〔註 4〕《茅盾全集》第 14 卷，人民文學出版社 1987 年第 1 版，第 3～7、12、244、
113、136～137、137、138、5、218～219、225、226、273、123～124、144、
121、250、251、252、128、327、328、329、329、331 頁。
〔註 5〕《茅盾全集）第 5 卷，人民文學出版社 1987 年第 1 版，第 257、255、257、
258、291、266、267 頁。
〔註 6〕同上書。
〔註 7〕同上書。

向一致的。對於當代來說也應作如是觀：「如果生活條件確已不同了，那麼，我們就應該知道舊日一切的道德信條都不得不改造過，正不獨性道德要有『新』的！因為一切道德信條必得生活條件做後盾，方能確立起來，不是人類所能自由取去的。」〔註8〕

三、道德思想影響著人類社會的進步

茅盾在強調生活條件對於道德的後盾作用的同時，也指明了道德對於人類生活的巨大影響，認為人類的道德改造與人格的獨立、婦女的解放、社會的進步關係極大。例如，他指出：「男女社交不公開是偏枯的表面的最顯見的；背後藏的，便是經濟底知識底道德底不平等。如此男女關係的社會，總是一天一天向後退，不能朝前進，不論是經濟的、知識的、道德的方面。所以反對派保牢男女間不平等的道德關係，以為是維持男女間道德的堤防，在實驗的社會學看來，簡直是說夢話」〔註9〕。又如，他在和中國早期女權論者進行討論時，明確表示不同意那些過分注重經濟動力對於婦女獨立、解放的作用，認為「人的本能和體格，可說是因所用生活的器械而變得多，因經濟環境而變得少，況且人類行為除受生活狀況支配外，實在還有一個最大的力──便是道德思想。像 Gilman 所說『男女的關係實在是經濟的關係』（『Womenand Economics』p.5）委實是太忽略道德思想也是在人類社會中占極大勢力，而男女的關係也有多少是由道德思想定下的。」又說，「現在社會中男女間的不平等，經濟尚只是一端，其他發源於倫理的不平等，尚是很多。婦女運動的目的不是在提高婦女的人格麼？人格的內容不僅是經濟獨立。僅僅經濟獨立了，而不把不平等的道德關係徹底掃除，仍不算解放了婦女」〔註10〕。這裡強調指出，道德思想作為意識觀念是男女關係中「除受生活狀況支配外」的「一個最大的力」，我們必須予以高度重視。

他在分析婦女經濟獨立與否和家庭服務的關係時進一步說明上述的這個觀點。他說，首先，一些論者認為「婦女們的經濟不獨立是由於顧了家庭服

〔註 8〕 《茅盾全集）第 5 卷，人民文學出版社 1987 年第 1 版第 257、255、257、258、291、266、267 頁。

〔註 9〕 《茅盾全集》第 14 卷，人民文學出版社 1987 年第 1 版，第 3〜7、12、244、113、136〜137、137、138、5、218〜219、225、226、273、123〜124、144、121、250、251、252、128、327、328、329、329、331 頁。

〔註10〕 同上書。

務，不能再去和男子一樣賺錢，而家庭服務又是不給工錢的；這誠然也有片面的理由。但經濟獨立與否，實在和家庭服務沒有關係。」「只要男女間能夠保持對待的關係——即平等的關係——形式的而又是精神的，那麼不給錢的家庭服務並不就是婦女的奴隸的表示，無傷其為解放的婦女。」〔註11〕其次，他說中國社會婦女的經濟之所以不能獨立，「據我的觀察，背後仍是有道德不平等的大問題藏著，因為社會上的道德觀念是不認婦女有經濟獨立的必要。在舊道德的支配下，不是雖有能到社會做事的婦女也不准她們出來做事的麼？」為此茅盾強調「婦女問題該從改造倫理、改造兩性關係入手，就是從精神方面入手，那才合文化運動的眞意義」〔註12〕。

正是這種「從改造倫理、改造兩性關係入手」，「從精神方面入手」，即從社會改造的高度認識道德問題，使得他的觀察和分析比那些僅從經濟獨立的角度研究婦女問題的做法較為高明和正確，所提出的辦法也更為符合中國社會的實際。

四、道德批判：「主者道德」、無抵抗主義

「主者道德」是尼采提出的。尼采哲學是茅盾早期所接觸的各種外來思想之一。他在多篇文章中都有所論述或提及。如在《學生與社會》中，茅盾認為學生在社會中的地位有旁觀者和自主者兩種，其論據之一就是「德國大哲尼采，別道德為兩類：有獨立心而勇敢者，曰貴族道德；謙遜而服從者，曰奴隸道德。」〔註13〕所謂「貴族道德」也就是尼采所說的「主者道德」，而「主者」所認為「善」的道德，是以強權、健康、幸福、偉大……出發的行為，是貴族的道德；所謂「奴隸道德」也就是尼采所說的「奴者」道德，而「奴者」所認為「善」的道德，是以憐憫、施惠、慈善、忍受……出發的行為，他們的動機只是「爭存」、「求活」。雖然茅盾主張學生應該成為社會中的自主者，但他並不同意尼采的「主者道德」說。在《尼采的學說》〔註14〕中，茅盾論述了尼采的道德觀。他指出，尼采重新評估了「善」和「惡」的價值，認為「善」和「惡」

〔註11〕《茅盾全集》第14卷，人民文學出版社1987年第1版，第3～7、12、244、113、136～137、137、138、5、218～219、225、226、273、123～124、144、121、250、251、252、128、327、328、329、329、331頁。
〔註12〕同上書。
〔註13〕同上書。
〔註14〕茅盾：《尼采的學說)》。《學生雜誌》第7卷第1～4號，1920年1～4月出版。

不是永久的絕對的價值，而是相對的、可以變換的。尼采以獅子與羚羊的關係為例，認為強暴者自以為善的，柔弱者視之為惡，柔弱者自以為善的，強暴者視之為惡。強暴者和柔弱者決不能共一善惡，也不能平分一善惡。人類社會基本上也是這樣，但有一點不同：人類被壓迫者中的聰明人也把對自己有利的行為稱為「善」。尼采把這稱為「道德上的奴隸叛」，是一種反動。茅盾認為尼采的這一觀點對於摧毀傳統的道德信條是十分有力的。但是尼采把「道德上的奴隸叛」說成是文化的障礙，認為戰爭比和平好，強者求到超人須得犧牲愚者弱者，這便大錯特錯了。茅盾指出，尼采以為人類的歷史是永遠不絕的兩類人的戰爭，即有權力者和無權力者、強者與弱者、給與者與受取者、富有者與苦命者中間的戰爭。道德既是戰爭的工具，自然也就跟著這兩種人分為「主者道德」和「奴者道德」，然而，這兩種道德何者將來更為需要呢？尼采回答：「主者道德更好更合宜更需要些」。對於尼采主張的這種「主者道德」，茅盾早在 1920年 1 月 25 日發表於《時事新報・學燈》上的《佩服與崇拜》中就明確指出「他提倡主者道德是錯的」；在《尼采的學說》中，茅盾更對此予以嚴厲批判，指出尼采的道德觀是反對「德漠克拉西」的，是「崇拜強權，慘無人道的」。「總之，茅盾認為，尼采的道德起源說是可以承認的，對舊道德持批判態度的『超道德家』尼采，我們可以贊成，而提倡『主者道德』的『道德家』的尼采，我們便不能贊成了。」〔註15〕

　　無抵抗主義是「五四」時期外來的新思潮之一，無抵抗主義道德是由它分生出來的一種倫理觀。俄國大文豪托爾斯泰主張無抵抗主義；他的無抵抗主義是什麼呢？茅盾說，托爾斯泰是看了《馬太福音》第五章三十八至四十一節「你們聽見有話說，『以眼還眼，以牙還牙，』只是我要告訴你們，不要與惡人作對。有人打你的右臉，連左臉也轉過來由他打。有人想要告你，要拿你的裏衣，連外衣也由他拿去。才感起他的無抵抗主義來的。」托爾斯泰更進一步說，你要用你的理想去征服別人，別人打你，你不可以還打，你要指出他行為的罪惡，用道理去勸他，感化他，他愈不聽，你愈要勸，哪怕他把你殺了，只要你的理想已經注入他胸中，你便是大勝利了；這就是托爾斯泰的無抵抗主義。茅盾又說，耶穌底意思教人不可用武力來還待武力，托爾斯泰的意思是以為武力不能強加於任何人，哪怕是勸化極惡的惡人，也不可

〔註15〕邵伯周：〈略論茅盾早期對待西方文化思潮的基本態度〉，載〈茅盾與中外文化〉，南京大學出版社 1993 年 9 月第 1 版，第 158 頁。

用強迫他教人用理想來征服武力，人用武力來壓迫你的理想時，你仍舊要用理想去征服，而且他以爲到你因此而死的時候你的理想一定大勝利了，托爾斯泰做了一篇小說《只有上帝知道！》就是說明這個意思。茅盾認爲，「托爾斯泰似爲無抵抗主義縱然不能使你在生前就得到你理想底勝利，那麼你死後一定可以得到你理想底勝利；在這一點上，無抵抗主義已失去了倫理學上的基礎，而只能在宗教上立他的基礎。」所以，他認爲，「在行慣了吃人禮教的中國，對虎狼去行無抵抗主義，那還能成麼？」〔註 16〕對一些人提倡無抵抗主義道德，茅盾從道德論上指出：「主張無抵抗主義或宣傳『愛即生命』──（是博愛底意義否？）──者底道德，卻還不能拿現世的一般道德去屈他，必定先有了超於現世道德標準的道德，然後能躬行無抵抗主義，以博愛；因爲沒有超人底道德，誰能去愛強盜呢？誰能去和強盜講無抵抗呢？然而超人底道德是什麼呢？尼采底話想來是不能應用了，因爲他在《在善惡之外》一部書裏說的超人道德卻不是建著博愛與無抵抗說的。不是運用博愛與無抵抗的超人道德。」〔註 17〕這樣，就把能否實行無抵抗主義道德辯論清楚了。他明確指出，在現時代的中國，「對於惡鬼，只有『驅』這一法。拜求，說道感化，──這是無抵抗等等──是無益的。惡鬼最怕的是這一個字：『驅』，而最暗中歡喜的，是大家去講『無抵抗』」〔註 18〕。

除了批判尼采的「主者道德」說、托爾斯泰的「無抵抗主義道德」說，茅盾對於虛僞的人道主義和其他的僞道德也堅持進行無情的嘲諷和深刻的批判。如他曾寫道：「我們反對舊禮教，因爲舊禮教叫人裝扮著道學面孔而實行淫惡；我們更可惡那些口稱人道主義不忍（？）與妻離婚而力望其妻速死，當妻病時與所戀的女子在外房相視而笑的假道德者，假人道主義者！我們固然也可憐他是『舊禮教』的犧牲者但決不能恕他那作僞與『自鳴清高』的腐敗脾氣！」〔註 19〕在《這也是禮教的遺形》及其他的文章裏，也有同樣的批判。

〔註16〕《茅盾全集》第 14 卷，人民文學出版社 1987 年第 1 版，第 3～7、12、244、113、136～137、137、138、5、218～219、225、226、273、123～124、144、121、250、251、252、128、327、328、329、329、331 頁。
〔註17〕同上書。
〔註18〕同上書。
〔註19〕同上書。

五、道德評價：《太上感應篇》、道德虛無主義

　　《太上感應篇》是一部宣揚道教思想如因果報應之類的宗教書。其中的「萬惡淫爲首」的道德意識曾對青年人的思想毒害至深。在茅盾的經典作品《子夜》裏，他通過吳老太爺與《太上感應篇》、四小姐蕙芳與吳老太爺遺下的《太上感應篇》的敘寫，把筆觸指向封建道德對人的靈魂的浸蝕、毒害。斯洛伐克漢學家瑪麗安・高利克在論文《茅盾小說〈子夜〉中的比較成分》中認爲：《太上感應篇》「這本吳老太爺的『聖經』（如果用這個詞對於在基督降臨之前就已形成了的國家合適的話）可能是流行的道德書籍中『最著名的代表作』了。這部書基於這樣一種信念：『人可以依靠避惡揚善來掌握自己的命運。』它最早出現於南宋時期（1127～1278）。『孝』被視爲最高的善，而『淫』如放蕩、通姦等被列爲所有罪惡之首。」〔註20〕我們從《子夜》的第一章就看到吳老太爺坐在名牌汽車「雪鐵龍」上，驅馳在東方大都市上海的大街上，而手中卻捧著散發著封建思想腐爛氣息的《太上感應篇》，心裏念誦著文昌帝君「萬惡淫爲首」的誥誡。茅盾寫道，雖然吳老太爺三十年前曾是一個頂括括的「維新黨」，也曾經滿腦子的「革命」思想，在普遍於那時候的父與子的衝突中，少年的吳老太爺也是一個主角。然而自從騎馬跌傷了腿之後，又得了半身不遂之症，英年的浩氣跌丟乾淨，以至於二十五年來不曾跨出過書齋半步，遂使得第二代的父與子的衝突在他與兒子吳蓀甫之間發生。吳蓀甫根本不承繼他那套與資本主義道德格格不入的封建道德觀。即使是四小姐蕙芳，雖然《太上感應篇》成了她的隨身「法寶」，且「第一天似乎很有效驗」，「然而第二天下午，那《太上感應篇》和那藏香就不及昨天那樣富有神秘的力量。」「翌日清晨她起來時，一臉蒼白，手指尖也是冰涼，心頭卻不住晃蕩，《感應篇》的文句對於她好像全是反諷了。她幾次掩卷長歎。」終於，她「手上的《太上感應篇》掉落了」。在張素素的影響下，這個吳老太爺的「玉女」拋棄了主張因果報應、「萬惡淫爲首」的道德「法寶」，到了「神秘的麗娃麗妲村」，並且，再也不回來了。當日「五點鐘光景，天下雨了。這是斜腳雨。」「雨點煞煞煞地直灑進那窗洞；窗前桌子上那部名貴的《太上感應篇》浸透了雨水，夾貢紙上的朱絲欄也都開始漶化。宣德香爐是滿滿的一爐水了，水又溢出來，淌了一桌子，浸蝕那名貴的一束藏香；香又溶化了，變成黃蠟

〔註20〕《茅盾研究》第4輯，文化藝術出版社1990年3月第1版，第337頁。

蠟的薄香漿，慢慢地淌到那《太上感應篇》的旁邊。」〔註21〕作家茅盾以他形象的道德評價宣告了《太上感應篇》封建舊道德的徹底滅亡。

　　道德虛無主義是茅盾道德評價的另一重要方面，體現在他的一系列「時代女性」形象的塑造上。例如，《追求》中的章秋柳，她有一篇議論認為：一個「有極堅固的道德上的自信」的女人，為了某種「正大的目的」（比如為了保存自己以圖社會改革），即使暫時的賣淫也是合理的、道德的。然而當她得知女友果然深夜在馬路拉客時，感到的卻是「窒息，是嗅到了死屍的腐氣時的那種慘厲的窒息」。《虹》第二章中梅行素關於易卜生名劇《娜拉》的一番談論可謂「驚人之見」，她對娜拉和林敦夫人的評價較章秋柳的議論實有過之而無不及。她認為：「娜拉也很平常」，「娜拉所有的，還不過有幾千年來女子的心；當一切路都走不通的時候，娜拉曾經想靠自己的女性美去討點便宜，她裝出許多柔情蜜意的舉動，打算向藍醫生秘密借錢，但當她的逗情的遊戲將要變成嚴重的事件，她又退縮了，她全心靈地意識到自己是『女性』，雖然為了救人，還是不能將『性』作為交換條件。」反之，「林敦夫人卻截然不同」。因此，她才是「不受戀愛支配的女子」，是「忘記了自己是『女性』的女人！」而在梅行素的觀念中，只有「忘記了自己是『女性』」、「不受戀愛的支配」，才配言女子的「人格獨立」。章秋柳、梅行素所要求的是意志的徹底自由，人格的極端獨立，而她們的行動也是這種思想的體現。章秋柳說：「我理應有完全的自主權，對於我的身體，我應該有如何便如何的自由」。梅行素的典型語言是：「躲什麼！」然而這種言行都是超越了中國現實的環境和條件的。趙園在分析這群「新女性」的思想時指出：「否定行為的道德界限的思想，勢必通向道德的虛無主義。茅盾儘管偏愛他的人物，畢竟比他的人物清醒。他聽任他筆下的梅女士一再『犯險』，卻又使她一再蹉跌。無論如何倔強，純粹的個人意志，終竟拗不過環境的力量。」這種「道德虛無主義，是老舊社會對於自己的懲罰。」當然，「梅行素們的理想，歸根到底還是向著未來的。她們要求解除了一切束縛（包括道德束縛）的充分發展的個性，要求意志徹底自己的女性，卻完全不瞭解達到那一點的條件與道路。」〔註22〕所以，茅盾既清醒地看到了道德虛無主義是當時的一種客觀的現實，同時又通過人物形象作

〔註21〕茅盾：《子夜》，人民文學出版社 1952 年 9 月第 1 版，第 548 頁。
〔註22〕趙園：《大革命後小說中的「新女性」形象群》，載《茅盾研究》第 2 輯，文化藝術出版社 1984 年 12 月第 1 版，第 87 頁。

出自己正確的道德評價，指出這種道德虛無主義的消極意義；這在中國現代作家中是不多見的，也是難能可貴的。

六、性道德：破除舊的與創建新的道德觀

茅盾在文章中提到「性道德」一詞，首見於 1920 年 2 月 5 日發表在《婦女雜誌》上的《男女社交公開問題管見》一文。集中論述則為 1925 年 1 月 5 日發表的《新性道德的唯物史觀》。而在茅盾所作的以「時代女性」為主角的作品中，性道德的表現很是突出，十分引人注目。當然，對性道德的研究是茅盾對婦女問題研究中的二個組成部分，他不是為研究性道德而研究性道德的。但是由於研究性道德，必然涉及到男女之間的關係，所以，他對性道德的研究以及所提出的觀點，就又不局限於婦女問題，而是涉及到社會問題、政治問題、人生問題，甚至是關係民族、國家和人類命運的大問題。

茅盾關於性道德的觀點主要有：

（一）性道德問題須從唯物史觀進行考察。茅盾認為，不論是從人類學、社會學來認識，還是從文化學、倫理學去認識，「性道德」都是一個歷時性的概念。在茅盾的 20 多篇關於道德和性道德的文章，特別是在《新性道德的唯物史觀》那篇專論中，我們都可以獲得有關這個問題的許多知識與深刻啟迪。在他看來，性道德的基礎是人類社會生活，同時又與政治、宗教、教育等緊密聯繫在一起。從總的方面來考察，茅盾認為「舊性道德的堅壘，就大體而言，一是片面的貞操觀，二是夫婦形式主義之神聖不可侵犯。」這二者造成的性道德，「在人類社會中流行了二三千年，雖然男女雙方都受害無窮，但是大家總是忍耐著，不敢對於流行的性道德有一些兒反對。直到近五十年，因為生活條件劇變的結果，這個以片面貞操觀與夫婦形式主義為中堅的性道德方始根本動搖。」而「所謂新性道德，簡括一句話，便是反對貞操觀與夫婦形式主義。」他在對世界各國特別是中國的性道德問題進行綜合考察之後，將自己的觀點加以總結說，「有三點是極明白的：（1）舊性道德之受淘汰，乃是吾人生活條件劇變後必然的結果；（2）代舊性道德而興之新性道德必須不背於目前的生活條件，乃有確立之可能；（3）反對新性道德者如果不能使人類的生活條件復歸舊路，則一切反對都屬徒然，僅使兩性關係愈益紛亂，兩性間的悲劇愈加增多罷了。」〔註23〕

〔註23〕《茅盾全集》第 5 卷，人民文學出版社 1987 年第 1 版，第 257、255、257、258、291、266、267 頁。

（二）**性道德的改革是根本的社會改革。**在評女子參政運動時，茅盾說：「婦女解放是天經地義的事……，不過我所懷疑的，是眞正的根本的解放，到底該從政治改革入手呢，還是該從社會改革入手？現在社會中尚留有阻礙社交公開的舊禮法，不平等的道德觀念，不公開的教育，一言以蔽之，女子的束縛尚多，女子的地位尚不能高，難道一旦憲法中制定了女子有參政權，便頓時束縛盡去，地位跳高麼？」又說，「中國的婦女解放問題已到千鈞一髮，一定要努力前進的時候了……，我們現在所切要的，是道德的改革，家制的改革，女子在社會上地位的改革，這些我以爲是根本的改革。」他強調說，「我相信婦女運動的總目的有三支：一、新道德，二、關於兩性的新社會習慣，三、政治」〔註24〕。這中間的前兩項是特定的社會風俗習慣——「性道德」，茅盾將它們與「政治」同列在一起，表明三者皆在於社會改革的總體工程之中。

（三）**新性道德是新道德的主要內涵。**在《男女社交公開問題管見》這篇文章裏，他明確地寫道：必須「創造合理的新道德，關於兩性間的新道德。瑞典女傑愛倫凱以爲新道德即是貞操的新定義。」〔註25〕又說：「我以爲新道德的創立，尤爲緊要，在中國尤爲緊要中的緊要。」因爲，「中國婦女的被屈服，完全是因道德上的失敗，古來偏枯的道德教條已經把婦女束縛得極緊。現在我們既已從教育方面經濟方面研究中國的婦女解放問題，我們更當從道德方面下切實的研究。不先立了新道德的概念，那便天天談男女社交問題結婚問題，也只是空談，而且要生危險的。我寫這篇文字的意思，無非希望研究婦女問題的人快先來研究新道德。」〔註26〕

（四）**新性道德觀須是男女平等的道德觀。**中國封建社會幾千年，男女各個方面的不平等，表現在道德方面，以貞操問題最爲突出。進行道德改革，必然要從「貞操」入手。茅盾說：「我們大家知道『性的道德』（sexualmoral）男女間相差很遠。以貞操而論，無間中外，總是女子失貞的事大，男子失貞（即娶二女）的事小，簡直等於無。這道德方面的不平等，是第一該解放。」他認爲，「中國的貞操觀念是世界上最特別的一種貞操觀念了。幾千年提倡吃

〔註24〕《茅盾全集》第14卷，人民文學出版社1987年第1版，第3～7、12、244、
　　　　113、136～137、137、138、5、218～219、225、226、273、123～124、144、
　　　　121、250、251、252、128、327、328、329、329、331頁。
〔註25〕同上書。
〔註26〕同上書。

人禮教的結果，社會的全部倫理體系都是中了毒的；所謂『道德』，都是吃人精神的結晶，所謂『禮義』，都是騙人自騙的虛文。現在稍稍明白的人，誰也不能否認：中國的貞操主義就是吃人的主義，就是騙人自騙的主義。⋯⋯在中國宣傳女子解放的福音，第一步應該打倒貞操觀念這魔障」。〔註27〕他認為，「不獨中國歷來相傳的貞操觀念是男子佔有心的產物，便是世界現在有的一切不平等的貞操觀念都是男子自私心的產物，都不是理性的產物，所以都應該打破的。」〔註28〕「在新的貞操，貞操的新定義，新範圍，還沒確定出來之前，先要打破這些舊的；因為無論男女間相與到底該不該有貞操，這些舊有的偏畸的貞操觀念總是不能適用的（在中國又特是害人的兇器），不打破他，留著做什麼？」〔註29〕同時，他又指出，男女性道德不平等雖然「是第一該解放」，「但要曉得解放不等於就是女子效男子的樣，也可以隨便和人發生性欲關係，或也如男子一般，置小丈夫；或也反男子之道而行之，將男子視為滿足女性肉欲的玩物！這是要創造新道德，男女共守的新道德，才是『人』的辦法，不然，便入於獸的行為了。」「所以創新道德是婦女問題內的一件大事，不是可以草率從事的，不是由直覺想得幾個不舊不新的名詞，如『堅定意志，崇尚樸素，去虛榮心，去依賴心，負責任，互助』等，便算得是『新婦女的新道德』了。」〔註30〕

（五）性道德存在著自身的絕對標準。由於研究婦女解放、社交公開、戀愛、婚姻等問題，茅盾又研究了離婚與道德問題，從而提出男女之間道德標準一致並不等同於性道德標準一致。在他看來，離婚是早已有之，不是新問題。當代社會中所以成為一個重要問題，是「因為不許離婚固然不對，許人自由離婚毫不加以裁制，也有流弊。在將來社會組織已經變更，人類更進步的時候，當然可有自由離婚，現在卻不能；因為在現社會裏，家庭尚是社會的脊骨，若行了絕對自由離婚，於社會組織之固定，很有妨礙。但若絕對不許離婚，也太蔑視個人的幸福，在兩極端中間，本可以得個執中的辦法。卻因人類一向就不曾秉著至公之心去定什麼法律，所以現今的離婚法都是偏

〔註27〕《茅盾全集》第 14 卷，人民文學出版社 1987 年第 1 版，第 3～7、12、244、
　　　　113、136～137、137、138、5、218～219、225、226、273、123～124、144、
　　　　121、250、251、252、128、327、328、329、329、331 頁。
〔註28〕同上書。
〔註29〕同上書。
〔註30〕同上書。

在『不許』一邊的。」〔註31〕在他看來，離婚與個人道德本來是沒有關係的；個人的道德本不能因離婚而有所損失。然而，當道德問題是指兩性間的道德標準問題時，就大有文章。因為，「現在世界上無論何國，對於兩性的道德總沒有同一的標準。同樣的關係於性慾的事，男子犯了不為不道德，女子犯了便為大不道德。……這種樣的兩性間的道德標準之懸殊，尤以中國為甚。中國的禮教允許男子宿娼，娶妾……卻不許女子死了丈夫後再嫁。西洋雖沒有中國那樣不合理，但是顯然也有懸殊。」〔註32〕他說，莫泊桑的名篇《羊脂球》，「形容這懸殊的道德標準，非常深刻。」「所以，先須解決兩性間道德標準問題，然後離婚問題有正當的解決法。」〔註33〕

這樣是否就解決了性道德本身的問題了呢？沒有。茅盾明確指出：「兩性間道德標準的一致向不是性的道德的絕對標準。換句話說，就是兩性間道德標準一致僅是兩性的平等而已，不是兩性道德自身的絕對標準。男女關於性慾的行為，何者為不傷道德，何者為有傷於道德，總該有個絕對標準去判定才行呵！」〔註34〕那麼，什麼是性道德自身的絕對標準呢？茅盾贊同愛倫凱在《戀愛與道德》中提出的「性的倫理」，即性的道德標準應該是既可適應種族改良的要求，增進種族的福利，又能滿足個人在性愛中對靈與肉的歡樂的要求。在現實社會中，如果需要判定性道德問題的是非時，他說：「我們所有的一種衡量彼兩性關係之究屬道德不道德的天平秤，就是戀愛。我或者可以簡單說一句，兩性結合而以戀愛為基的，那就是合於道德的行為，反之，就是不合於道德的」〔註35〕。那麼，新性道德是否能掃除兩性間所有的糾紛，使兩性關係永不發生悲劇呢？茅盾答道，根據唯物史觀研究而提出的「新性道德僅為目前生活條件所形成的一種兩性間關係的方式，並不敢自誇為兩性關係的終極理想，同於天經地義，無往而不是的。所以，新性道德若有敬謝不敏的時候，——換言之，即在新性道德統治之下而兩性間仍有悲劇發生時，——正足以證明新性道德實是活的生活條件所造成的性道德，而非出於一二

〔註31〕《茅盾全集》第 14 卷，人民文學出版社 1987 年第 1 版，第 3～7、12、244、113、136～137、137、138、5、218～219、225、226、273、123～124、144、121、250、251、252、128、327、328、329、329、331 頁。
〔註32〕同上書。
〔註33〕同上書。
〔註34〕同上書。
〔註35〕同上書。

人的空想。」他說，我們現在已經知道「戀愛的三角關係」即俗說的「三角戀愛」就是非新性道德所能解決的。「二男共愛一女，一女愛二男，或二女共愛一男——這樣的『三角戀愛』是與人類的歷史同樣地古老的，不知發生過多少悲劇，可是從沒有方法去解決，恐怕是永久沒法解決的。」〔註36〕然而，人類對此無須悲觀，「將來人類的生活條件又變了，一定還有新的新性道德出來。」所以，正確的態度只能是：「在我們這時代，則反抗片面貞操觀與夫婦形式主義的新性道德乃是歷史的必然；歷史的時間未到時，我們雖竭誠歡迎它（新性道德），它亦不肯早來，若已到時，我們反對它來，也是白費力氣。」〔註37〕

以上是我們對茅盾的性道德觀主要內容的撮要論述。

最後，需要再次強調說明的是，我們在研究茅盾有關性道德問題的論述時，務必把它看作是茅盾對道德問題和整個社會改造問題所進行的研究中的一部分。而在更主要的方面，性道德與道德的其他方面是緊密關聯著的。例如，茅盾所作的意在寫出「中國大地上的真正主人」的小說《水藻行》，於1937年4月18日在日本《改造》雜誌發表後，因為涉及性道德問題，曾在長時期內未能得到正確評價。茅盾逝世之後，隨著中國的的改革開放、生活條件的改善和學術研究的深入開展，我們已讀到一些學者論《水藻行》的專文。日本的是永駿教授認為，這篇「小說的重點在於財喜對與秀生夫婦三人之間的關係所持的是樂觀的並且又是開放的性道德觀念」，「在寫農民的鄉俗和嚴酷生活中，提出反抗思想和大膽的、帶有預見性的新道德觀念。」〔註38〕。而美國的陳幼石教授則說：「我覺得它的主題也不單是是永駿先生所提出的『性道德問題』，尤其不是只有以男人形象來作代表時才能得到認可的『大膽的、帶有預見性的新道德觀』。中國男人的性道德，其實不需要茅盾這麼大力費筆墨來渲染提倡，就已經很開放了。」〔註39〕她舉出茅盾小說中的許多人物形象予以說明，如「財喜的性道德一開放，秀生的老婆就懷了孕以致受丈夫踢

〔註36〕《茅盾全集》第5卷，人民文學出版社1987年第1版，第257、255、257、258、291、266、267頁。
〔註37〕同上書。
〔註38〕〔日〕是永駿：《論〈水藻行〉》，載《湖州師專學報》增刊〈茅盾研究〉第2輯，1986年6月出版，第305頁。
〔註39〕〔美〕陳幼石：《婦女淪落的革命意義：〈水藻行〉和〈煙雲〉》，載《茅盾研究》第5輯，文化藝術出版社1991年3月第1版。

打而求告無門。」〔註40〕她認為,「茅盾對這種單向開放的性道德的惡果鞭打猶恐不及,何至於一而再地在他創作小說中大加表揚呢?」〔註41〕她的觀點是:「在《水藻行》中,我們可以看到造成秀生老婆受虐除了她對丈夫『不貞』之外,還有秀生對她腹中胎兒子嗣身份的個人私有權問題。這子嗣問題是封建家庭中造成父權至上的真正原因,也是秀生覺得自己向老婆肆虐不但『有理』而且『道德』的心理動因。平日這極隱秘的極權心理在心理上的私欲基礎層一向潛隱在對女人片面貞操的要求之下,假借了對女人貞與不貞的爭端來掩飾它權欲的真面目。但是在《水藻行》中,茅盾用了兩男一女的性道德對話手法,把男人這『子嗣』私有權的荒謬性和無階級性毫不留情地暴露出來了。」〔註42〕她又指出,對男人的子嗣欲和子嗣所有權,茅盾在(煙雲)中也作了同樣形象的描寫。而這「男人的子嗣欲和子嗣所有權是中國封建社會時期父系私產繼承制的主要深層根由之一。但是這根由在二十世紀三十年代的中國已潛伏到一切經濟關係,生產方式,社會、家庭結構,男女性道德觀念的層面之下,不是一般語言習慣和思維架構能夠接觸得到的了。」〔註43〕從茅盾的文學創作來考察、研究茅盾的道德觀,我們不能不同意陳幼石教授在其論《水藻行》時提出的如下論述:「茅盾三十年代的作品中,婦女已不居中心地位,但是她們也沒有退出舞臺。她們繼續在茅盾的作品中和革命的理想、革命的手段,作著道德對話。」〔註44〕其實,茅盾研究婦女解放問題、社交公開問題和其他許多有關社會組織、風俗、習慣等改造的文章,同樣是和當時的讀者所作的道德對話。就是到了今天,在我們以社會主義和共產主義思想加強社會公德、職業道德、家庭美德建設的時候,茅盾不是仍在以他的既高屋建瓴又精邃明晰的道德觀和我們進行著道德對話嗎?

(原刊《茅盾研究》第 7 輯,文化藝術出版社 1999 年 6 月出版)

〔註40〕 〔美〕陳幼石:《婦女淪落的革命意義:〈水藻行〉和〈煙雲〉》,載《茅盾研究〉第 5 輯,文化藝術出版社 1991 年 3 月第 1 版。
〔註41〕 同上書。
〔註42〕 同上書。
〔註43〕 同上書。
〔註44〕 同上書。

論茅盾的科學觀

　　茅盾是偉大的文學家，然而當我們對他的論著和作品進行閱讀和研究之後，我們不得不說他是一位富有科學頭腦或科學精神的文學家。而他在青年時代發表和出版的那些關於自然科學和科技發明的科普作品，也使他可以被我們稱之為科普作家，至於他的那些哲學、社會學、倫理學、神話學、民俗學、文藝學、語言學等的研究，更足以使他列名於中國社會科學家之列。事實上，茅盾的確是一位名副其實的社會科學家，他是新中國成立後創建的中國科學院社會科學部的學部委員之一。在他的一生中，從小學時在「文課」中寫作《翌日月蝕文武官員例行救護說》運用天文學知識進行評論，在《學堂衛生策》中以衛生學知識為論據提出建議（語文老師的評語中說他「衛生學似曾窺過。所舉數策，確是學堂至要至緊。」），從步入社會即翻譯卡本脫的《衣》、《食》、《住》，翻譯科幻小說《三百年後孵化之卵》──茅盾說這「是我在報刊上發表的第一篇譯作」，發表《履人傳》、《縫工傳》，到發表《探「極」的潛艇》、《第一次飛渡大西洋的R34號》等多篇科普作品；從強調研究婦女解放問題要有「科學上的證據」〔註1〕，到提出文學家「非研究過倫理學、心理學（社會心理學）、社會學的不辦」〔註2〕；從寫《家庭與科學》，作《精神主義與科學》，到發表《科學與民主》；從建國初出席中國科學院考古研究所、文化部文物局和北京大學等單位聯合舉辦的首屆考古人員訓練班開學典禮並

〔註1〕茅盾：《「一個問題」的商榷》，《茅盾全集》第14卷，第78頁，人民文學出版社1987年第1版。
〔註2〕茅盾：《現在文學家的責任是什麼？》，《茅盾文藝雜論集》上冊，第4頁，上海文藝出版社1981年6月第1版。

致詞，到新時期提出並要求作家須有「一定的科學知識」〔註3〕，無一不表明茅盾身上不僅充滿著科學精神，他的文章和作品裏洋溢著科學思想，而且他對科學有著自己的見解，已形成自己的科學觀。

茅盾的科學觀主要由科學總論、自然科學論和社會科學論三個部分組成。

一、科學總論

茅盾對科學的性質、作用、任務及其與有關問題的論述，大致有七個方面的內容：

（一）**文明世界是科學發達的結果。**茅盾在少年時就受到科學知識的教育，具有了初步的科學知識和科學思想。他認為文明與科學是緊密相聯的，不懂科學，沒有科學知識，就沒有科學意識，也就不會有文明的人和文明的社會。他寫有《學堂衛生策》、《翌日月蝕文武官員例行救護說》等。在《學生雜誌》上，他寫道：「我們生在這個二十世紀的文明世界，試張開眼看看，高山大水是阻不住人類的交通了，疫癘寒濕是傷不了人類的性命了；人類的身體，從古到今，沒有改革，人類的力量，卻增積了不少。我們試看這種排除自然環境的障礙東西是什麼呢？，我想大家能回答：『這是科學。』所以我們翻開人類文明史一看，應該見得字裏行間無形的字，便是『科學發達』。一部人類文明史，便滿畫著科學發達的痕迹。」〔註4〕從而正確地說明了科學對於開啓民智、破除迷信、建設文明世界、推動人類進步的巨大作用。

（二）**科學發明應有助於人類進步。**自古至今的科學家，他們的發明有的自始即有正確的目的，有的是先有正確的目的而後卻被用於錯誤，也有從一開始目的既錯誤而又為錯誤所用等諸種情況。大多數的科學發明是為人類造福的，然而也有些科學發明卻不能為人類造福。在茅盾看來，學習科學，研究科學，其目的應該是「欲盡『人』的責分去謀人類的共同幸福。」如果不是這樣，而是從個人目的和私欲出發，「為做官，為掙錢，為漂亮，做個人上人」〔註5〕，不僅無助於人類的文明進步，而且適得其反。

〔註3〕 茅盾：《在一九七八年全國短篇小說評選發獎大會上的講話》，《茅盾近作》第87頁，四川人民出版社1980年5月第1版。

〔註4〕 茅盾：《人工降雨》，《茅盾全集》第14卷，第491頁，人民文學出版社1987年第1版。

〔註5〕 茅盾：《我們為什麼讀書》，《茅盾全集》第14卷，第52頁，人民文學出版社1987年第1版。

（三）科學發展中有著「向上」和「向下」兩類現象。茅盾認為，在科學發展史中確實是「滿布上下交錯的痕迹——向上的是為人類的快樂和安全，向下的是為人類的恐怖和死亡的。因為人類的進化史中，科學發達史中，的的確確是有這種自相矛盾的條痕的，所以有崇拜科學的人，也有詛罵科學的人。」〔註6〕他說，托爾斯泰是極端詛罵科學的人，認為科學是使人類墮落，是只為貴族設的。又說，蕭伯納的劇本《人及超人》第三幕中也有極力攻擊近世科學和科學家的話。而巴苦寧便很崇拜科學，欲將科學代替信仰。茅盾指出他們的意見之所以如此不同，是因為各人都「只見得科學的一面」。他說，我們對待科學中的這兩類現象，應具有的正確態度是：「科學給人類的幸福，到底也不在少數，而且害人的科學，也是人造出來的；我們只好怪人，不好怪科學，我們應該極力稱讚有益於人類，即是贊人類打破自然的障礙的科學。」

（四）科學精神的真諦是「一切根據事實」。雖然中國自古以來就有科學發明，並且應用於人類的各種認識和實踐活動，但是卻是直到「五四」時期前後才提出「科學」的口號，其後才提出了「科學精神」。對於什麼是「科學精神」，人們雖有各種不同內涵的詮釋，但是多數人的看法是科學精神與唯心精神是相對立的。茅盾的觀點是：「所謂『科學精神』，要而言之，無非是『不盲從，不武斷，重事實，戒空蹈』。」〔註7〕他認為，這種科學精神對於一個現代人來說，是不可或缺的基本素質。

（五）科學與民主是密不可分的。茅盾在二十世紀四十年代曾以「科學與民主」為論題寫過多篇文章，1941 年 5 月，他在《科學與民主》中提出：「科學與民主是不能分開的。沒有民主，則科學非但不能造福於最大多數的人群，而且會成為最少數特權者自利的工具，這一點，世界的現代歷史上已經充滿了例證。」他大聲呼籲：「每一個有良心的中國人，我們要繼續發揚『五四』的精神，我們要科學，同時要民主，科學與民主不能分家！」〔註8〕

（六）現代的科學研究「非專門不辦」。在如何學習和研究科學上，他指出「中國讀書人底脾氣，素來尚博」，那種「儒者恥一物之不知」是中國傳統

〔註6〕 茅盾：《人工降雨》，《茅盾全集》第 14 卷，第 491 頁，人民文學出版社 1987
　　　　年第 1 版。

〔註7〕 茅盾：《我的一九四一年》，《茅盾全集》第 16 卷，第 286 頁，人民文學出版
　　　　社 1988 年第 1 版。

〔註8〕 茅盾：《科學與民主》，《茅盾全集》第 16 卷，第 309 頁，人民文學出版社 1988
　　　　年第 1 版。

的有毒的心理，而「這有毒的心理遺傳到現在，便成了中國人『非科學』的頭腦。」而「女子的頭腦，本來有些非科學的天賦的，尤其能中這個毒」。他明確地告誡人們：「現代的科學，無論哪一門，要研究他，非專門不辦；而且照現在社會分工到了極細的現象看來，亦萬無一人而兼數事的理由與必要。所以古代學者貴博，現在貴專；學術上的大發見差不多都是專門家底成績。」〔註9〕在今天來看，這個觀點仍然是毫釐不爽的。

（七）科學普及工作要講究方式方法。茅盾關於科普問題的論述主要有兩篇文章，一篇是《科學和歷史的小品》，發表於 1935 年 5 月 1 日《文學》第四卷第五號；另一篇是《科學普及工作如何展開？》，刊於 1950 年 6 月 10 日《科學普及通訊》第四期。前一篇對什麼是「科學小品」及其對提高大眾文化素質的作用提出自己的見解。後一篇是針對文章題目作的回答，闡述他的意見。他認為，「科學知識的普及工作，首先必須是一種群眾性的運動」，否則「是不能達到真正普及的效果的」。他強調說明：「科學知識的普及工作必須是廣泛而又深入的群眾性的運動」，科普工作者「在這個運動中所負的任務，主要是計劃、組織和指導」。〔註10〕茅盾的這些論述，雖然是新中國建國初期提出的，至今仍然具有指導意義。

二、自然科學論

茅盾在其科普作品和有些文章中涉及到了多種自然科學，如天文學、氣象學、生物學、生理學、化學、醫學、物理學、航空學、航海學、腦相學，雖然現在來看所論較為一般化。但是其中有一些見解和論述，在當時則是甚為難得的。例如他所寫的關於天文學、動物學、生理學、心理學的一些文章和論述：

（一）天文學。茅盾對天文學知識的介紹，主要見於《談天——新發見的量》和《天河與人類的關係》。兩文在 1920 年 2 月和 7 月分別發表於《學生雜誌》，署名皆為「雁冰」。前一篇主要介紹 1918 年 6 月 8 日人類如何發現一顆新星：「天文家替這新星取了個名字叫做'nova aquilae'（會變的雙星），

〔註 9〕 茅盾：《專一與博習》，《茅盾全集》第 14 卷，第 301 頁，人民文學出版社 1987 年第 1 版。

〔註10〕 茅盾：《科學普及工作如何展開？》，《茅盾全集》第 17 卷，第 417、418 頁，人民文學出版社 1989 年第 1 版。

並斷定他雖是個變星，卻是許多雙星中的一個。」他向讀者具體介紹了天文家測量這顆星遠近的方法，介紹了天文家對此星的光帶常會變動的不同解答。

（二）**動物學**。《生物界之奇談》發表於 1920 年 2 月 5 日出版的《婦女雜誌》上。在這篇文章裏，茅盾介紹了三種珍奇的動物。其一是烏賊魚精。其二是二百萬年前太古時代的「原始犬」。其三是三角羊，又名「殺狼犬」。茅盾另作有《猴語研究底現在和將來》〔註 11〕一文。在這篇文章裏，他從提出「獸類究竟有沒有傳達意思的語言？」這個問題開始，引出「智慧萬有說」，再到「完全本能說」，說明「動物無論怎麼奇巧聰明，它所做的止是依著『本能』，不能再進一步。彼錯認獸類也有智慧的，是錯認本能當作智慧了。」

（三）**生理學**。關於人類本身的研究，茅盾有兩篇文章引起了我們的注意，其一是《關於味覺的新發見》，其二是《腦相學的新說明》。前一文根據霍令斯荷斯教授（Professor H.L.Hollingsworth）和布芬勃葛博士（Dr.A.T. poffenbarger）兩人新發表的論文，向讀者介紹了關於味覺研究的最新成果。在後一文裏，先後介紹了巴黎名醫加爾（Gall）的舊腦相學和法國科學家勃洛加教授（Professor Broca）的新腦相學，特別是後者的研究成果，從而說明科學的進步已經使人類能夠瞭解人腦的結構和某些機制、功能，可以據此醫治某些腦病。

（四）**心理學**。在《腦相學的新說明》一文中，茅盾的介紹已涉及心理學，而他作的《精神主義與科學》則是在對流行於當時的精神主義進行介紹的同時，又表明自己觀點的專談心理問題的文章。茅盾雖然很明確地表示他不承認「精神主義」，卻不強求他人也像自己一樣，而是認為「精神主義」尚在研究之中，不必忙於過早地下結論。他這種對自然科學的科學態度是值得推崇的。

三、社會科學論

對於以社會現象和問題為研究對象的社會科學，茅盾從青少年時期就發生了興趣，踏上社會後就一發不可收，以非常的熱情和執著的精神進行社會科學的研究。雖以文學創作和中外文學研究為主攻方向，但是也進行了哲學、政治學、倫理學、經濟學、社會學、神話學、文化學、歷史學、教育學和婦

〔註11〕茅盾：《猴語研究底現狀和將來》，1920 年 9 月《學生雜誌》第 7 卷第 9 號。

女問題等多學科的研究。僅以社會科學與文學的關係來說，研究茅盾的生平事蹟和大量文章可以發現，他從一開始叩文學之門就重視社會科學對於文學藝術創作的作用，甚至認為文學就是社會科學中的一門。從他接手主編《小說月報》之初所寫的多篇文章中就可以讀到這樣的論述。例如他闡述對自然主義創作方法的見解時，強調「科學的描寫法」是自然主義創作方法的眞諦。他在明確地指出：「文學作家研究觀察的對象當然也是社會現象，這和社會科學家是相同的。然而社會科學家所取以為研究的資料者，是那些錯綜的已然的現象，文學作家的卻是造成那些現象的活生生的人！」〔註12〕茅盾在他的許多文章中強調科學（包括社會科學）對於文學創作的重要性，而且是幾十年一貫的。如1978年春，他在《漫談文藝創作》中再次提出文學藝術家要學習馬克思主義，加強世界觀改造，為此必須學習科學，因為，世界觀「即哲學的、社會政治的、倫理學的、美學的、自然科學的及其它等等的觀點的總和。」在全國優秀短篇小說評選發獎大會上講話時指出：「我們的文學既要反映四個現代化，如果沒有一點科學知識，的確很困難。……如果自己有一定的科學知識，那就更好。」這段話同樣是要求作家具備科學（包括社會科學）知識，有科學知識和理論的裝備。茅盾把作家的科學素質和文學修養看得同等重要的觀點，對於今天的中國作家來說，顯然具有更為深刻的啟迪意義。

從以上三個部分的論述，我們可以窺見茅盾科學觀主要的內涵。茅盾雖然一生以「文學家與革命家的完美結合」活躍在二十世紀的中國，但是我們的確看到他與其他不少作家的一大不同就在於他是具有現代科學思想或科學觀念的偉大作家和社會活動家、文化活動家。德國人類文化學家恩斯特·卡西爾認為：「科學是人的智力發展中的最後一步，並且可以被看成是人類文化最高最獨特的成就。它是一種具有在特殊條件下才可能得到發展的非常晚而又非常精緻的成果。」「在我們現代世界中，再沒有第二種力量可以與科學思想的力量相匹敵。它被看成是我們全部人類活動的頂點和極致，被看成是人類歷史的最後篇章和人的哲學的最重要的主題。」〔註13〕我們據此來考察茅盾熱愛科學、研究科學並通過寫作來論述自己對於科學的認識，這與他熱愛

〔註12〕茅盾：《創作的準備》，《茅盾全集》第21卷，人民文學出版社1991年北京第1版。

〔註13〕〔德〕恩斯特·卡西爾：《人論》，第263頁，上海譯文出版社1985年12月第1版。

人生、研究人生並通過文學來表達他的思想感情，兩者是一致和統一的。科學、文學、藝術、語言、神話等都是人類文化的一個方面、一個部分，它們內在地相互聯繫而構成一個有機的整體——人類文化。茅盾正是在人類文化歷史的創造活動中爲我們造成一個「文化世界」，把自身塑造成了「文化的人」。

（原刊《茅盾研究》第 8 輯，新華出版社 2003 年 3 月第一版）

中國大革命與茅盾的思想和創作

　　作家是社會的一員。作品是作家進行專門的社會實踐——文學創作的產品。研究作家作品，必須將其作爲社會的存在來研究。依據這個認識，我們研究茅盾及其作品，就要研究作爲「社會的存在」的茅盾，以及同樣作爲「社會的存在」的茅盾作品。然而，這並不是要我們從茅盾及其作品去索隱社會歷史問題，繼而去證明社會學或歷史學上的問題或觀點。正如韋勒克和沃倫指出的：「倘若研究者只是想當然地把文學單純當作生活的一面鏡子，生活的一種翻版，或把文學當作一種社會文獻，這類研究似乎就沒有什麼價值。」[註1] 要眞正研究茅盾及其作品，就絕對不能「只是想當然」，而是要考察作爲「社會的存在」的作家及其作品，研究作家作爲社會的一員而生活、工作、鬥爭的社會環境，研究他所從事的社會活動（實踐）對其意識、情感、性格等的影響，尤其是對其創作的影響，研究他的作品的社會性因素及其與審美價值的關係。本文所要研究的，就是中國大革命與茅盾的思想及創作的表現和關係。

　　茅盾於 1920 年 10 月由李漢俊介紹加入上海共產黨小組，並於次年 7 月成爲中國共產黨最早的一批黨員之一。在這以後至 1924 年底的三年多時間裏，他的社會職業是《學生雜誌》、《婦女評論》、《小說月報》及《民國日報》副刊《社會寫眞》（後改名《杭育》）的編輯，而在黨內先擔任直屬中央的聯絡員，其後任上海地方兼區委員會執行委員、秘書兼會計和商務印書館黨組織負責人，同時還兼任了黨創辦的平民女學和上海大學的教員。由於擔任了

〔註 1〕韋勒克、沃倫：《文學理論》，三聯書店 1984 年 11 月第 1 版，第 104 頁。

黨內職務，他說自己「過去是白天搞文學（指在商務編譯所辦事），晚上搞政治，現在卻連白天都要搞政治了。」〔註2〕筆者查閱《茅盾全集》第 14、15 兩卷，發現他在 1921 至 1924 年所發表的政論、雜論共 212 篇，而在 1924～ 年發表的多達 142 篇，約占百分之七十！這些文章的內容涉及政治學說、人生哲學、婦女解放、社會問題、階級鬥爭……等各個方面。今天來看，這些政論、雜論的內容雖已成為歷史，但它們卻是研究茅盾在那一時期從事社會政治活動時的心態的重要材料。正是基於這些政論、雜論所表現出的政治觀、人生觀和對於中國社會政治生活的感受、觀察、思考與分析，茅盾才會在 1925 年至 1927 年的中國大革命運動中煥發前所未有的革命熱情和鬥爭精神，才會寫出數十篇犀利無比的《漢口民國日報》社論，才會在大革命失敗後進行冷靜的思考，然後開始文學創作生涯。

「一個作家的社會立場、態度和意識不但可以從他的著作中，而且也可以從文學作品以外的傳記性文獻中加以研究。作家是個公民，要就社會和政治的重大問題發表意見，參與其時代的大事。」〔註3〕茅盾在《我走過的道路》中寫有《一九二七年大革命》一章，專門回憶他 1927 年 1～7 月在武漢的鬥爭生活。然而，在中國現代史上，所謂「大革命」則指 1925 年五卅運動起至 1927 年 7 月大革命失敗這段時期。我們今天研討中國大革命與茅盾的思想和創作，也應以此一時期作為時限，而不限於 1927 年。所以，我們讀茅盾的回憶錄時，還應重視他寫的《五卅運動與商務印書館罷工》及《中山艦事件前後》這兩章。並據其它的材料來考察茅盾的活動、思想和創作。

一、大革命開端期的茅盾

1925 年 5 月以後，中國大革命進入開端期，對於茅盾的活動及其思想，可以從三個階段來論述：

（一）觀察革命形勢，參加「五卅」遊行

1925 年初，茅盾已因邵力子拉他去編《民國日報》副刊《社會寫真》（後改名《杭育》）而辭去了上海地方兼區執委會執行委員的職務，正在編選商務印書館《中學國文補充讀本》中的《淮南子》和《莊子》。然而，他仍然與黨

〔註2〕茅盾：《我走過的道路（上）》，第 239 頁。
〔註3〕韋勒克、沃倫：《文學理論》，三聯書店 1984 年 11 月第 1 版，第 96 頁。

中央核心領導保持著密切的聯繫，關注著日益高漲的革命形勢。他從報紙上，更從相鄰而居的瞿秋白、楊之華和做女工工作的妻子孔德沚口中，瞭解上海工人階級與帝國主義鬥爭的情形。他說：「在商務印書館編譯所這個小圈子以外，正是『山雨欲來風滿樓』。」〔註4〕

　　進入五月，中國歷史上空前的革命風暴便從上海掀起了。5月30日茅盾與孔德沚、楊之華同上海大學的學生宣傳隊一起，到南京路參加上海工人、學生、群眾的反帝示威遊行，當晚作了散文《五月三十日的下午》；第二天（3日），他和孔德沚按照黨組織的通知，再次到南京路參加了示威遊行。在這兩天中，他目睹耳聞了工人、學生、群眾反帝示威遊行的情景，親身感受了革命群眾的愛國熱情和對帝國主義迫害的無比憤怒，更看清了帝國主義者的猙獰面目。

　　「憤怒出詩人。」這位一直以寫政論、雜論和文學評論而聞名的青年編輯、共產黨人，第一次進行文學創作了。他接連寫出了以「沈雁冰」署名的《五月三十日的下午》、《「暴風雨」——五月三十一日》、《街角的一幕》等散文作品。他記敘了五月三十日演出的「空前的悲壯熱烈的活劇」，「有萬千『爭自由』的旗幟飛舞，有萬千『打倒帝國主義』的呼聲震蕩，有多少勇敢的青年灑他們的熱血要把這塊灰色的土地染紅」，而所謂「先進的文明人曾卸下了假面具露一露他們的狠毒醜惡的本相」，「在這裡竟曾向密集的群眾開放排槍」。他憤怒抨擊那些在中國人民被打被殺之後還叫喊以「東方精神文明」、「和平方法」對待帝國主義的「先生們」，強烈主張「以眼還眼，以牙還牙」。面對那些麻木不仁的「可愛的馴良的大量的市民們紳士們體面商人們」，耳聞他們在愛國群眾流血不久就響起的「歌吹聲，竹牌聲，嘩笑聲」，他蘸著血和淚寫道：

　　　　我的心抖了，我開始詛咒這都市，這污穢無恥的都市，這虎狼在上而豕鹿在下的都市！我祈求熱血來洗刷這一切強橫暴虐，同時也洗刷這卑賤無恥呀！

　　　　雨點更粗更密了，風力也似乎勁了些：這許就是悶熱後必然有的暴風雨的先遣隊罷？

這篇《五月三十日下午》和另一篇《「暴風雨」——五月三十一日》，可以說

〔註4〕茅盾：《我走過的道路（上）》，第255頁。

是茅盾在大革命風暴驟起時高唱的《海燕之歌》。茅盾自己也十分重視這些散文作品，他晚年在回憶錄中說：「在這之前，我只寫評論文章和翻譯，沒有寫過散文，『五卅』慘案使我突破了自設的禁忌，我覺得政論文已不足宣泄自己的情感和義憤。我共寫了八篇散文，其中就有七篇是與『五卅』有關的。這次的『試筆』，也許和我後來終於走上創作的道路不無關係。」

（二）宣傳「五卅」慘案，領導「商務」罷工

「五卅」慘案發生之後，茅盾在黨中央的領導下，積極地投入了聲勢浩大的反帝鬥爭。6月4日，他與韓覺民、侯紹裘、沈聯璧等三十餘人，發起成立了上海教職員救國同志會。「這個會主要是上海大學、景賢女中、愛國女校、立達中學等學校的教職員組成，其成員許多是共產黨員，也有無黨派而當時贊成反帝的知識分子如葉聖陶、周越然等，立達中學的教職員則是進步的知識分子。」〔註5〕6月6日，他與楊賢江、侯紹裘向報界發表談話闡述成立上海教職員救國同志會的起因、宗旨及決定。6月9日，他與沈聯璧受該會臨時執行部委託，負責起草宣言，並在6月15日《民國日報》刊出。宣言指出：「我輩肩負教育之責者，一方庶以國民資格，率先爲救國的活動，一方以教育者的資格，領導受我輩教育之青年，爲救國的活動，並培養其救國之能力。」茅盾還參加了該會組織的講演團，連日來到一些學校、團體講演。他講的題目是《「五卅」事件的外交背景》。

與此同時，他還參加了6月3日創刊、由上海學術團體對外聯合會主編的《公理日報》的編輯工作。茅盾後來回憶說：「《公理日報》揭露上海各報不敢報導『五卅』慘案眞相，尤其是《申報》、《新聞報》、《時報》之媚外言論，上海銀錢業之私下接濟外國銀行，等等，甚爲激烈。此在左、中、右三派混合之學術團體聯合會中，惹起右派之反對，中間派之不安，然則編輯實權操在文學研究會在滬會員（亦即商務印書館編譯所一些重要編譯員，其中有好些共產黨員）之手，右派及中間派無可奈何。」〔註6〕據查閱，他在《公理日報》上發表的文章有：《注意段政府的外交政策》和《我們對美國的態度》，皆署名「玄珠」。在前一文裏，他針對段祺瑞政府企圖以「聯日以制英」的方針處理「五卅」慘案消息，指出：「京訊如此，確否尙不可知，尙待事實的發展來證明。但於此，我們卻先要提醒全國人民：此次事變，原由日本人無故

〔註5〕茅盾：《我走過的道路（上）》，第255頁。
〔註6〕茅盾：《我走過的道路（上）》，第273頁。

槍殺工人顧正紅而起，日本人的強暴無理，施行經濟的與政治的侵略，我們領受已深，即在此次事變中，日本應負的責任決不比英國輕，所以我們不能放過日本！其實，在外交上，果須用手段，聯甲以抗乙，或聯乙抗丙，都是極通常的事。但是我們須先認清：我們只可聯合真正對我們沒有野心的國家，決不可聯合野心勃勃強暴素著的國家，而蹈『前門拒虎．後門進狼』的毛病。要知道前門雖拒了一頭虎，而後門又進來一頭狼，已為極不合算，何況我們未必能把那隻虎完全拒出前門，卻先讓狼進後門，豈非大失策麼？所以我們要正告國人，我們對於此次事變的負責者，固然要揪住英國，但是決不能放鬆日本！英國和日本，是目前壓迫中國人民最烈的兩個大敵人！」〔註7〕而在後一文裏，茅盾根據各報關於美國派軍艦十艘進入黃浦江、美國兵在楊樹浦一帶到處打人放搶和美艦前往鎮江鎮壓罷市工人等報導，評論道：「美國在這次壓迫中國國民運動中如此出力，誰還說我們的敵人只有英日兩國呢？有人說：英國是此次五卅慘案的主要罪人，我們為減少敵人起見，不妨專注英國。而實際上美國已和英日合作壓迫我們了！我們怎樣呢？難道現在還說中美親善嗎？」〔註8〕這在當時是很有儆醒世人的作用的。就是今天的讀者，也可以從中看出他觀察問題的正確、深刻，鬥爭意識的清醒、明晰。如此觀點鮮明、文筆犀利的評論，足以與毛澤東、瞿秋白、惲代英、蕭楚女等人當時的文章相媲美。

《公理日報》由於經費拮据，人手不足，僅出版了 20 期，於 6 月 24 日停刊。茅盾說：「自《公理日報》停刊，我也回到日常的編輯工作：選注《楚辭》。」又說：「除《楚辭》選注外，我又計劃編一部《文學小辭典》」，但是，「我的編輯《文學小辭典》的計劃，由於商務印書館的大罷工而擱置了再也沒有完成。」〔註9〕他所稱的「商務印館的大罷工」，係指是年 8 月 22 日至 28 日為時七天的商務印書館職工大同盟罷工。這次罷工是中國共產黨「意在重振五卅運動以後被壓迫而漸趨低潮的上海工人運動」〔註10〕而發動的。誘發此次罷工的原因是商務當局有裁減職員之議而為職工所知。於是商務發行所的廖陳雲（陳雲）、章郁庵等共產黨員秘密集會，串通發行、印刷、編譯三所

〔註 7〕《茅盾全集》第 15 卷，第 272 頁。
〔註 8〕《茅盾全集》第 15 卷，第 273 頁。
〔註 9〕茅盾：《我走過的道路（上）》，第 250 頁。
〔註10〕茅盾：《我走過的道路（上）》，第 251 頁。

及總務處的低薪職工，布置罷工事宜。此時黨中央派徐梅坤到商務印書館，與茅盾、楊賢江、廖陳雲等聯繫，在罷工委員會內組織了臨時黨團，實際領導罷工鬥爭。茅盾當時是商務的黨組織負責人，他也參加了臨時黨團，並在罷工開始後，兼任罷工中央執行委員會委員。在罷工過程中，他作爲核心領導成員之一，做了大量的實際工作。他曾多次在職工大會上說明罷工進展情況，鼓勵大家堅持鬥爭，他擔負了對外代表罷工中央執行委員會撰稿和發佈消息的責任，對內則參與討論、研究和起草、修改《工會章程》、《罷工聯合宣言》、《復工條件》等文件、文告和宣傳品，並且代表勞方直接參加同資方的多次談判和協議的簽字儀式。這次罷工的參加人數多達四千人，是中國出版業最早的、規模最大的罷工運動。它的勝利，引發了中華書局全體職工大罷工、上海郵政工人大罷工。從此，黨所領導的上海工人運動進入了新的發展時期。

中國工人運動傑出領袖之一的鄧中夏曾指出：「『五卅』運動是一九二五年到一九二七年中國大革命的起端。從『五卅』運動起，中國工人階級從痛苦和流血的經驗中，不僅悟到經濟和政治的關係，而且悟到中國經濟和國際經濟——喋血的帝國主義政治的關係。中國工人階級從此不止迴旋於日常生活的經濟要求或普通自由的政治要求，而已走上了革命的大道；並且事實上，它在這個大潮流中做了革命的中軸和重心。」〔註11〕（著重號是原有的——筆者）茅盾作爲無產階級先鋒隊的一員，同樣在「五卅」運動中經受了血與火的考驗，增長了和敵人鬥爭的才幹，提高了運用馬克思主義分析中國革命實際問題的能力，更堅定了共產主義的信仰。

（三）介紹外國神話，撰寫學術論文

茅盾說：「在風雲突變的一九二五年，我把主要的時間和精力投入了政治鬥爭，文學活動只能抽空做了。」〔註12〕他的文學活動除了創作出一批散文，寫作了一些文學評論、雜論、翻譯了幾篇外國作品之外，主要有兩項：其一是在《兒童世界》上介紹希臘神話和北歐神話，這是他研究和介紹外國神話的開端。其二是撰寫長篇學術論文，即《論無產階級藝術》，對無產階級藝術的各個方面加以探討，並對他過去的文學藝術觀點進行清理。

茅盾介紹希臘神話和北歐神話，始於 1924 年 9 月編譯《普洛米修偷火的

〔註11〕鄧中夏：《中國職工運動簡史》，第 100 頁。
〔註12〕茅盾：《我走過的道路（上）》，第 285 頁。

故事——希臘神話之一》。到 1925 年 4 月,「五卅」運動前夕,他共譯述了 16 篇希臘神話和北歐神話故事。

茅盾編譯、介紹外國神話的目的在於增長兒童知識,培養兒童具有高尚的道德情操。他在《普洛米修偷火的故事》開頭寫道:「希臘神話極豐富優美,是希臘古代文學裏最可寶貴的一部分材料。我們現在讀著,不但藉此可以知道古代希臘(有史以前的希臘)的社會狀況,並且可以感發我們優秀的情操和高貴的思想。我們藉此可以知道古代希臘人的起居服用,雖然遠不及我們的文明,然而他們那偉大高貴的品性,恐怕我們還不及他們呢?」值得注意的是,茅盾還把介紹神話和革命事業有機地聯繫起來。如在《洪水——希臘神話之三》中,他寫道:「以後,地球上的人數愈多,生活愈加困難,人類的野心愈加發達,……總而言之,當這時候,愈強暴愈兇惡的人們,就愈得勢,善良和平的人們愈受人欺侮。同是一樣的人類,這時候就分出階級來。」很自然地向兒童們灌輸了階級論的思想。又如 1926 年茅盾在對廣州市中學生演講時,他先是簡單敘述了希臘神話中普羅米修斯從天上偷了火種下來給人類,然後人類知道吃燒過的獸肉和魚類等等,然後知道把樹枝點燃起來,夜間也可以做事,住在山洞深處的原始人白天也能做事了。火是人類文明的起源。接著他高聲說:「偉大的孫中山先生就是普羅米修斯,革命的三民主義就是火。」博得了滿場熱烈的掌聲。他後來在回憶錄中寫道:「當我開始講這段希臘神話時,滿堂的中學生鴉雀無聲,都在靜聽,想見他們對這個希臘神話感到興趣。當翻譯的陳其緩,臉色有點驚訝。當聽到最後,他邊譯邊鼓掌。陳其緩送我回宣傳部時在汽車中對我說,有許多人對全市中學生講過話,都把聽眾催眠了。我的效果這樣好,眞是破天荒。」〔註 13〕後來茅盾在寫作中還曾多次引用希臘神話和北歐神話故事,此處不再論述。

茅盾撰寫《論無產階級藝術》論文的經過及內容,在他的回憶錄《我走過的道路(上)》中已有詳細的敘述。不少學者曾指出「它是茅盾初步確立無產階級文藝觀的主要標誌」。近兩年來,由於日本學者白水紀子發表了《茅盾〈論無產階級藝術〉的出典》,引起了國內外茅盾研究者對這篇《論無產階級藝術》的重新審視。白水紀子認爲《論無產階級藝術》一文是茅盾全面依據亞·波格丹諾夫的論文《無產階級藝術的批評》而寫出來的,孫中田先生在《關於茅盾〈論無產階級藝術〉的寫作》中則認爲《論無產階級藝術》只是

〔註 13〕茅盾:《我走過的道路(上)》,第 302 頁。

參考、借鑒了波格丹諾夫的論文，它有自己的發展和創造，體現了茅盾在 1925
年左右的文藝觀，不能混淆兩篇文章的區別。於是，白水紀子女士又發表《關
於〈論無產階級藝術〉》，提出自己的反駁，堅持認爲這篇論文並非是茅盾自
身的發展和創造，「只不過是茅盾強調了一下波格丹諾夫的見解。」但她說明：
「即使《論無產階級藝術》參考了什麼文章，也是茅盾作爲自己的觀點而寫
的，恐怕誰也不會有異議吧。」〔註 14〕筆者是很贊成這種態度的。當我們今
天研究茅盾在大革命中的活動和思想時，仍然要很重視這篇《論無產階級藝
術》的寫作。因爲：一、它寫於「五卅」前後，融匯著茅盾當時的思想意識，
而這種思想意識的集中點是無產階級革命思想；二、茅盾自己說過，在 1924
年鄧中夏、惲代英和沈澤民等提出了革命文學的口號之後，他就考慮要寫一
篇以蘇聯的文學爲借鑒的論述無產階級革命文學的文章。目的在於一則想對
無產階級藝術的各個方面試作一番探討，二則清理一下過去的文學藝術觀
點，以便用「爲無產階級的藝術」來充實修正「爲人生的藝術」〔註 15〕；三
是該文撰寫前，茅盾曾將其內容對上海藝術師範學院師生作講演，然後作成
論文連載於 1925 年 5 月 10、17 日、31 日和 10 月 24 日的《文學周報》。像茅
盾這樣鮮明地、詳細地論述無產階級文藝觀點的文章，在當時中國的文壇上
還不曾有過，的確是「第一篇」，是「曠野的呼聲」。在此之前，茅盾寫作政
論、雜論經常運用馬克思主義的階級分析方法，而在寫作文學評論時則往往
使用人文主義的、全人類的、以至民族性的價值觀念，缺少馬克思主義的階
級分析方法。但是到 1925 年「大革命」前夕，茅盾開始把馬克思主義階級分
析方法運用於文學評論。捷克斯洛伐克學者馬立安‧嘎利克曾很有見地地指
出：「從 1925 年開始，茅盾對所有先鋒派文學均採取比較嚴厲的批判態度，
全心全意地歡呼無產階級文學所開創的現實主義第二紀元，並將之看作爲世
界文學的偉大希望。」〔註 16〕可以說，茅盾是在「大革命」前後開始全面地
運用馬克思主義的立場、觀點、方法來觀察、研究中國現實的政治問題和文
藝問題的。

〔註 14〕〔日〕白水紀子：《關於〈論無產階級藝術〉》（顧忠國譯），刊《湖州師專學
　　　　報》1989 年第 3 期「茅盾研究專號」，第 44 頁。
〔註 15〕茅盾：《我走過的道路（上）》，第 286 頁。
〔註 16〕〔捷〕馬立安‧嘎利克：《茅盾爲現實主義和馬克思主義的文學理論而鬥爭》
　　　　（華利榮譯），收入《茅盾研究在國外》（李岫編）。

二、大革命發展期的茅盾

茅盾在《幾句舊話》中寫道:「離開學校後,我在某書館充當編輯。我這職業,使我和文學發生了關係。但是一九二六年元旦我上了醒獅輪船以後,我和文學的職業的關係就此割斷。」這段話的背景是:1925 年 3 月孫中山在北京逝世後,代表資產階級的國民黨右派,力圖奪取革命統一戰線的領導權,將中國革命引向資本主義道路。1925 年 11 月,國民黨老右派鄒魯、謝持等人在北京西山碧雲寺召開非法的「國民黨一屆四中全會」,反對孫中山的三大政策,作出了《取消共產黨員在國民黨中之黨籍》、《開除國民黨中央執行委員會中之共產黨員》等決議,會後又在上海成立偽國民黨中央黨部,與廣州國民黨中央對抗。第一批被開除的有惲代英等共產黨員,第二批被開除的有茅盾及其他許多共產黨員。在此情況下,中共中央為了反擊國民黨右派的猖狂進攻,指令惲代英和茅盾籌組國共兩黨合作的國民黨上海特別市黨部執行委員會(簡稱上海特別市黨部)。是年 12 月,上海特別市黨部成立,惲代英任主任委員兼組織部長,茅盾擔任宣傳部長。年底,上海市黨員大會選出包括茅盾在內的五位代表,搭乘醒獅輪前往廣州出席國民黨第二次全國代表大會。正是這次廣州之行使他和文學的「職業的關係」就此割斷,「簡直的和文學暫時絕緣」。

茅盾說,1926 年「是我不能忘記的一年」,「這一年中間,我在革命的洪流裏滾」。所謂「在革命的洪流裏滾」,包括:(1)1 月上旬至中旬,參加國民黨「二大」;(2)1 月下旬到國民黨中央宣傳部任秘書,協助中宣部代部長毛澤東起草文件,處理部務,並受毛澤東囑託接編《政治週報》;(3)3 月,中山艦事件發生,聽毛澤東分析形勢;(4)3 月底奉調離廣州返上海,籌辦《國民日報》未獲批准,辭去商務印書館編輯職務,擔任國民黨上海特別市黨部代主任和國民黨上海交通局(國民黨中宣部在上海的秘密機關)代主任、主任,直至年底。因此可以說,這一年的茅盾已經完全成為一個從事黨務工作的共產黨人,職業革命家了。

他在這一年所發表的文章依時間順序為:散文《南行通信(一)》、政論《國家主義者的「左排」與「右排」》、《國家主義——帝國主義最新式的工具》、《國家主義與假革命不革命》、長篇政論《蘇俄「十月革命」紀念日》、文論《各民族的開闢神話》、翻譯《首領的威信》、評論《中國文學內的性慾描寫》、雜論《怎樣求和平?》、政論《萬縣慘案週》、評論《中國文學不能健全發展

之原因》、政論《爭廢比約的面面觀》、政論《〈字林西報〉目中之「赤化」原是如此》、《〈字林西報〉之於顧維鈞》、《靳雲鵬，國家主義，棒喝團！》等，共17篇。其中政論雜論佔了11篇，表明他當時思想的重心已傾斜到政治鬥爭和社會活動方面。至於那幾篇研究神話和文學的文章，如他所說：「這和我白天之所忙，好像有『天淵之隔』，可是我覺得這也是調換心力的一法。」即它們是茅盾「在革命的洪流裏滾」之餘「調換心力」的產物。

對於茅盾在1926年所寫的那十多篇政論、雜論，由於資料難以尋找，許多研究者沒有機會看到。只是在《茅盾全集》第15卷出版之後，人們才獲研讀之便。而正是這些政論和雜論，才使人們得以窺見茅盾在「大革命」發展時期的心態。與「大革命」初始期茅盾所寫的文章相比較，其間都有著一條紅線──堅定的無產階級革命信念、堅強的愛國反帝鬥爭精神。所不同的是，他這種革命信念顯示得更為堅定，他這種鬥爭精神表現得更加堅強。例如《蘇俄「十月革命」紀念日》，此文刊於1926年1日國民革命軍總司令部編印的《革命史上幾個重要紀念日》一書，署名雁冰。他在這篇長文中，向讀者簡要闡明了「十月革命」對於俄國廣大群眾和全世界被壓迫民眾的重要意義，熱情謳歌「列寧定下的實現世界無產階級革命的政策」，稱頌「東方民族革命運動的唯一偉大的導師」孫中山及其聯俄聯共扶助工農的「三大政策」，號召全黨同志在孫中山「所創造的東方民族革命政策下努力奮鬥，領導中國的革命群眾造成我們自己的『十月革命』！」他在《政治周報》第五期集中發表了三篇批判國家主義的文章，以其十分敏銳的觀察和深刻的分析而力透紙背，入木三分，是三篇聲討帝國主義最新式工具──國家主義的戰鬥檄文。而他寫的《萬縣慘案周》及關於《字林西報》的政論和雜論，則以鐵一般的事實、大無畏的氣概，義正辭嚴地戳穿了英帝國主義的猙獰面目及軍閥政府賣國求榮的醜惡嘴臉，喚起群眾開展更為堅決的鬥爭。

茅盾這一時期所發表的文章，在寫作上有一個很突出的特點：主體意識非常強烈。除了全文在整體上都是他自己的觀察、感受、思考、判斷，表達了他自己的思維、情感、意識、性格，還每每直接使用第一人稱的「我」來敘事說理，進行論辯。如在駁斥國家主義者所謂的「蘇俄帝國主義」的謬論時，他寫道：「奇怪得很。蘇俄是共產主義國家，正是英日帝國主義的死對頭，不料卻有人稱之曰『蘇俄帝國主義』，這種奇談真堪令人齒冷。姑且退一步，我們不去討論『蘇俄帝國主義』一詞是否能成立，只將國家主義者的行動來

看一看，看他們是否『左排』了以後也『右排』。我倒極想替國家主義者圓謊，但是事實不許我。事實上證明：……」〔註17〕又如在《國家主義與假革命不革命》一文開頭，他這樣寫：「……去年五卅運動之後，約在八九月間，我到了蘇州，又到了杭州，兩處都住了五六天，會見了好些朋友，和那兩處地方的社會領袖（多半是教育界人物），才知道那兩處半新不舊的素來不知國家為何物的中年先生們現在一變而為國家主義派的革命家了。蘇州和杭州的中年的國家主義者似乎尚未知道我是國民黨黨員，他們和我的談話中，不但反對共產黨，也反對國民黨。國家主義者反對國民黨，原不足怪！使我大惑不解的，是那些半老的先生們為什麼忽然談起國家主義，要做國家主義的『革命家』？我很用了些考察的工夫，方才把這個謎解決了。原來國家主義是躲避革命高潮的好盾牌！」「所以我敢斷言，中國的革命潮流一天高漲一天，那就假革命的國家主義者一天多似一天；正和杭州張小泉的剪刀鋪生意愈好，便就冒牌的『真正老張小泉』，開得愈多，同一個道理。所以我覺得近來各處都有號稱國家主義的團體發生，實在是毫不足為奇。」〔註18〕如此強烈的主體意識、主體色彩，使這些文章在文體上更接近文學作品中的散文和雜文。它與以後茅盾的散文和雜文創作，顯然是存在著聯繫和一定影響的。

三、大革命高潮期的茅盾

當茅盾「在革命的洪流裏滾」的時候，中國大地發生著巨大的變化。從1926年5月開始的國民革命軍北伐，到1927年初已佔領了長江以南的半個中國，取得了北伐戰爭的決定性勝利。而北伐戰爭的勝利進軍，又促進了全國工人運動和農民運動的蓬勃發展。漢口、九江的幾十萬工人在共產黨的領導下分別舉行反帝示威和罷工鬥爭，先後收回了漢口英租界和九江英租界，上海工人為配合北伐進軍，在1926年10月和1927年2月兩次舉行武裝起義，緊接著在周恩來等共產黨員領導下又舉行了第三次工人武裝起義，打敗了北洋軍閥的軍隊，解放了上海，湖南、湖北兩省的農民紛紛加入黨領導的農民協會，到1927年春農民協會會員已達到六百萬人。這些都標誌著以「五卅」事件為起端的中國大革命運動進入了「勢如暴風驟雨，迅猛異常」的高潮期。

茅盾在1926年底接到黨中央的派令後，拋雛別母，同妻子孔德沚一起於

〔註17〕《茅盾全集》第15卷，第281頁。
〔註18〕《茅盾全集》第15卷，第284頁。

1927 年 6 月初抵達武漢。筆者在《茅盾大革命時期在武漢的活動》〔註19〕一文中對茅盾在此一時期（1927 年上半年）的活動已作過較為詳細的論述，認為茅盾在武漢的活動主要有四個方面，即：一、擔任軍事政治學校政治教官和武昌中山大學講師，從事政治理論教學；二、兼任總政治部出版宣傳委員會和交通委員會的負責人，出席農民問題討論會，進行農民問題的研討和宣傳；三、1927 年 4 月出任《漢口民國日報》總主筆（總編輯），撰寫社論，宣傳黨的革命政策，支持工農革命運動，揭露反動派殘暴罪行；四、組織文學團體「上游社」，編輯《漢口民國日報》副刊。因此，筆者不再贅述茅盾的這些活動，而想對他這一時期所寫的文章及其思想作一番研討。

茅盾在擔任軍校政治教官、中山大學講師和負責出版宣傳委員會與交通委員會的 1927 年 1 月至 4 月初，他忙於備課上課、參加會議、檢查工作，很少時間寫作。在這三個多月裏，他所發表的文章只有《現代女子的苦悶問題》（1927年 1 月 1 日《新女性》第二卷第一號）、《「士氣」與學生的政治運動》（1927年 3 月 1 日《民鐸》第八卷第四號）、《最近蘇聯的工業與農業》（1927 年 3 月27 日、4 月 3 日《中央日報》副刊《上游》第六、七期）等三篇。前兩篇係作於上一年，皆為舊作，後一篇是蘇聯工農業的背景材料，都不足以說明茅盾此時的思想和心態。最足以說明茅盾此時思想心態的是四月初調任《漢口民國日報》總主筆後所寫的 34 篇社論文章。他在回憶錄中對此寫道：「我每天的工作就是把編輯好的稿件加以選擇、審定，加上標題，確定版面，然後再寫一篇一千字左右的社論，鼓吹革命，或者罵蔣介石。」〔註20〕的確，「鼓吹革命」和「罵蔣介石」是他所寫的幾十篇社論的兩大主題。而這兩大主題是由大革命高潮的整個形勢所決定的。如茅盾所說，1926 年春天的廣州是「一大洪爐，一大漩渦。——一大矛盾！」到了 1927 年春天，「這時的武漢又是一大漩渦，一大矛盾！」一方面是工農運動高漲，另一方面則是各種危機四伏。高漲的工農運動使茅盾欣然為之叫好，而反動勢力、土豪劣紳向農民協會的反撲以及甚囂塵上的「農民運動過火」論，又使茅盾氣憤而揮筆怒斥、予以批駁，已經成為新軍閥、帝國主義代理人的蔣介石公然發動「四、一二」反革命叛變，南京、上海、廣州等地大最屠殺共產黨員和革命群眾，使茅盾更加義憤填膺，扼腕怒吼。今天來看，當時茅盾的思想在以下四個方面表現得頗為突出：

〔註19〕刊於《中國現代文學研究叢刊》1984 年第 1 輯，北京出版社 1984 年 3 月出版。
〔註20〕茅盾：《我走過的道路（上）》，第 324 頁。

（一）堅定的革命必勝信念

《漢口民國日報》名義上是國民黨湖北省黨部的機關報，實際上是共產黨員在工作，是「共產黨辦的第一張大型日報」。身為共產黨員、總主筆的茅盾，他不但在編輯工作中竭盡心力宣傳黨的革命路線、方針、政策，而且在所寫的社論中，努力宣傳或論述世界無產階級革命的思想、共產主義的學說和共產黨人大無畏的鬥爭精神，表現出堅定的革命必勝信念。4月底，他寫道：「國際工人代表團來中國，帶給了我們許多可寶貴的東西：他們帶來了西方無產階級的革命熱情，他們帶了革命的經驗與理論。」5月初，他在李大釗同志被殺害僅五天之後，即撰文揭露那些新近投靠蔣介石的所謂「名流」，指出正是他們「殺盡共產黨」的反動言論，「催使張作霖敢於殺害李大釗同志」，表示「我們對於李大釗同志等的被害，無限的悲哀，我們一定要從悲哀中生出更大的勇氣，與反革命派決一死戰！」在寫《「五五」紀念中我們應有的認識》一文時，除了寫出在紀念六年前孫中山就任非常大總統時要遵照孫總理遺教，為中國革命誓死奮鬥，還同時寫出要紀念「一百零九年前的今天，世界革命的導師馬克思誕生於世」，因為，「我們從世界革命的導師馬克思知道帝國主義必然崩潰，知道人類歷史之必然的向大同共產社會進行，知道無產階級是革命的主力。這些理論的指導，更加確定了我們的革命的人生觀，更加充實了我們的革命的方略。」這種對於共產主義的堅定信念，是茅盾自1920年加入共產黨小組以來，經過學習馬克思列寧主義的學說和參加革命鬥爭的鍛鍊所形成的，對他一生的道路有著決定性的影響。

（二）強烈的愛國反帝精神

這是茅盾從親自參加「五卅」示威遊行以來一以貫之的思想，而在高漲的大革命洪流中顯得尤為突出。在黨中央任命他為《漢口民國日報》總主筆之後，茅盾在他寫的第一篇社論《歡送與歡迎》中就讚頌北伐是「最光榮」的事業，「最光榮因為是在帝國主義新舊軍閥暨一切反動勢力的聯合戰線的四面包圍中堅決犧牲的大無畏精神的北伐！」在這類文章裏，我們發現了值得注意的兩點：

其一，在茅盾看來，要愛國就必須反對一切帝國主義。他在分析「《廿一條》與一切不平等條約」時指出：「中外間的一切不平等條約，都是『二十一條』的兄弟姊妹行」，必須「廢除一切不平等的條約」；由於「帝國主義者，或明或暗或硬或軟的侵略我國，不單是日本帝國主義者，所以本黨的口號是

『打倒一切帝國主義』。」爲此，他撰寫《英帝國主義又挑釁》的社論，憤怒抨擊發生在怡和碼頭上的「英水兵刺傷碼頭工友的駭聞」，認爲「在這事情內，很明顯的看出來，帝國主義者是時時藉端挑釁，想激怒民眾，以施其炮艦屠殺的毒手。」他提醒民眾警惕「帝國主義者的陰謀是層出不窮的，挑釁的手段，此後必將再試三試，我們民眾還須加倍鎮靜，忍耐，以持久戰的精神，對帝國主義者堅壁清野，勿墮其術中」。

其二，茅盾提出，要愛國還必須反對一切帝國主義侵略中國的工具。這是因爲，「帝國主義者侵掠中國必須有一個軍閥做工具，袁世凱之承認『二十一條』，便是最明顯的例證。帝國主義者在第一個工具倒了以後，會找出第二第三個工具來，不但從反革命的舊隊伍裏不斷的新生出帝國主義的新工具，並且在革命的營壘中也會產出帝國主義的新工具，如最近叛逆之蔣介石。」正如他自己所說，這一時期他幾乎天天在所寫的社論中「罵蔣介石」。這也反映了他抨擊帝國主義及其工具的大無畏精神。

（三）勇毅的對敵鬥爭氣概

大革命高潮中的武漢，如茅盾在回憶錄中所說：「除了熱烈緊張的革命工作，也還有很濃的浪漫氣氛。」然而，「進入五月，武漢這個大熔爐，卷起了一個個更大的漩渦。」茅盾寫道：「北伐前線捷報頻傳，這是鼓舞人心的，但是後方——武漢卻是困難重重，險象迭起。」在這「光明與黑暗的鬥爭」的嚴峻關頭，年方「而立之年」的茅盾在報社裏夜以繼日地工作，「幾乎每天都要等到夜間一兩點鐘才能把稿子發完，所以經常整夜不睡覺」。這種共產黨人勇毅的對敵鬥爭氣概，在茅盾的身上表現得頗爲突出：

首先，它體現在茅盾自己所說的「鼓吹革命」上。在三個月裏，他以自己的眞名「雁冰」寫下多篇歡呼農民運動好得很、主張從根本上剷除鄉村封建勢力的社論文章。1927 年 3 月，毛澤東發表了他的著名的《湖南農民運動考察報告》，指出農民運動其勢如暴風驟雨，迅猛異常，「站在他們的前頭領導他們呢？還是站在他們的後頭指手畫腳地批評他們呢？還是站在他們的對面反對他們呢？每個中國人對於這三項都有選擇的自由，不過時局將強迫你迅速地選擇罷了。」又指出，「對於一件事或一種人，有相反的兩種看法，便出來相反的兩種議論。『糟得很』、『好得很』、『痞子』和『革命先鋒』都是適例。」我們從茅盾在當時所寫的文章可以看出，他是堅定地站在農民運動一邊的，是一個站在毛澤東一邊的「好得很」派的革命者。他爲農民運

動歡呼，認爲：「農運在湖南極爲發展，已屬眾所共知，農民在鄉村中掃除封建勢力，建立起革命的秩序，頗有道不拾遺，夜不閉戶之風。他們懲治土豪劣紳，原也用了些非常的革命手段，此亦爲暴風雨時代必然的現象，也可以說非此則不能剷除鄉村的封建勢力。」〔註21〕他針對非難農民運動的言論寫道：「現在眾口同聲稱爲十分『幼稚』的湖南農民運動原來是雖有三分幼稚，猶有七分好處，並且那些幼稚行爲亦大半是反動派的『苦肉計』。」〔註22〕他明確指出：「最近土豪劣紳的猖獗完全是一種有組織有計劃的反攻，他們的目的是再建土豪劣紳的政權……這豈是我們能容許的？所以我們戰勝了外面的敵人以後，應該以最大的決心來徹底掃除各縣土豪劣紳的勢力。農民的幼稚，固須糾正，土豪劣紳尤鬚根本剷除，若因看見了農運的幼稚，而默認了土豪劣紳的猖獗，那才是大笑話！因爲農運即使幼稚些，其本身總是革命的，而土豪劣紳則根本是反革命的勢力。」〔註23〕在白色恐怖彌漫中，他指出：「在湘鄂贛境內各縣，應以敏捷的手腕剷除鄉村的封建餘孽、土豪劣紳，及團防等類的反動武裝勢力，只有把鄉村封建勢力根本剷除了以後，我們方能說後方的鞏固確得了保障。」〔註24〕「對於本省各屬土豪劣紳土匪大聯盟所造成的白色恐怖，應該速加刈除！撲滅各屬的白色恐怖，便是目前最重要的工作，刻不容緩的工作！」〔註25〕這些寫於六十年多前的章，今天已經成爲歷史的遺物，然而當我們閱讀它，仍會強烈地感受到作者具有十分堅定的革命立場和鮮明的階級觀點，他的革命浩氣仍然給人以巨大的感染。

其次，則體現在他自己說的「罵蔣介石」，即那些揭露和痛斥蔣介石反革命罪行的文章上。他的文章跟著名的郭沫若的《請看今日之蔣介石》相比，不僅毫不遜色，而且在理性分析上還獨具特色。《請看今日之蔣介石》是一篇一萬多字的長文，郭沫若以他親身的經歷揭露了蔣介石一手製造安慶「三・二三」慘案的眞相。在現代中國作家中，他第一個指出：「蔣介石已經不是我們國民革命軍的總司令，蔣介石是流氓地痞、土豪劣紳、貪官污吏、賣國軍閥、所有一切反動派──反革命勢力的中心力量了。」茅盾所寫的文章雖不

〔註21〕均見《茅盾全集》第 15 卷。
〔註22〕同上書。
〔註23〕同上書。
〔註24〕同上書。
〔註25〕茅盾：《我走過的道路（上）》，第 337 頁。

長，但篇數多；雖不是親身經歷的事件的敘述，但卻是對新聞報導進行理性思維的結果。較之郭沫若的《請看今日之蔣介石》，茅盾文章中不同的地方至少有以下四點：

（1）他明確指出蔣介石是在革命的營壘中產生的帝國主義的新工具，這個新軍閥的產生，「一方固因帝國主義之極力勾引，一方也因民眾勢力之尚未十分堅強。」而不像郭文只有一句說蔣介石「第三，勾結帝國主義者。」

（2）他聯繫袁世凱「二十一條」和北洋軍閥進行分析，指出：蔣介石是「一個具體而微的袁世凱第二」，他承受袁世凱做帝國主義走狗的衣鉢，在六個方面實行與袁世凱相同的「為人和作惡手段」。因此能給予人們以深刻的啟迪。

（3）他時時結合政治局勢揭露蔣介石叛變革命、成為新軍閥後妄圖扼殺革命的種種陰謀。如在《蔣逆敗象畢露了》的社論中指出：「目前蔣逆最後的掙扎，不外二個方法：一是令上海各報天天造謠，污蔑武漢，二是利用餌新附之舊軍閥軍隊，使在各方搗亂。」又如由於新軍閥蔣介石對武漢的軍事圍困和經濟封鎖，使得民眾尤其工商業者惶恐不安，於是茅盾有針對性地向讀者揭露：蔣介石在上海大肆屠殺工人的同時，對一般工商業者則以苛捐雜稅及等於廢紙的什麼「總司令行營兌換券」進行剝削。孫傳芳時代所擬而未行的幾種苛捐雜稅，現在蔣介石——雷厲風行地逼著工商業者繳納了。「總司令行營兌換券」已使浙江財政紊如亂麻，最近一周內，錢莊倒閉者十七家。蔣介石又縱使青紅幫的共進會橫行上海，以「赤化」誣人，敲詐店東廠主。……在作了這樣的揭露之後，他又幫助讀者提高理性認識：「這些事實都證明了些什麼呢？都證明了凡是反對民主政權的人，一定是壓迫工商業者，都證明了凡是壓迫工農群眾的人，一定是剝削工商業者」。從而使民族資產階級的工商業者能認清自己的命運，與工農結成革命同盟。

（4）他很注意將揭露、批判蔣介石與宣傳教育群眾及團結革命力量結合起來。如在《武漢市民怎樣解除目前經濟的痛苦》一文中，他先是揭露蔣介石無微不至地「陰謀搗亂，危害我革命根據地」的兩方面策略，然後一一剖析武漢經濟困難的原因，從而教育群眾：「武漢經濟上的困難，都是蔣逆經濟封鎖的結果！……要解除我們目前的痛苦，惟有打破這經濟封鎖，惟有打倒蔣介石！」7月9日茅盾在《漢口民國日報》上發表了他寫的最後一篇社論，

他根據自己的觀察，明確指出：「蔣介石現在是封建軍閥、買辦階級、交易所市儈、貪官污吏、青紅幫匪、土豪劣紳、一切反動勢力的總代表，舉凡中國封建社會數千年來之積穢，現皆依附於蔣逆肘下。」「……一切反動勢力現在聯合團結在南京，並且有日趨穩定的形勢。」為此，他疾聲高呼：「反動勢力已經團結起來了，反動的最大營壘已經建築起來了，我們應乘其基礎未固，而急起摧毀之！我們要打破這個反革命大聯合，我們應使革命分子的團結愈加堅固，方可保障我們的勝利！反動勢力已經團結起來了，為什麼革命分子反倒不加緊團結呢？」「我們目前應付這嚴重時期的唯一道路，就是一切革命勢力加緊團結起來，以迅雷閃電的手段迅疾衝破那正在團結尚未穩定的反動派大本營——南京偽政府！」

以上四點是茅盾文章不同於郭沫若長文的地方。但是我們卻不能由此而得出以下的結論：茅盾當時的思想優於郭沫若的思想，或茅盾寫的《漢口民國日報》社論優於郭沫若的《請看今日之蔣介石》。應該說，兩人在不同時間、不同地點和不同情況下寫出的屬於同一主題的文章，各有千秋，相映生輝，都對中國革命產生了巨大的推動作用和深遠的歷史影響。

（四）機智的革命宣傳策略

當汪精衛採取兩面派手法，以國民黨中委會名義連續發表訓令，指責工農運動「過火」時，許多共產黨員一時未能識破他的陰險用心，還以為汪的「訓令」是符合中共五大」關於建立工農與小資產階級同盟的精神的，然而茅盾不為汪的「訓令」迷惑。在《整理革命勢力》這篇社論中，他表面上為汪精衛的「訓令」作解釋，實際上卻暗示「訓令」不能束縛工人農民的手腳。他這樣寫道：「中央執行委員會訓令農民協會不得自由處置土豪劣紳並非是保護土豪劣紳，而是要校正原始式的革命行動，使演進為革命民眾的民主政權。至於有土而不豪、雖紳而不劣者，只要不是反對革命的則不但受政府的保護，並且也有參加鄉村政權的資格。這是民主政權的精神，也就是整理革命勢力的精神。」這種機智靈活的革命宣傳策略，在他所寫的《鞏固農工群眾與工商業者的革命同盟》、《工商業者工農群眾的革命同盟與民主政權》、《第四次全國勞動大會》等社論中，都有很好的體現。

上述茅盾在大革命高潮期所表現出的堅定的革命必勝信念、強烈的愛國反帝精神、勇毅的對敵鬥爭氣概、機智的革命宣傳策略，在他以後的人生歲月裏不僅沒有泯滅，而且得到了發展，並一以貫之地終其一生。

四、大革命落潮期的茅盾

自 1927 年 5 月 2 舊「馬日事變」開始，武漢的汪精衛集團就加緊與南京的蔣介石集團合流，而陳獨秀卻對汪精衛步步退讓，更助長了汪精衛等人的反革命兇焰。7 月 15 日，汪精衛控制的武漢國民黨中央不顧宋慶齡代表的國民黨左派的堅決反對，悍然舉行「分共」會議，公開背叛孫中山所制訂的國共合作政策和反帝反封建的綱領。隨後，汪精衛等就步蔣介石後塵，大肆屠殺共產黨員和革命群眾。至此，轟轟烈烈的大革命遭到了慘重失敗。

茅盾對於大革命的失敗是有預感的。他在回憶錄中寫道：這年 6 月底，在送走了懷有身孕的妻子，自己「準備應付突然事變」。7 月 8 日，他寫完了《討蔣與團結革命勢力》的社論，「就給汪精衛寫了一封信，辭掉《漢口民國日報》的工作，當天就與毛澤民一起轉入了『地下』。」「過了兩天汪精衛託人轉來一封信，希望我繼續留在報社工作，我沒有理睬。」〔註 26〕他隨後即離開武漢，至九江，上廬山，又去九江乘輪船，在鎮江下船，乘火車潛回了上海。此後即開始了他的文學創作生涯。

大革命失敗後的茅盾之所以會走上文學創作的道路，從表面上看是受到蔣介石通緝之後隱居家中無以謀生，「找職業是不可能的，只好重新拿起筆來，賣文為生」。從深處看，則是他在大革命失敗後，對在大革命中遇到的各種矛盾問題進行冷靜思考，從而予以形象表現的結果。用茅盾自己的話來說，這是「過去大半年的波濤起伏的生活正在我腦中發酵」的結果。大革命的生活之米經過思考的發酵作用從而造成香醇的文學之酒。因此，研究茅盾從生活到文學之中介的「思考」，就顯得十分重要而且必要了。但是問題在於，我們能夠據以研究這一問題的材料極少，目前只能從茅盾自己的作品、論文、創作談和回憶錄來進行研究。

茅盾在回憶錄《創作生涯的開始》中說，他自從離開家庭進入社會以來，逐漸養成了一種習慣，即遇事好尋根究底，好獨立思考，不願意隨聲附和。又說這個習慣在他的身上也有副作用，這就是當形勢突變時，他往往停下來思考，而不像有些人那樣緊緊跟上。他寫道：「我對於大革命失敗的形勢感到迷茫，我需要時間思考、觀察和分析。」「一九二七年大革命的失敗，使我痛心，也使我悲觀，它迫使我停下來思索……」那麼，茅盾對大革命後的哪些

〔註 26〕茅盾：《從牯嶺到東京》，見《茅盾論創作》，第 28 頁。

問題進行了獨立的思考呢？我以爲他的思考主要集中在以下兩個問題上：

（一）革命出路的問題

茅盾在回憶錄中說，他對於「革命究竟往何處去」、「中國革命的道路該怎樣走」這兩個重大問題，「在以前我自以爲已經清楚了，然而，在一九二七年的夏季，我發現自己並沒有弄清楚！」這是因爲，「在大革命中我看到了敵人的種種表演——從僞裝極左面貌到對革命人民的血腥鎮壓，也看到了自己陣營內的形形色色——右的從動搖、妥協到逃跑，左的從幼稚、狂熱到盲動。在革命的核心我看到和聽到的是無休止的爭論，以及國際代表的權威——我既欽佩他們對馬列主義理論的熟悉，一開口就滔滔不絕，也懷疑他們對中國這樣複雜的社會眞能了如指拿。我震驚於聲勢浩大的兩湖農民運動竟如此輕易地被白色恐怖所摧毀，也爲南昌暴動的迅速失敗而失望。」大革命失敗後，對於革命道路的問題，他是竭力想弄清楚的。然而由於主觀思想的局限性和客觀事物的複雜性，使他仍然無法解決這一問題。他只能如實地描寫大革命中的青年人如何不滿於現狀，如何苦悶，如何求出路。爲此他在《從牯嶺到東京》中，針對別人對他的《幻滅》、《動搖》和《追求》的責難寫道：「我不能使我小說中人有一條出路，就因爲我既不願意昧著良心說自己以爲不然的話，而又不是大天才能夠發見一條自信得過的出路來指引給大家。」我以爲，這樣的態度不僅是實事求是，而且是唯一正確的態度。

（二）人生矛盾的問題

作爲一個革命的共產黨人和文學家，對於身處的大世界（或大宇宙）來說，茅盾是處於革命的矛盾和社會的矛盾中的；而對於自身的小世界（或小宇宙）來說，茅盾則是處於心理的矛盾和生理的矛盾之中。因此，在大革命失敗後，他思考的一個重要方面就是身外與自身的多種矛盾。

1957 年 10 月 3 日，茅盾爲新版的《蝕》作後記時寫道：「爲什麼我取『矛盾』二字爲筆名？好像是隨手拈來，然而也不盡然。『五四』以後，我接觸的人和事一天一天多而且複雜，同時也逐漸理解到那時漸成爲流行語的『矛盾』一詞的實際；一九二七年上半年我在武漢又經歷了較前更深更廣的生活，不但看到了更多的革命與反革命的矛盾，也看到了革命陣營內部的矛盾，尤其清楚地認識到小資產階級知識分子在這大變動時代的矛盾，而且，自然也不會不看到我自己生活上、思想中也有很大的矛盾。但是，那時候，我又看到

有不少人們思想上實在有矛盾，甚至言行也矛盾，卻又總以爲自己沒有矛盾，常常侃侃而談，教訓別人，——我對這樣的人就不大能夠理解，也有點覺得這也是『掩耳盜鈴』之一種表現。大概帶點諷刺別人也嘲笑自己的文人積習罷，於是我取了『矛盾』二字作爲筆名。但後來還是帶了草頭出現，那是我所料不到的。」

上述這一段話，人們以前往往是在說明他爲什麼取「矛盾」爲筆名時才引用的。然而我們對這一段話卻應作深一層的認識，要充分看到這是茅盾的「矛盾論」，它主宰著茅盾的心靈，又貫串著茅盾人生的整個歷程，還體現在茅盾的全部作品之中。茅盾在這一段話中寫出了他在 1927 年上半年觀察到的六大矛盾：革命與反革命的矛盾、革命陣營內部的矛盾、小資產階級知識分子在大變動時代的矛盾、自己生活上思想上的矛盾、人們思想上的矛盾、人們言行的矛盾。這些矛盾，無一不在他的作品中成爲生動的、具體的形象的矛盾——矛盾的人物，矛盾的事物和矛盾的環境。《幻滅》中的靜女士、張連長，《動搖》中的方羅蘭、孫舞陽，《追求》的中的章秋柳、王仲昭，《創造》中的君實和嫻嫻，一個個都是矛盾的人物，他們都是茅盾對大革命中眾多矛盾進行冷靜思考、然後予以形象表現的結果。

茅盾並不諱言他觀察到的各種社會矛盾，也不諱言他本人在大革命失敗後思想上的矛盾，更不諱言他對這些矛盾所進行的思考。證明之一就是他在 1928 年 7 月寫的那篇論文《從牯嶺到東京》。茅盾說他當時的思想情緒有些悲觀、苦悶、消沉，「我那時發生精神的苦悶，我的思想在片刻之間會有好幾次往復的衝突，我的情緒忽而高亢灼熱，忽而跌下去，冰一般的冷。」正是這種矛盾的情感和思維的運動，產生了茅盾的第一批小說作品，並由此引出了爲數不少的評論家發表了多篇相互矛盾的評論。所以他誠懇地告訴讀者：「我是眞實地去生活，經驗了動亂中國最複雜的人生的一幕，終於感得了幻滅的悲哀，人生的矛盾，在消沉的心情下，孤寂的生活中，而尙受生活執著的支配，想要以我的生命力的餘燼從別方面在這迷亂灰色的人生內發一星微光，於是我就開始創作了。」〔註 27〕創作的開始，標誌著他經過冷靜的思考終於擺脫了大革命失敗後的迷惘和困惑，走出了人生矛盾的一處低谷，踏上了人生道路的新旅程。當然，在以後漫長的歲月中，茅盾又遇到許多新的矛盾，迫使他去思考、去解決。

〔註27〕茅盾：《從牯嶺到東京》，見《茅盾論創作》，第 28 頁。

　　綜上所述，本文的結論是：茅盾經歷了中國大革命的開端期、發展期、高潮期到落潮期的整個過程；大革命既使茅盾受到了前所未有的鍛鍊和考驗，也使他獲得了全新的人生感受與體驗，充實了他的生活積累和情感積累，為他進行文學創作打下了堅實的基礎，大革命是茅盾人生道路上一座重要的里程牌，又是他思想和生活歷程中的一個關鍵的轉折點；作為「社會的存在」的茅盾一生和同樣作為「社會的存在」的茅盾作品，與中國大革命有著極為密切的關係，要深入研究茅盾及其作品，必須繼續深入研究「中國大革命與茅盾及其作品」這一課題。

　　　　　　（原刊於 1990 年第 4 期《湖州師專學報》，總第 4 期）

茅盾：中外文學研究與文化學說

　　茅盾是「中國文化界的一位巨人」〔註1〕，是「我國現代進步文化的先驅者、偉大的革命文學家」。〔註2〕近半個世紀以來，中國共產黨的領導人和進步文化界的權威人士，對茅盾為中國現代進步文化的建設、發展和中外文化的交流、合作所作的巨大貢獻給予了高度評價。本書試以茅盾對中外文學研究的論著作為對象，對他從事中外文學研究中的文化學說意識進一步進行研討和論述，試圖說明茅盾的中外文學研究主要是從文化學說來進行文學與文化的關係的研究，這種研究對於中國現代進步文化的建設具有極其重要的意義。

一

　　茅盾作為中國傳統文化的天然承負者，又作為西方文學的愛好者、研究者，翻譯者，面對著社會大變革的浪潮和西方文化的強大衝擊。這位處於中西文化撞擊和交匯的新時代的弄潮兒，既注意批判地繼承、弘揚中國優秀的民族文化傳統，又始終以寬廣的視野密切注視著世界文學潮流的嬗變，將優秀的外國文學譯介進來，以求最終實現「創造劃時代的新文學」這一崇高目標。下面先來考察他對中國傳統文學的研究。

　　對於中國傳統的文化──文學，茅盾曾經進行過深入的、多途徑的研究。當然與他從事外國文化──文學譯介、研究所花費的精力、所取得的成果和

〔註1〕 王若飛：《中國文化界的光榮，中國知識分子的光榮》。
〔註2〕 胡耀邦：《沈雁冰同志追悼大會上的講話》。

影響相比，是不能相提並論的。然而，這種對於中國傳統文化——文學的研究，同譯介、研究外國文化——文學同樣重要。茅盾在其六十多年的文學活動中所取得的中國傳統文化——文學的研究成果及其影響，也是茅盾成為文化巨人、文化大師的重要因素之一。

首先，茅盾在強調譯介西方文化——文學的同時，並不排斥對於中國傳統文化——文學的研究。他在多篇文章裏都以辯證的觀點表明：「我們現在不反對真心研究舊學的人，因為舊學本自有其價值」〔註3〕，「能從根柢上研究舊文學不是壞事」，「真實的價值不因時代而改變。舊文學也含有『美』『好』的，不可一概抹煞。所以我們對於新舊文學並不歧視；我們相信現在創造中國的新文藝時，西洋文學和中國的舊文學都有幾分的幫助。我們並不想僅求保守舊的而不求進步，我們是想把舊的做研究材料，提出他的特質，和西洋文學的特質結合，另創一種自有的新文學出來。」〔註4〕在著名的《〈小說月報〉改革宣言》中，他也指出：「中國舊有文學不僅在過去時代有相當之地位而已，即對於將來亦有幾分之貢獻，此則同人所敢確信者，故甚願發表治舊文學者研究所得之見，俾得與國人相討論。」這種重視中國傳統文化——文學的思想，在「五四」時期的特定歷史環境中是難能可貴的，表現了茅盾在青年時期已具備的歷史唯物主義和辯證唯物主義的觀點，以及他在學術上不隨波逐流的自主精神。

其次，茅盾對於中國傳統文化——文學的研究表現出總體的、抽象的否定與具體肯定相互矛盾又統一的特點。如他認為中國古代文學「幾乎有百分之九十九是奉詔應制的歌功頌德，或者是『代聖人立言』的麻醉劑，或者是『身在山林，心繫魏闕』的自欺欺人之談，或者是攢眉擠眼的無病呻吟」，只剩下「百分之一」是「由人民大眾所創造出來的」，並且這「剩下來的百分之一，才是我們民族的貨真價實的文學遺產，才是我們值得去向它們學習的材料；也就是說，這百分之一中間，才有我們民族的文學形式，或文學的民族形式。」〔註5〕顯然得很，這種觀點是偏頗的，而茅盾在分析具體的作家、具體的作品時，卻不是這樣簡單的量化而下結論的。他對許多作家、文學名著都給予了充分的肯定，進行了辯證的分析。如對司馬遷、曹氏父子、白居易、

〔註3〕茅盾：《現在文學家的責任是什麼？》。
〔註4〕茅盾：《小說新潮欄宣言》。
〔註5〕茅盾：《論如何學習文學的民族形式》。

陶淵明、吳敬梓、曹雪芹等，對韓愈及其領導的古文運動。即如被其稱爲「專供帝王和貴族們消遣的極端形式主義的宮廷文學」、「反現實主義的文學」的漢賦，他也說：「這樣說，並不等於不承認漢賦中間還有極少數較好的作品」。〔註6〕茅盾在評價古代文學上的宏觀否定、微觀肯定這種矛盾現象，其實是統一的。即否定是爲了對整個文化──文學傳統的批判，不作這種革命性的批判和否定，就不能徹底動搖封建文化的根基，而肯定有成就的、有進步意義的作家作品，則在於吸取有益於建設新文化、創造新文藝的古代文學的精華，不如此就會使新文化、新文藝成爲無源之水、無本之木。

再次，茅盾對中國傳統文化──文學的研究具有一種與外國文化──文學相互聯繫、相互對照的比較意識。如在《中國神話研究》中，茅盾以其豐富的知識將中國神話與印度神話、希臘神話和北歐神話聯繫起來進行研究，指出：「中國的開闢神話與希臘、北歐相似，不愧爲後來有偉大文化的民族的神話」，「中國的開闢神話其內容豐富美麗，不亞於希臘神話。」〔註7〕再如他研究「楚辭」對於後世文學的影響，指出：「就此點而言，《楚辭》也可算是中國的《伊利亞特》和《奧特賽》了。」〔註8〕而在論述曹雪芹時，則又與莎士比亞聯繫，進行說明。〔註9〕

最後，茅盾的中國傳統文學研究中表現出一種文化觀照的特點。他研究中國古代文學的意識、潮流、作家、作品，常常是運用人類文化學說進行理論分析和闡釋的。這種文學的文化研究或文化批評，就是將作家作品「放在歷史的與意識形態的背景中來考察」，「這裡包括社會風尚、時代精神、社會心理，特別包括價值觀念：眞善美、假惡醜、是非善惡──表現了友誼、愛情、婚姻、自我的實現、時代的變革等等。」〔註10〕譬如茅盾研究楚辭，就不局限於楚辭文本的研究，而是溯其起源，從楚民族的原始時代的生活狀況、宇宙觀、倫理思想、宗教思想及最早的歷史入手進行考察、分析，繼而看出中國北部人民的思想習慣與南中國人民的思想習慣迥不相同：「北中國並沒有產生偉大美麗的神話」，且「北方人太過『崇實』，對於神話不感濃厚的興趣，

〔註6〕茅盾：《夜讀偶記》。
〔註7〕《茅盾古典文學論文集》，第 187 頁。
〔註8〕《茅盾古典文學論文集》，第 217 頁。
〔註9〕《茅盾古典文學論文集》，第 512 頁。
〔註10〕許汝社：《文學與文化：馬克思主義文學觀念的回歸》，載翁文欽主編：《外國文學與文化》，第 24 頁，新華出版社 1989 年第一版。

故一入歷史時期，原始信仰失墜以後，神話亦即銷歇，而性質迥異的南方人，則保存古來的神話，直至戰國而成為文學的源泉」。這樣，就弄清了《楚辭》與中國神話的關係，即：《楚辭》的來源不是北方文學的《詩經》，而是中國的神話。並且得出《詩經》「是中國北部的民間詩歌的總集，而《楚辭》則為中國南方文學的總集」的結論。對於《楚辭》研究中許多紛爭不解的問題，茅盾據此都提出了自己獨具卓識的見解。〔註 11〕在他寫的《關於歷史和歷史劇》、《談〈水滸〉》、《關於曹雪芹》等論文中，也都運用了這種文化批評的方法，進行了富有學術價值的創造性闡釋。

二

茅盾對外國文學的研究，不僅面廣、量多，而且具有真知卓識。他既是一位中國古代文學專家，更是一位外國文學研究專家。這樣說，是完全符合實際的。他自己曾說：「我從前治中國文學，就曾窮本溯源一番過來，現在既把線裝書束之高閣了，轉而借鑒於歐洲，自當從希臘、羅馬開始，橫貫十九世紀，直到世紀末。那時，二十世紀才過了二十年，歐洲最新的文藝思潮還傳不到中國，因而也給我一個機會對十九世紀以前的歐洲文學作一番系統的研究。」〔註 12〕不僅是下過功夫進行過系統的研究，而且取得了成果，提出了富有創見的學術理論，形成了具有鮮明個性的外國文學研究觀。

茅盾的外國文學研究觀或外國文學批評方法論的中心是文化學說。這與他的中國傳統文學研究觀的中心是文化學說是相互一致的。那種認為茅盾譯介、研究西方文學名著、文學思潮和流派是出於政治功利或者純為創造新文藝的提法，即茅盾的外國文學研究觀的中心是政治學說或者文學本體學說，我以為是不甚恰當的。茅盾從一開始就十分重視研究文學的本質以及文化與文學的關係，用文化學說貫穿於他的外國文學研究論文和著作。對此可從以下四個方面予以論述：

第一，茅盾重視考察作家作品的文化背景和文化土壤

一個作家及其作品的產生，與其所處的社會政治背景、階級鬥爭是有密切關係的。對此不應忽視。然而，研究作家作品還必須研究它們的文化土壤、

〔註11〕茅盾：《楚辭與中國神話》，《茅盾古典論文集》，第 209 頁。
〔註12〕茅盾：《我走過的道路·商務印書館編譯所》，人民文學出版社 1981 年第 1 版。

文化氣氛、文化思潮和文化風尚這些文化條件，不能忽視文學形成和發展的一定的文化背景。茅盾在 1920 年 1 月 10 日出版的《東方雜誌》上寫道：「現在文學家的責任是在將西洋的東西一毫不變的介紹過來；而在介紹之前，自己先得研究他們的思想史，他們的文藝史，也要研究到社會學人生哲學，更欲曉得各大名家的身世和主義。」〔註13〕所謂思想史、文藝史、社會學、人生哲學、作家的身世和主義，這些都是屬於文化的範疇的東西。例如，茅盾向中國介紹的第一個外國作家是蕭伯納。他在 1919 年 2 月的《學生雜誌》上發表了《蕭伯納》一文。從這篇文章的內容，我們可以看到茅盾對作家的文化背景的重視。他在這篇文章裏，研究了蕭伯納的生平、思想和著作，指出蕭伯納提出的「均貧富」的社會主義思想是「使人進款一律」，並認為「彼蓋主張改變思想者也，彼主社會有超人之需要，一切彼之理想，超人可以實現之」。他又從蕭伯納所著的《人與超人》中譯出《地獄中之對譚》也發表在《學生雜誌》上。在譯者說明中，他說讀者從這篇作品可以看出蕭伯納「所抱之主義」，「其嫉惡戰爭之情，暢談無遺，足為當今之好戰者，下一棒喝。」

再如，茅盾研究的第一個俄國作家是托爾斯泰。他在 1919 年春發表《托爾斯泰與今日之俄羅斯》，不是從文學本身研究，而是從道德這一文化的重要內容入手，從比較英、法、俄三國文學不同的道德觀來說明俄國文學的特色，從比較托爾斯泰與其他作家相同或不同的思想道德傾向，論述托爾斯泰在俄國文學和世界文學史上的地位。又如，茅盾在介紹瑞典詩人赫滕斯頓的文章中這樣描述作家產生的文化背景：「低山起伏，湖沼縱橫，地威登森林莊嚴地應風而唱嗚咽的悲曲，這不是瑞典的南方那爾克鄉麼？這是歐洲有最早而綿延不絕的文化的諸處中的一處。這地居民的宗譜，是可以翻到千年以上而找不出一些外來的遺迹的。」〔註14〕正是這種風光秀麗、文化悠久而沒有外來影響的環境孕育了詩人愛戀鄉土的感情，使詩人以如畫的詩歌描繪當地的狂歡節、街旁的生活、地方傳說故事和地中海沿岸的風景與風俗畫。

第二，茅盾重視考察作家作品在整個文化發展或文化衝突中的地位

外國文學作品研究中的一個重要問題是如何判斷作品的價值。要正確評斷作品的價值、作家的地位，的確是不容易的。有些作品，如果就事論事地研究，往往不易看清其價值；對有些作家，僅僅就其創作研究其地位，也往

〔註13〕茅盾：《現在文學家的責任是什麼？》。
〔註14〕茅盾：《六個歐洲文學家》，世界書局 1929 年出版。

往難於作出正確的結論。甚至還會對有些作品，有些作家得出與實際相反的評價。為此，就必須將作家、作品放在大的文化衝撞和文化發展的背景上考察，以正確判斷其文化價值。茅盾正是以這種觀點進行外國作家作品研究的。譬如他對且丁的《神曲》和薄伽丘《十日談》的研究與論述。在研究和論述《神曲》時，茅盾便將《神曲》及其作者放在大的文化背景下進行考察。他以較長的篇幅分析當時——中世紀歐洲的社會制度、經濟形態、思想意識、宗教勢力，指出：「且丁的一生正當封建制度沒落而商業手工業資產者興起的社會轉形期時代。他的故鄉——佛羅倫薩『城邦』，正是南歐的商業手工業最發達的中心點。」〔註15〕對於佛羅倫薩的政制、五月嬉春宴會的風俗、且丁的已衰落的「騎士」世家、詩人的政治活動和愛情婚姻，茅盾都一一予以論述；單以這些為大背景來研究《神曲》的內容和形式、寫作年代、改寫時間、文化史地位等。由此，他得出了自己研究的結論：「『中世紀的史詩』的《神曲》是二重性的：它一方面是過去的貴族文化的總結帳，又一方面卻是未來的帝民文化——所謂『文藝復興』的前驅。」〔註16〕他又換言之：「所以《神曲》雖然是『中世紀的史詩』，雖然是中世紀文化最後之哀聲，雖然作者是在中世紀文化沒落的階段表示了頑強的掙扎的一人，然而正因為那是在成長著的都市的『市民』文化環境中的產物，因而不能不帶有二重的烙印，在內容的形式上都預告了新的歷史階段——文藝復興時代之就要降臨。」〔註17〕關於《十日談》，茅盾對這部作品及其作者薄伽丘的研究與論述，也是放在大的文化背景下予以評論的：他因而寫道：「《神曲》是中世紀貴族文化之『迴光返照』，而《十日談》則是代替了貴族文化的新興工商業『市民』文化之『第一道光線』。」「《神曲》是沒落的貴族文化的總結束而帶著新興『市民』文化之烙印的，《十日談》則是完全屬於『市民』文化的。新的文化內容，要求一種新的形式，《十日談》的形式便是這種新形式的『初步』；然而它已經不怎麼簡陋或幼稚了。它的一百個故事雖然彼此之間沒有不可分離的有機的關聯，然而這是在預定的大計劃——思欲包羅人間社會種種形象的大計劃下寫了出來的。它這一百個故事類分為十類，從全體看來，何嘗不是人生的『百面圖』？五百年後的巴爾扎克（Balza。）的《人間喜劇》即使比《十日談》

〔註15〕 茅盾：《世界文學名著講話》。
〔註16〕 茅盾：《世界文學名著雜談・神曲》，百花文藝出版社 1980 年 8 月第 1 版。
〔註17〕 同上書。

要規模闊大得多，然而又何嘗不能說是《十日談》的計劃的擴展——或者換句話說是十九世紀的長成而且強壯的『市民』社會所能產生的《十日談》？」〔註18〕在這段論述中，茅盾不就是將《十日談》放在貴族文化與市民文化的衝撞與發展中、將《十日談》置於歐洲文學史的長河中來評價文學的文化價值嗎？這種研究方法使得其論述具有深刻、透徹的力度，顯示出很強的科學性和理論性。

第三，茅盾重視考察文學作品同其他文化形態和文化現象的關係

作為文學形態之一的文學和作為文化現象之一的文學創作，不是孤立存在的。它們與哲學、美學、宗教、倫理學、史學、法學、心理學、自然科學等發生著、存在著或密或疏、或久或暫的關係。因此，研究文學必然要聯繫文化的各種形態、各種現象進行研究。早在二十年代初，茅盾在《近代文學體系的研究》中就指出：「至於近代，哲學上的思想普化到文學上，更是顯而易見，證據確實。因為近代文學側重在表現人生，而近代哲學又格外的有系統，不必再藉重文學了，所以近代文學只能跟著哲學走，不能再包含一種新生的哲學。我們明白這一層，然後可知近代文學和近代思想的關係。近代思想是由唯物主義轉到新理想主義，所以文學也是由自然主義轉到新理想——即浪漫主義，近代思想又側重到唯理主義，所以文學上也出了唯智主義，像蕭伯納，近代思想復由唯實主義轉到新唯實主義，所以文學上也由寫實主義轉到新寫實主義。這種趨勢，在研究文學時最為重要，應得留意。倘使不明白這種趨勢而貿然去談文學，一生一世談不出什麼意思來，倘使不明白這種趨勢，而貿然去創作文學，作出來的反正不成東西。」可見哲學對文學的影響之大，關係之密切。不論哪一個作家，不管哪一部作品，都離不開哲學；不論哪一種文學思潮，不管哪一個文學流派，也都離不開哲學。創作與研究文學，必須對哲學有所瞭解，最好做過研究。譬如在研究歐洲文學家的過程中，茅盾發現有不少作家作品深受尼采的超人哲學的影響，於是在《歐洲六個文學家》的論著中就指出：英國作家蕭伯納極受尼采的影響而創作《人及超人》的劇本，替尼采的「超人」說作注解。德國作家蘇德曼創作劇本《榮譽》，是因為事先研究過尼采的《道德的宗派》和《善與惡之外》。還說：「在瑞典有斯德林褒格算得是首先把尼采哲學融化在劇本裏的人。意大利有鄧南

〔註18〕茅盾：《世界文學名著雜談・十日談》。

遮，西班牙有依斯乞該萊，法國有白利歐，奧國有顯厄志勒。……那個偉大的比利時人梅德林克，總算是更透徹的把這些思潮和他自己的哲學思想調和起來，已經建立他自己的獨立的哲學，但是他得力於那些偶象破壞先驅者之處，究竟是大的。」其實，尼采的哲學對中國現代文化的先驅者、偉大的革命文學家魯迅、郭沫若、茅盾也曾有過影響，只是在他們接受了馬克思主義的學說以後，才徹底地拋棄了尼采的哲學，並對尼采哲學進行批判，運用馬克思主義世界觀——人類最先進的哲學思想體系進行中外文學研究、創作文學作品、指導文學運動。

對於文化形態和文化現象之一的宗教與文學的關係，茅盾在其外國文學研究中也是重點考察的內容。這是因爲，宗教思想影響著作家的思想，隨著作家的意識滲入作品之中；又因爲，宗教與政治、戰爭及藝術、教育有密切關係，且影響著文學的變遷與發展；還因爲，宗教經典及其傳說、故事具有深遠的影響，或成爲作家創作的題材，或成爲作品的內容的一部分，或借鑒爲作品的形式的創造的基因等等。茅盾經過研究指出：彌爾頓的《失樂園》、《復樂園》「是清教教義之最明白的最典型的藝術作品。」「彌爾頓依清教徒的世界觀和人生觀，取《聖經》上寥寥數語的故事，敷陳爲洋洋十二卷的莊嚴的『史詩』。」〔註19〕但丁的《神曲》的「基本思想是基督教的禁欲主義」，「而且他又在基督教傳說之外很採用了異教的希臘神話傳說，構成了基督教文化與異教文化的混合」〔註20〕。薄伽丘的《十日談》是極端攻擊基督教的「禁欲主義」，具有揭露教會僧侶修道士的虛僞道德的反宗教觀點。〔註21〕而塞萬提斯的《唐·吉訶德》則表現出騎士文學的護教精神。〔註22〕托爾斯泰的《復活》充滿了基督教的說教精神。〔註23〕陀斯妥也夫斯基創作《白癡》寫出「完全性格的米西庚親王完全是把耶穌基督做了底本的。他那時的思想完全傾向原始的基督教義，他還不曾把政治上的斯拉夫主義應用到宗教信仰上去。」〔註24〕李岫在其《茅盾比較研究論稿》中有一段話認爲：「茅盾把宗

〔註19〕茅盾：《世界文學名著雜談》中的《彌爾頓的〈失樂園〉》、《吉訶德先生》、《托爾斯泰的〈復活〉》。

〔註20〕同上書。

〔註21〕同上書。

〔註22〕同上書。

〔註23〕同上書。

〔註24〕茅盾：《六個歐洲文學家》，世界書局 1929 年版。

教與文學的關係作爲一把開啓陀氏文學思想之庫的鑰匙，去解剖他每個時期的作品，既指出他現實主義人道主義的一面，也指出他身上所體現的宗教與藝術內在聯繫的對抗性和深刻矛盾，這無疑是符合作家的思想實際和創作實際的。」〔註25〕這話說的很好。但茅盾是把包括宗教在內的一切文化形態、文化現象與文學的關係作爲開啓整個外國文學的鑰匙從事他的研究和著述的。所以他的論著的視野才那樣的廣，立足點才那樣的高，透視力才那般的強，思維度才那般的深。

第四，茅盾重視考察文學家及作品與人類文化的關係

文學家的命運與人類文化的發展關係密切，文學作品中所描寫的人和人的命運及其同文化的關係也是很密切的。茅盾認爲，文學是人生的反映，文學是文化的一個重要組成部分。在他參加上海共產黨小組之後發表的《文學和人的關係及中國古來對於文學者身份的誤認》中，他認爲中國文學不能和西洋各國文學一樣發達有複雜原因，但是總的來看，「這都因我們一向不知道文學和人的關係，一向不明白文學者在一國文化中的地位，所以弄得如此啊！」他因而指出：「『裝飾品』的時代已經過去，文學者現在是站在文化進程中的一個重要分子；文學作品不是消遣品了，是溝通人類感情代全人類呼籲的唯一工具，從此，世界上不同色的人種可以融化可以調和。」正是基於把文學作爲人類文化進程中的一項重要內容、文學家是文化進程中的一個重要分子的觀點，茅盾對外國文學的考察就不是孤立的、局部的、片面的，而是將外國的文學思潮、文學作品、作家活動、文壇事件與人類命運及人類精神的一切領域——文化聯繫起來進行既有宏觀又有微觀的考察，既有表層的又有深層的研究。我們知道，茅盾是把翻譯、介紹外國文學看得很重要的，而「此外要緊的事情，就是要一部近代西洋文學思潮史」。〔註26〕而這種「史」的觀點，就是文化的觀點，就是把文學與人及文化聯繫起來進行綜合的、系統的、全面的考察的研究方法。正因爲如此，茅盾才能夠「翻開西洋的文學史來著，見他由古典——浪漫——寫實——新浪漫……這樣一連串的變遷，每進一步，便把文學的定義修改了一下，便把文學和人生的關係束緊了一些，並且把文學的使命也重新估定了一個價值。……這一步進一步的變化，無非

〔註25〕 李岫：《茅盾比較研究論稿》，北嶽文藝出版社 1988 年 11 月第 1 版，第 308 頁。

〔註26〕 茅盾：《小說新潮欄宣言》。

欲使文學更能表現當代全體人類的生活，更能宣泄當代全體人類的情感，更能聲訴當代全體人類的苦痛與期望，更能代替全人類向不可知的運命作奮抗與呼籲。」〔註27〕

　　茅盾重視考察作家作品與人類文化關係的一個顯明的例子是他對雨果的研究。這個研究集中反映在他寫的那篇《雨果和〈哀史〉》的長文裏。《哀史》現譯爲《悲慘世界》。可以認爲，茅盾的這篇長文是我國外國文學研究中較早的較有份量的一篇「雨果論」。他研究雨果的命運和作品的成就，是與法國的政治革命、社會經濟、思想文化、文藝思潮聯繫在一起考察的。茅盾指出：「雨果是浪漫主義的『靈魂』，《歐那尼》便是浪漫主義的，一個大炸彈；一八三〇年二月二十五日《歐那尼》的第一次上演，便是浪漫主義對古典主義決定命運的主力戰！頑抗的古典主義在《歐那尼》面前終於全軍覆沒！《歐那尼》是雨果正式成爲浪漫主義文學運動唯一領袖的傑作！」他認爲：「圍繞著《歐那尼》的決戰不僅是古典主義對浪漫主義，實在是過去的（沒落的）一代對未來的（正在興起的）一代！《歐那尼》的政治的社會的意義，比它文學上的意義要大得多：」因此，在如何解釋古典主義與浪漫主義的更迭遞代上，「什麼盛極而衰，喜新厭舊，或把浪漫主義看作古典主義的反動，諸如此類的解說，都不免錯誤。從古典主義到浪漫主義這一文學進化的背後，是有社會的進化作了根的。」這根就是「陸續在那裡成長壯大的工業資產者的社會。」「市民階級在創造他們自身的藝術以前，有肅清道路的必要，浪漫主義的無處不是古典主義的否定，正是清道夫不得不然的使命！」〔註28〕這樣的考察所得出的結論是科學的，也是有說服力的。

　　今天，我們高度評價茅盾進行中國文學和外國文學研究的學術成果，並從這些學術成果中汲取營養，借鑒他的中外文學研究觀中的寶貴精神和批評方法——文化學說，來研究當代的中外文學思潮、文學創作、文學運動和文學流派，是具有現實意義和深遠影響的。近些年來，隨著對外開放的浪潮，西方的各種文藝理論介紹了進來，如結構主義、後結構主義、消解結構說、新批評等等。這些學說的共同點是：從文學到文學。這種文學觀念不僅遭到了世界進步文壇的公允批評，就連西方嚴肅的學者如接受美學、文化學派也都實事求是地指出了他們的偏頗。其弊病在於看不到文學根本是文化，是文

〔註27〕茅盾：《新文學研究者的責任與努力》。
〔註28〕茅盾：《世界文學名著雜談》，第196頁。

化的有機組成部分，並深受文學以外其他文化領域的重大影響，反過來，又極大地豐富了文化。在這樣的現實情況下，學習和借鑒茅盾在文學研究中重視文化學說的做法，對於醫正新批評、結構主義、後結構主義等文藝批評方法的弊病，對於深入理解和運用馬克思主義關於文學與文化學說的理論，就顯得十分必要了。

1991.4.16 於勤業齋

（原刊於 1992 年 6 月《杭州大學學報》第 22 卷第 2 期，入選《茅盾與中外文化——茅盾研究國際學術討論會論文集》，南京大學出版社 1993 年 9 月出版）

茅盾及其文學與現代文化心理例說

　　在我們對茅盾及其文學世界進行新的審視和研究之時，我們有必要重視這樣的觀點，即作為人對現實審美關係集中表現的文學是一個獨立的完整的自足世界。但是文學作為人類精神生產成果之一，也作為整個社會文化系統的構成因子之一，又同其它的人類精神生產成果、同整個社會文化系統及構成它的各個文化因子之間有著相互依存、制約和滲透的密不可分的關係。我們考察和研究文學，不能不考察文學和整個文化系統以及構成它的各個文化因子之間的這種關係。諸如考察文學作品產生的文化背景和文化土壤，考察文學同其他文化形態和文化現象的關係，考察文學作品中凝聚著的和反射出的文化狀貌和文化方式，考察文學作品在整個文化發展或文化衝突中的地位，考察文學中的人和人的命運及其同文化的關係，考察文學中積澱的文化心理，等等。在這種種的文化考察中，對文化心理的考察和研究是最內在的、深層的文化考察。因為，在物質文化和精神文化這兩個方面，容易被人們接受和消融的是物質文化，而最難以接受和改變的是內在的、深層的精神文化和文化心理結構——千百年來歷史發展中積澱和強化在人們心靈深處的觀念形態、思維方式、性格特徵、價值體系、認知結構和集體潛意識等。

　　作為中國現代文化系統構成因子之一的中國現代文學是現代作家群體（包括各個文學流派）嘔心瀝血創造的文化成果；茅盾文學世界是作為二十世紀文學大師之一的茅盾以他的天才、聰慧、勇敢和勤奮所創造的獨一無二的文化成果。而他之所以能夠創造出這樣一個迥異於前人和同時代人的文化成果，原因固然有許多，然而其中一個很重要的因素是存在於他自身並蘊藉於其文學作品之內的傳統文化心理和現代文化心理。這種兩種文化心理反映

在現代作家群體上有其共性，而表現在不同作家身上與作品中又有其個性。那麼表現在茅盾身上及其作品中的這兩種文化心理有哪些呢？粗略考察一下，茅盾身上及其作品中表現出的傳統文化心理有：愛國精神、民族氣節、科學思想、道德意識、使命感、事業心、同情心、功利心、慎獨、孝道……；而他身上和作品中的現代文化心理則有：人本意識、人性意識、瀆神意識、自由意識、自審意識、民主意識、法治意識、容異意識、超俗意識，等等。由於已有不少論文研究了茅盾及其作品的傳統文化心理，發表了很多創見，而對其現代文化心理的論述還不多見，尤其是因為現代文化心理是茅盾及其文學作品之所以在現代中國和世界文學寶庫中佔有顯著地位的重要原因之一，本書擇出人本意識、人性意識、瀆神意識加以舉例論述，以考察茅盾及其文學世界與現代文化心理的關係。

一、人本意識：「人的文學──眞的文學」

人是萬物之靈，也是萬物之長。但是，人類對自己的這種認識卻經過了漫長的歲月。而且直到當代，一些人的頭腦裏還有「上帝主宰世界」、「神是萬物之主」的思想。在中國，幾千年來封建教育灌輸給民眾的思想就是沒有「人」，只有「天」、只有「神」、只有「君」，而「民」也只是「臣民」。中國傳統文化中的「人」是人格化的宗法社會的一分子，是不能獨立存在的，每一個人都要自孩提時起接受儒家忠孝仁義的教育，都要適應天人感應、君父合一、人我和諧、謙恭禮讓的行為準則，不然就會天誅地滅。而在西方卻不是這樣。在西方，高舉人文主義大旗的文藝復興是近代西方文化誕生的第一個顯著標誌，它引發了西方近代科學的興起、工業革命，也因而產生了西方近代哲學和社會科學，而沒有這一切，資產階級政治制度以及此後發達的物質生產力及現代文明則是不可想像的。正是在西方制度文化和精神文化的影響薰陶下，人的精神獲得了解放，思想意識產生了巨大的變化，對「人」的本質有了正確的認識。在西方現代文化中「人」是天賦人權的個體或平等權利的群體，是獨立存在的，個人和社會都重視人的價值、人的權利、人的尊嚴、人的自由。

茅盾從童年起就在接受中國傳統文化教育的同時開始接受西方現代文化教育，而他的父親則更重視對他進行「新學」即西方現代文化的教育。他自己對中國傳統文化和西方現代文化雖然都喜歡，但是更傾向於西方現代文化。在他的一生中，由這兩種文化影響、折射而產生的心理，呈現出複雜而

豐富的狀態。我們可以從中發現兩點：其一是折射在他身上的中西文化所產生的心理是經常碰撞的，且導致他的行為模式與價值模式之間的衝突，他的為人處事雖偏重於中國傳統文化心理，其間卻又有許多西方現代文化心理；其二，中西文化所產生的心理碰撞和行為模式與價值模式之間的衝突，在他的文學創作中得到了多姿多彩的表現，而其作品主要人物之言行更偏重於西方現代文化心理。

為什麼這樣說呢？茅盾的父親沈永錫是晚清一個「幼誦孔孟之言，長學聲光化電，憂國憂家」的維新派小知識分子，經常教誨兒子的一句話是「大丈夫要以天下為己任」，病逝時傳給兒子的一本書是譚嗣同著的《仁學》，遺囑要他做一個「理工人才」。茅盾後來沒有按照他父親的要求去學理工，他所走的是革命之路、文學之路，但這仍是為了實現其「以天下為己任」的宏大抱負。我想要指出的是，他的「以天下為己任」雖在字面上與中國以往文人所說的相同，似仍屬於「修身、齊家、治國、平天下」的儒家文化精神，而他在少年時確也曾寫道：「吾黨少年，宜刻自奮勉。效蘇秦之往事，鑒蘇秦之貧困，發憤有為，不負父母，斯則一生不虛矣」〔註1〕；「家正而後可以平天下。唯女正而後可以正家。不然，一家之中且不能正，又安能治國平天下乎！」〔註2〕但是，這種「以天下為己任」的內涵卻是全新的，是「舊瓶裝了新酒」——西方現代文化心理的。這裡所謂的「西方現代文化心理」，並非西方資產階級文化心理，而是指西方進步文化心理，首先是馬克思主義學說影響所及而形成的社會心理。在「五四」時期，中國一大批先進的知識分子正是在接受了西方文化教育而形成的思想意識即社會文化心理主導下，從事進步文化思想的傳播並進而從事社會革命的。茅盾從在 1917 年 12 月號《學生雜誌》上發表他的「第一篇論文」《學生與社會》和次年 1 月發表《一九一八年之學生》起至晚年，他的文化心理軌迹就是：資產階級民主主義——馬克思主義——馬克思主義及其中國化的毛澤東思想在他身上折射出的思想意識。其中一以貫之的核心是「人」：個性的解放——民族的解放——人類的解放。雖然茅盾說他在《學生與社會》中「主張的新思想只是『個性之解放』、『人格之獨立』等等資產階級民主主義的東西，還不是馬克思主義」〔註3〕。然而綜觀

〔註1〕茅盾：《蘇季子不禮於其嫂論》。
〔註2〕茅盾：《家人利女貞說》。
〔註3〕茅盾：《我走過的道路》（上），第128頁。

茅盾共產主義者的一生、無產階級文化先驅者的一生，綜觀他的婦女研究文章、文學理論著作和他的文學作品，我們可以看出他不僅一生不反對而且始終贊成「個性之解放」、「人格之獨立」。如他曾寫道：「居人類的半數的女性，人格尚不被正確的認識，尚不曾獲得充分的自由，不能參與文化的事業以前，人類無論怎樣的進化，總是偏枯的人類。」〔註4〕「元年的婦人運動，目的在於政治公開，當今的婦人運動，目的在解放婦女也成個『人』。元年的婦人運動是社會的，元年的呼聲是重在平等，當今的是重在自由。」〔註5〕又如他主張文學「為人生」，倡導「人的文學──真的文學」，強調說明「人的發現，即發展個性，即個人主義，成為『五四』時期新文學運動的主要目標，當時的文藝批評和創作都是有意識的或下意識的向著這個目標。」〔註6〕「新文學中也有主張表現個性，但和名士派的絕對不同；名士派只是些假情感或無病呻吟，新文學是普遍的真情感，和社會同情不悖的。」〔註7〕因此他認為現代的文學「不管它浪漫也好，寫實也好，表象神秘都也好；一言以蔽之，這總是人的文學──真的文學。」〔註8〕這樣的論述還有很多。如今來看茅盾當時所主張的「個性之解放」、「人格之獨立」這些新思想，我認為它與馬克思主義並不是完全相悖的。因為，馬克思曾多次論述到人類的解放和個人的解放、個人的獨立是一致的，如他寫道：「任何人類歷史的第一個前提無疑是有生命的個人的存在。因此第一個需要確定的具體事實就是這些人的肉體組織，以及受肉體組織制約的他們與自然界的關係。」「生命的生產──無論是自己生命的生產（通過勞動）或他人生命的生產（通過生育）──立即表現為雙重關係：一方面是自然關係，另一方面是社會關係」〔註9〕。過去那種把馬克思主義僅等同於階級鬥爭學說的看法顯然是片面的。而過去一些評論家把茅盾的有些作品（它們的青年主人公即是「時代女性」，她們把爭取人類解放鬥爭與爭取個性解放、人格獨立統一在一起）指稱為歌頌小資產階級知識分子，把茅盾稱之為「小資產階級代言人」，顯然是十分錯誤的。近年來，不少研究者以「文學是人學」的觀點重新審視茅盾筆下的「時代女性」，發現了她們身

〔註4〕 沈雁冰、周作人、胡愈之：《婦女問題研究會宣言》。
〔註5〕 佩韋（茅盾）：《世界兩大關係的婦人運動和中國婦人運動》。
〔註6〕 茅盾：《關於「創作」》。
〔註7〕 茅盾：《什麼是文學》。
〔註8〕 茅盾：《文學和人的關係及中國古來對於文學者身份的誤認》。
〔註9〕 《馬克思恩格斯選集》第1卷，第24、34頁。

上可貴的品質，提出了很有價值的學術觀點。例如丁爾綱在《茅盾的〈虹〉和「易卜生命題」》的論文中提出：「茅盾對婦女解放的總認識，是以『人的解放』為前提。他最初認為『婦女解放的眞正意義是叫婦女來做個「人」，不是叫婦女樣樣學到男子便算解放』。但是很快他就認識到，『婦女的眞正解放，須有待於社會組織之根本改造。』」並對茅盾的「時代女性」系列小說作出了三點科學的估量：「第一，作家總的出發點是把女性當作與男子完全平等的人來看待；從她們身上發掘反對封建制度、反叛封建道德倫理觀念的人格力量。第二，大膽張揚她們蔑視封建貞操觀念，及以個性解放為張力對待『兩性關係』的全新意識，有意識地揭示其與『五四』時代覺醒精神的歷史聯繫；並以過人的反道德的熱情與膽識，維護女性固有的尊嚴與權利。第三，這些女性不僅對男性中心主義給予極大衝擊，還以極大的蔑視對封建婚姻制度及其後盾——封建制度提出永久性的懷疑。上述三個特徵，正是她們被稱作『時代女性』的本質所在；以這種特徵為靈魂的『時代女性』系列的塑造，又是茅盾對中國現代文學史以至現代文化思想史的無可替代的一大貢獻。」〔註10〕又如張啓東在《關於「時代女性」的界定問題》一文中認為「時代女性」具有「明確的質的規定性」的第四點即「她們不論性格溫婉或剛毅，都執著追求個性解放與人格獨立，具有大膽否定封建觀念的叛逆精神。……她們從思想上始終沒有從『五四』的光榮立場上退卻。」〔註11〕我對此深表贊同。只有充分發現茅盾及其筆下的「時代女性」身上的人本意識，我們才能充分認識茅盾倡導「人的文學——眞的文學」的科學價值。

二、人性意識：「人」——寫小說時的第一目標

　　人性是指人的本性，是人類共有的生理和心理的特徵。人性與作為個體的人的個性是不同的。人本意識著重於以人為本，而人性意識則著重於人皆有性，即人類作為生命存在所具有的自然性和社會性，如衣、食、住、行、喜、怒、哀、樂、生育和情欲等。馬克思指出：人「是有情欲的存在物。情欲是人強烈追求自己對象的本質力量」。〔註12〕當然，人性不是抽象的，它因在不同的歷史時期和社會制度中而有著具體的內涵。例如從「五四」開始的

〔註10〕《茅盾研究》第五輯，第 401、407～408 頁。
〔註11〕《茅盾研究）第六輯，第 2 巧頁。
〔註12〕馬克思：《1844 年經濟學——哲學手稿》。

中國現時代，「不僅是個體的中國人開始覺醒的時代，也是整個中華民族開始覺醒的時代。這個覺醒同人的基本需要即食的饑渴、性的饑渴、愛的饑渴、生的饑渴息息相關，這是人賴以生存發展的帶有原始性的本能欲求和渴望。」〔註13〕所以，以魯迅為代表包括茅盾在內的「五四」新文化先驅們一開始都「積極提倡人道主義意識，以此作為新的倫理觀道德觀即『自我意識』或『超我意識』，形成一股從思想感情層次進行啟蒙的強大優勢。」〔註14〕他們隨後就選擇了民主主義或社會主義，「因為這兩種比較理想的社會道德、文化、政治意識形態都關注人或人類的徹底解放，為解決人的基本需要提供良好的思想武器、人文環境和社會條件，可以把人性的解放同整個社會的解放有機結合起來。」〔註15〕

　　我以為，茅盾作為一個現代人和現代作家是具有極強烈的人性意識的。例如，他早年研究婦女問題就很關注人性的發展。他和李大釗、魯迅等人一樣，對於婦女本性中的「母性」給予了高度的關注。在《愛倫凱的母性論》一文中，茅盾說：「愛女士的對於母性的尊重，對於母職的尊重，是現代婦女運動中最有光輝的色彩」，「愛倫凱認為，母性具有廣大無邊的力，他的本性是『授予』，是『犧牲』，是『撫益』是『溫柔』。」「在母性之愛的烈焰下，靈肉的衝突，利他和利己的衝突……都消融為一」；而如果「因為婦女運動影響到婦女的知識使輕視母職，……尊貴的母性要受了障礙，不能充分發展，這是將來世紀極大的隱憂。」這種對於婦女作為「人」的人性的特別關注，使他寫的一系列婦女評論引起很大的社會反響，其中的一些文章在今日的人們讀來仍可獲益。又如他在 1925 年 1 月 5 日《婦女雜誌》第十卷第一號上以真名雁冰發表的《新性道德的唯物史觀》，對兩性、性生活與新舊性道德及其關係作了精闢的理性分析和科學論述。而這些婦女問題評論、性道德研究理論文章與茅盾以後創作以「時代女性」為主要人物的作品顯然存在著一脈相承的關係。

　　茅盾自 1920 年主持改革《小說月報》就大力提倡「為人生的藝術」，強調「文學的目的是綜合地表現人生」，「擴大人類的喜悅和同情」；「文學者表

〔註13〕朱德發：《試探「五四」文學觀念的深層文化意識》，載中國現代文學研究會
　　　　 編《在東西古今的碰撞之中》，第 75、77 頁。
〔註14〕同上書。
〔註15〕同上書。

現的人生應該是全人類生活」，文學「是溝通人類感情代全人類呼籲唯一工具，從此，世界上不同色的人種可以融化可以調和。」這裡，表現人生與表現人性是一致的。茅盾在評論魯迅的《阿Q正傳》時就曾寫道：「我又覺得『阿Q相』未必全然是中國民族所特具，似乎這也是人類普通弱點的一種。至少，在『色屬內荏』這一點上，作者寫出人性的普通弱點來了。」〔註16〕同樣，在他自己的創作中，表現人生與表現人性也是一致的。可以說，他的每一篇小說都是將表現人生與表現人性統一在一起的。他說：寫小說「這一個『行業』，沒有一點『研究』好像是難以繼續幹下去的，因而我不能不有個『研究』的對象。這對象就是『人』！」「我於是帶了『要寫小說』的目的去研究『人』。」「『人』──是我寫小說時的第一目標。」〔註17〕這樣，表現人生就要表現人性，就要表現人類作為生命存在的基本需要──安全需要、食物需要、性愛需要和高層次需要的尊重需要、自我實現需要等。

「以中西文化意識比較而言，西方藝術傳統中一直有人體美的呈現，就是在嚴肅的文學作品中也不乏自古就有細膩描寫肉感的篇章，而在中國文學中則少有這樣的傳統，即使偶有的作品也是被看作非正宗的。」〔註18〕以表現人性中的性愛需要來說，茅盾的作品是很精彩的，這也是茅盾小說的特色之一，向來為讀者和評論家所注目。首先，他對文學作品中人物性欲描寫有著科學的理性認識。一是他在《小說研究ABC》裏的有關論述。如在論述「人物」時指出：「性的特徵；男女兩性因素千年來特殊環境和教育的結果，已經各自形成了性的特徵，實為不可掩的事實。古來作家對於此點亦都能注意描寫，就可惜大概只從男女體態的粗野與妓媚，性格的剛與柔等等著眼描寫。很少能從思想方式的不同上注意描寫」。這就是說，正確的性描寫應該不是人物外表的性的差異，而應該是描寫人物的性心理、性觀念、性道德、性文化。二是他在《中國文學內的性欲描寫》中的有關論述。他認為「中國沒有正當的性欲描寫的文學」，其原因在於中國以往的性欲作品所寫的「一是色情狂；二是性交方法──所謂房術。這些性交方法的描寫，在文學上是沒有一點價值的，他們本身就不是文學……所以著著實實講來，我們沒有性欲文學可供研究材料，我們只能研究中

〔註16〕 茅盾：《讀〈吶喊〉》。
〔註17〕 茅盾：《談我的研究》。
〔註18〕 張頌南：《丹納藝術理論和茅盾小說的美學個性》，《茅盾研究》第五輯，第185頁。

國文學中的性欲描寫——只是一種描寫，根本算不得文學」，並指出「性欲描寫的目的在表現病的性欲——這是一種社會的心理的病，是值得研究的。要表現病的性欲，並不必多描寫性交，尤不該描寫『房術』。」他批評當時的一些性愛小說作者，指出他們「錯以爲描寫『房術』是性欲描寫的唯一方法」，而「這些粗魯的露骨的性交描寫是只能引人到不正當的性觀念上，決不能啓發一毫文學意味的」。他還認爲，「中國社會內流行的不健全的性觀念，實在應該是那些性欲小說負責的。而中國之所以會發生那樣的性欲小說，其原因亦不外乎：（一）禁欲主義的反動。（二）性教育的不發達。後者尤爲根本原因。」這些卓有見地的論述震聾發饋，完全符合中國的國情和中國文學的實情。三是他在《自然主義與中國現代小說》中的有關論述。如在闡述自然主義作家的創作方法時指出：「他們也描寫性欲，但是他們對於性欲的看法，簡直和孝梯義行一樣看待。不以爲穢褻，亦不涉輕薄，使讀者只見一件悲哀的人生，忘了他描寫的是性欲」。四是他在《新性道德的唯物史觀》中的有關論述。如他認爲「新性道德僅爲目前生活條件所形成的一種兩性間關係的方式，並不敢自誇爲兩性關係的終極理想，同於天經地義，無往而不是的。……我們現在已知道兩性間的關係已有非新性道德所能解決者，例如『戀愛的三角關係』。二男共愛一女，或二女共愛一男——這種的『三角戀愛』是與人類生活的歷史同樣地古老的，不知發生過多少悲劇，可是從沒有方法去解決，恐怕是永久沒法解決的。」〔註19〕

　　正是在這種明晰的理性認識指導下，茅盾在小說創作中在描寫人物社會性（人生觀、革命鬥爭、反抗迫害、追求自由……）的同時，也描寫人物的自然性（性欲、饑渴、低級情感、潛意識……）。以小說人物性欲描寫來說，茅盾的作品就具有不同於同時代其他作家作品的藝術特點。這些特點主要有：一，多層次的研究。既有階級層次和職業層次，又有年齡層次和文化層次，還有心理層次；二，多角度的透視。從人物的性對象、性目的、性行爲、性觀念等進行研究，多角度透視人物的性興奮與心理性無能，如方羅蘭與孫舞陽；透視人物的性本能與性苦悶，如〈一個女性〉中的瓊華對自身與對李華和張彥英；透視人物病態的性欲，如對章秋柳這個「心理陰陽人」之與男友史循、與女友王詩陶等；透視人物的性行爲錯亂，如《子夜》中的趙伯韜之與女性，吳蓀甫之與女僕王媽，《小巫》中老爺之與菱姐等，從而寫出人物

〔註19〕《茅盾全集》第 15 卷，第 266 頁。

的亂倫、虐待狂、獸欲的發泄和玩弄婦女癖；透視人物的性抑制，如吳蓀甫之與劉玉英的性誘惑時的心理；三，多技法的表現。他運用了多種表達方法、多種色彩，或敘述，或描繪，或獨白，或對話，或襯托，或對比，或象徵我們可以對茅盾小説人物性欲描寫作出這樣的總體評價：第一，茅盾的小説是現實主義創作方法的產品，而決不是什麼自然主義的；茅盾小説人物性欲的描寫也是現實主義的描寫，而決不是什麼自然主義的描寫。第二，茅盾小説人物性欲的描寫是文學的而決不是色情的。第三，茅盾小説人物性欲的描寫是作家藝術地表現人生、刻畫典型性格的一種可貴的的創造。第四，茅盾是以嚴肅、認真的態度進行創作和對待批評的〔註20〕。總之，茅盾在作品中描寫人物的性欲是爲了描寫人生，「茅盾描寫性欲的場面是非常嚴謹的，向善的，也是符合彼時彼地的『情境』的需要的，因此它的意蘊也就構成了作品眞實表現人生不可分割的血肉。」正是「由於茅盾把人類不可缺少的性愛生活放在一定時代、環境和情境中描寫，並在刻畫人物性格中挖掘它的人生意蘊，所以他的描寫既不同於那種『若要甜，放點鹽』以性愛描寫去迎合讀者口味的庸俗小説，也有別於以描寫『性』心理來追求新奇的感覺的作品，它是一種側面表現時代精神或揭示社會心理病的眩惑美」〔註21〕。

　　茅盾及其創作的人性意識當是接受西方哲學、歷史、文學、藝術的教育和影響並與對中國現代的國情進行理性分析相結合的結果。他的這種文化心理較之現代的其他現實主義作家顯得更爲突出。這是因爲，「他是同舊中國的新兒女們一起生活，一起思想，共同感受著時代脈搏的跳動的。他筆下描寫的男女主人公，也有別於魯迅描寫的『老中國的兒女們』。他（她）們在歐風美雨的感召下，性絡、行爲、道德情操觀念都發生了很大的變化。」「他筆下的性愛描寫，往往將一些美好的東西給予了女性，諸如外貌的美麗、肌體的丰韻、心靈的坦蕩，或者聰明而豪爽、溫和而精細等等，而對男子則大抵作爲一種暴露其弱點或揭示心理病的『情結』來描寫，這與當代一些作品中去尋求男性雄風的心態有很大的不同。」〔註22〕

〔註20〕李廣德：《茅盾學論稿・茅盾小説人物性欲的文學描寫》。
〔註21〕張頌南：《藝術理論與茅盾小説的美學個性》，《茅盾研究》第五輯，第188、191頁。
〔註22〕同上書。

三、瀆神意識：「神的滅亡」

自「五四」時期開始的中國現代知識分子的文化心理之一是瀆神意識。這種意識是在「五四」以來的一場場反對封建文化的鬥爭中形成的。他們清醒地意識到科學與神學是水火不相容的，民主與君權——神權也是水火不相容的；要提倡科學就必須反對神學，要爭取民主就必須打倒君權——神權。在西方，作爲思想文化運動的文藝復興，它的反封建鬥爭首先就表現爲反教會、反神學的鬥爭，即以人文主義文化反對神學文化的鬥爭。在這一鬥爭中，瀆神意識戰勝崇神意識，瀆神文化取代神學文化，並且，在持續不斷的瀆神、抗神鬥爭中，不斷強化瀆神意識、瀆神心理。

茅盾曾說，他的祖母是迷信神道的，而他的父母卻不相信。他受父母的影響，從少年時代就不相信鬼神，就有瀆神的心理意識，曾和少年朋友一起去打廟裏的菩薩。青年時代接受自然科學和社會科學教育，並信仰馬克思主義學說，就更不相信鬼神，而且一生與封建文化——神學文化進行不懈的鬥爭。在他的文學作品、學術論文、思想評論中，我們可以強烈地感受到其中的瀆神心理、瀆神意識。茅盾這樣激昂地抨擊神和神權：

> 世界上有所謂「神」這一族。他們靠著傳統的神權，統治了世界。他們有無數的兄弟子侄，徒子徒孫，做他們的羽翼爪牙。他們的權威建立在刀尖上。
>
> 他們有自利的道德信條。他們高高在上，荒淫享樂。他們到處散佈著貪詐、淫邪、榨取、掠奪。他們的獸行引誘人腐敗墮落。而在這一切的暴力，欺詐，荒淫——重重壓迫下，人民痛苦地呻吟著。
>
> 世界上各民族都經過這樣「神」的暴虐時代。記載這時代的文藝作品，我們現在稱之爲「神話」。這些「神話」，自然要稱頌「神」的治權「世世勿替，萬壽無疆」。因爲，若不是善頌善禱的文章就不能「源遠流長」。然而古代的北歐人卻在他們的「神話」唱出「倒板」來了！他們老老實實描寫了「神」的不可挽救的滅亡！

這是茅盾寫在《神的滅亡》開頭的一段話。在這篇小說的結尾，他又說，北歐神話所記載的「神的滅亡」是「人類歷史上第一次的鬥爭。『神』是古代的統治者——宗教上政治上的首領，所謂『酋長』。並且正像北歐神話所說還有

第一代的神，人類歷史上也就有過封建的皇帝，而現在還有資本主義的霸王。人類的鬥爭還在繼續。」〔註23〕

在茅盾的經典作品《子夜》裏，他通過吳老太爺與《太上感應篇》、四小姐蕙芳與吳老太爺遺下的《太上感應篇》的敘寫，也把筆觸指向「神」，指向「神權」對人的靈魂的浸蝕、毒害。《太上感應篇》是一部宣揚道教所崇奉的「神」及因果報應等迷信思想的書，是吳老太爺須臾不可離身的寶貝。我們看到《子夜》一開頭就寫吳老太爺坐在「雪鐵龍」「這樣近代交通的利器上，驅馳於三百萬人口的東方大都市上海的大街，而卻捧了《太上感應篇》，心裏專念著文昌帝君的『萬惡淫為首，百善孝為先』的誥誡，這矛盾是很顯然的了。而尤其使這矛盾尖銳化的，是吳老太爺的真正虔奉《太上感應篇》，完全不同於上海的借善騙錢的『善棍』。可是三十年前，吳老太爺卻還是頂括括的『維新黨』。祖若父兩代侍郎，皇家的恩澤不可謂不厚，然而吳老太爺那時卻是滿腦子的『革命』思想。普遍於那時候的父與子的衝突，少年的吳老太爺也是一個主角。如果不是二十五年前習武騎馬跌傷了腿，又不幸而成為半身不遂的毛病，更不幸而接著又賦悼亡，那麼現在吳老太爺也許不至於整天捧著《太上感應篇》罷？然而自從傷腿以後，吳老太爺的英年浩氣就好像是整個兒跌丟了；二十五年來，他就不曾跨出他的書齋半步！二十五年來，除了《太上感應篇》，他就不曾看過任何書報！二十五年來，他不曾經驗過書齋以外的人生！第二代的『父與子的衝突』又在他自己和蓀甫中間不可挽救地發生。而且如果說上一代的侍郎可算得又怪僻，又執拗，那麼，吳老太爺正亦不弱於乃翁；書齋便是他的堡壘，《太上感應篇》便是他的護身法寶，他堅決拒絕和兒子妥協，亦已有十年了！」但是，文昌帝君這個為道教尊奉的主宰人間功名祿籍的神和《太上感應篇》這部宣揚「神」的經書，都無法挽救吳老太爺的死亡。而他遺下的《太上感應篇》雖然又成為四小姐蕙芳的隨身「法寶」，且「第一天似乎很有效驗」，「然而第二天下午，那《太上感應篇》和那藏香就不及昨天那樣富有神秘的力量。」「翌日清晨她起來時，一臉蒼白，手指尖也是冰涼，心頭卻不住晃蕩，《感應篇》的文句對於她好像全是反諷了，她幾次掩卷長歎。」終於，她「手上的《太上感應篇》掉落了」，在張素素的影響下，這個吳老太爺的玉女拋棄了「神」的經卷，到了「神秘的麗娃麗妲村」，並且，再也不回來了。當日「五點鐘光景，天下雨了。這是斜腳雨」，「雨

〔註23〕《茅盾全集》第 8 卷，第 401、216 頁。

點煞煞煞地直灑進那窗洞；窗前桌子上那部名貴的《太上感應篇》浸透了雨水，夾貢紙上的朱絲欄也都開始溦化。宣德香爐是滿滿的一爐水了，水又溢出來，淌了一桌子，浸蝕那名貴的一束藏香；香又溶化了，變成黃蠟蠟的薄香漿，慢慢地淌到那《太上感應篇》旁邊。」就這樣，作家的瀆神意識使文昌帝君、太上老君這些「神」及其「神權」徹底滅亡了！

這種瀆神意識和滅神心理在茅盾的小說《大澤鄉》裏也有鮮明的表現。在作家瀆神意識之下，那困在大澤鄉大水中的九百「閭左貧民」對於魚肚子裏發現一方書有「陳勝王」的素帛，雖覺詫異，卻「沒有幻想」，因為「奉一個什麼人為『王』那樣事的味兒，他們早已嘗得夠了。一切他們的期望是掙斷身上的鐐銬。他們很古怪地確信著掙斷這鐐索的日子已經到了。」終於，「地下火爆發了！」「他們九百人將盡了歷史的使命，將燃起一切茅屋中鬱積已久的忿火！」「始皇帝死而地分！」〔註24〕君王皇帝是地上「神」，瀆神、反神、滅神必然要針對各種各樣的君王皇帝。

茅盾所塑造的眾多的革命男女青年，他們都是無神論者或目無神靈的瀆神論者，他們的奮鬥史往往就是瀆神鬥爭史。作家歌頌這些走在時代前列的青年男女的英雄行為，也就是頌揚他們大無畏的瀆神鬥爭精神。至於作家對那些維護或崇信「神」和「神權」者的描寫和揭露，則從另一個側面體現出他的瀆神心理。而他在進行外國文學研究和翻譯作品的過程中，也表現出很強烈的瀆神心理，如他把薄伽丘稱為「文藝復興最大的功臣」，對薄伽丘的瀆神文學巨著《十日談》給予很高的評價，認為：「《神曲》是中世紀貴族文化之『迴光返照』，而《十日談》則是代替了貴族文化的新興工商業『市民』文化之『第一道光線』。」它「帶著一個轟天動地的人類文化史上未曾前有的大運動。」〔註25〕

茅盾身上及其作品中的這種瀆神意識，當然不是他獨創的；這種心理在中國和西方都有深遠的歷史和社會根源，但它在現代卻有著不同以往的內涵。也不是他一個作家專有的，這是具有科學文明的現代作家的群體意識之一，但在茅盾身上及其作品中卻是異常鮮明並持久地作用著。這裡不再作比較論述。

限於篇幅，以上僅擇出茅盾及其文學與人本意識、人性意識、瀆神意識

〔註24〕《茅盾全集》第8卷，第401、216頁。
〔註25〕茅盾：《世界文學名著雜談》，1980年版，第107、109頁。

等三種現代文化心理之關係，加以論述。雖屬一管之見，然也可窺全豹之一斑。仍要強調說明的是，在茅盾身上和其文學作品裏存在著其他多種現代文化心理。如以其作為文學批評家和其文學批評作品來研究、考察，就有自主意識、選擇意識、民主與寬容意識、未來意識、超前意識、理性與科學意識，等等。青年學者丁亞平先生的專著《一個批評家的心路歷程》〔註 26〕對這些文化心理及其具體表現，有很精彩的論述，讀者可以參閱。

1995 年 11 月 8 日～1996 年 3 月 16 日於湖州

（原刊於 1996 年第 2 期《湖州師專學報》，又收入中國茅盾研究會編《茅盾與二十世紀》，華夏出版社版社 1997 年 6 月北京第 1 版）

〔註 26〕上海文藝出版社，1990 年 11 月第 1 版。